Paul Rosenhayn
Elf Abenteuer des Joe Jenkins

Kurz nach der Ankunft in Berlin beginnen für den amerikanischen Privatdetektiv, Joe Jenkins, elf Abenteuer, die ihn im Laufe der lose verknüpften Geschichten auch nach Paris, London, Stockholm und Hamburg führen.

Ein verschollener Geheimvertrag, ein toter Offizier, der seine Frau in den Wahnsinn treibt, ein Mord in der Berliner Theaterszene, rätselhafte Flugzeugabstürze – Joe Jenkins widmet sich 11 unheimlichen Fällen, die „andere als unlösbar beiseite legen" und bedient sich dabei gerne der deduktiven Methode seines englischen Kollegen (und literarischen Vorbildes), Sherlock Holmes.

Die *Elf Abenteuer des Joe Jenkins* (1915) machten Paul Rosenhayn (1877-1929) über Nacht berühmt und seine Detektivfigur zu einem frühen „multimedialen" Star, der nicht nur in zahlreichen Kurzgeschichten und Romanen des spätwilhelminischen Bestseller-Autors auftritt, sondern in zwölf Joe-Jenkins-Filmen, zwischen 1917 und 1919, auch die Leinwände des Kaiserreichs eroberte.

Paul Rosenhayns Bücher haben eine Wiederentdeckung verdient. Mit *Elf Abenteuer des Joe Jenkins* liegt nun erstmals seit 1927 Rosenhayns Debüt wieder in gedruckter Buchform vor.

Der Text folgt in Orthographie, Grammatik und Satz weitgehend der Originalausgabe von 1915. Offensichtliche Fehler wurden berichtigt, einige Formulierungen behutsam korrigiert.

Paul Rosenhayn

Elf Abenteuer des JOE JENKINS

Originaltext
von 1915

⊕ DRYAS

1. Neuauflage 2014
Die Originalausgabe erschien 1915 im Josef Singer Verlag (Straßburg, Leipzig).

© Dryas Verlag
Herausgeber: Dryas Verlag, Frankfurt am Main, gegr. in Mannheim.

Herstellung: Dryas Verlag, Frankfurt am Main
Umschlaggestaltung: © Guter Punkt, München (www.guter-punkt.de),
Kim Hoang unter Verwendung von Motiven von Thinkstock
Abbildungen: Seite 11 / 39 / 59: Open book, old letters, postcard, photo, keys, clock © LiliGraphie - fotolia / Seite 83 / 97 / 113: Old postcards and open book. Nostalgic vintage background © LiliGraphie - fotolia / Seite 129 / 143 / 165: Open notebook, old letters and accessories © LiliGraphie - fotolia / Seite 195: Violin © magdal3na - fotolia / Seite 223: Notebook, writing accessories and postcards © LiliGraphie - fotolia
Graphiken Seite 248: Black silhouette of lily flower © naddya - fotolia
Satz: Dryas Verlag, Frankfurt am Main,
Geset t aus der Palatino Linotype
Druck: ScandinavianBook, Bremen

Bibliografische Information der Deutschen Bibliothek:
Die Deutsche Bibliothek verzeichnet diese Publikation in der Deutschen Nationalbibliografie, detaillierte bibliografische Daten sind im Internet über http://dnb.ddb.de abrufbar.

ISBN 978-3-940855-57-2
www.dryas.de

Gestatten, Paul Rosenhayn.

Eine kurze Vorstellung

Kennen Sie Paul Rosenhayn? Ich kannte ihn nicht. Dabei war Rosenhayn um 1916 einer der „meistgedruckten Novellisten Deutschlands"[1] und eine feste Größe im spätwilhelminischen Filmbetrieb. Er las Auszüge seiner Bestseller-Romane im Rundfunk und verhalf als gefragter Drehbuchautor neben dem berühmten Sherlock Holmes und den heute weitgehend vergessenen Serienhelden Engelbert Fox, Tom Shark und Harry Higgs auch seiner eigenen Detektivfigur, Joe Jenkins, auf die Leinwände des Kaiserreiches. Rosenhayn war eine Schlüsselfigur des Detektivfilm-Booms der Kriegsjahre und ein Star der deutschen Unterhaltungsliteratur der 1910er und 1920er Jahre. Im Sommer 1929 wurde das von ihm und Alfred Schirokauer verfaßte Stück *Karriere* unter dem Titel *Careers* als früher Tonfilm in Hollywood produziert. Ein Sprung nach Amerika schien möglich, doch Rosenhayns Tod mit nur 52 Jahren im Spätsommer desselben Jahres ließ seine eigene Karriere abrupt enden.

Im Verhältnis zu seinem Werk (ca. 40 verfilmte Drehbücher und ca. 30 Romane und Sammlungen von Kurzgeschichten) sind die biographischen Daten zu Paul Rosenhayn sehr dürftig. 1877 in Hamburg geboren,

---

1 Julius Urgiss: Paul Rosenhayn. Filmschriftsteller. In: Der Kinematograph, Nr. 488, 1916.

wächst er zunächst in Großbritannien auf, besucht aber später ein deutsches Gymnasium. Er beginnt ein Jura-Studium, bricht es ab und reist mehrere Jahre durch Amerika, Europa und Asien. Er arbeitet als Journalist, beginnt zu schreiben und strandet, wie so viele Künstler und Literaten seiner Generation, in Berlin.

In Berlin beginnt auch das erste von elf Abenteuern des amerikanischen Detektivs, Joe Jenkins. Die *Elf Abenteuer des Joe Jenkins* erschienen 1915 im Leipziger Josef Singer Verlag und machten Paul Rosenhayn über Nacht berühmt. Es folgten weitere Kurzgeschichten und eine Reihe von Romanen um den Amerikaner, der in den Metropolen Europas zu Hause ist und der sich bei der Lösung seiner Fälle gerne der deduktiven Methode seines englischen Kollegen (und literarischen Vorbildes), Sherlock Holmes, bedient. Tatsächlich wird Joe Jenkins bald als deutscher Sherlock Holmes gehandelt und erobert in zwölf Filmen, für die Rosenhayn die Drehbücher schrieb, zwischen 1917 und 1919 auch das Kinopublikum im Sturm. Jenkins drittes Abenteuer aus der vorliegenden Sammlung, *Proszeniumsloge Nr. 1*, gehört zu den wenigen Kurzgeschichten, die Rosenhayn direkt als Drehbuch adaptierte. Unter dem Titel *Der gelbe Ulster* wurde sie im Rahmen der Harry Higgs Serie 1916 verfilmt.[2]

Es mag heute überraschen, daß Rosenhayns „Amerikaner" im als eher xenophob geltenden wilhelminischen Deutschland zur Zeit des ersten Weltkrieges derart populär war. Immerhin betreibt der weltmännisch auftretende Jenkins eine Art Großstadt-Hopping und löst seine Fälle (im Falle des vorliegenden Buches) in Berlin, Hamburg, London, Paris und Stockholm ohne dabei Rücksicht auf

---

2 Sebastian Hesse: Kamera-Auge und Spürnase. Der Detektiv im frühen deutschen Kino. Frankfurt a.M., 2003, S. 188.

Fronten, Grenzen oder bestehende Ressentiments zu nehmen.

Rosenhayn fesselt seine Leser durch ausgefallene Plots, Bezüge auf das aktuelle Zeitgeschehen und ist immer auf Augenhöhe mit den rasanten Entwicklungen in Wissenschaft und Technik, die nicht selten zur Lösung der Fälle beitragen.

Dies alles sind sicherlich Gründe für den nicht eben selbstverständlichen Erfolg des deutschen Sherlock Holmes im Ausland. Die Fälle des Joe Jenkins erschienen auch in Großbritannien, Frankreich und den Vereinigten Staaten von Amerika.

Vom einstmaligen Ruhm des Autors ist praktisch nichts geblieben. Rosenhayns filmisches Werk ist wahrscheinlich für immer verloren[3] und sieht man von zwei ZDF-Fernsehproduktionen aus den 60er Jahren ab, bei denen es sich um Adaptionen von Kurzgeschichten aus seinem Werk *Salto Mortale* (1919) handelt, kann der Autor als vergessen gelten.

Zu Unrecht! Paul Rosenhayns Bücher sind Meilensteine der deutschen Trivialliteratur und haben eine Wiederentdeckung verdient. Mit *Elf Abenteuer des Joe Jenkins* liegt nun erstmals seit 1927 Rosenhayns Debüt wieder in gedruckter Buchform vor.

---

3 Ebd., S. 186.

INHALT

ABENTEUER I

Das grüne Licht

(BERLIN)

$\mathcal{D}$ er Fremde, der mit dem Abendzuge von Kopenhagen angekommen war, trat in das Vestibül des vornehmen Hotels Unter den Linden. Der Hoteldirektor ließ einen prüfenden Blick über das glattrasierte hagere Gesicht und die hochgewachsene Gestalt des Angekommenen gleiten und konstatierte bei sich: Ein Amerikaner!

Als er aufsah, blickte er in zwei kühle graublaue Augen, und eine ruhige Stimme sagte mit leicht amerikanischem Akzent: „Ich bin Mr. Sanderson aus Newyork. Sind meine Zimmer reserviert?"

„Jawohl, Mr. Sanderson", mischte sich diensteifrig der Portier ein. „Nummer 45 und 46. Ihr Telegramm aus Kopenhagen haben wir gestern abend erhalten." Sanderson nickte.

„Übrigens ist auch ein Brief für Sie da. Ich bitte sehr."

Damit überreichte er dem Amerikaner ein längliches Kuvert, das dieser betrachtete und in die Tasche steckte.

„Ich möchte gleich auf mein Zimmer gehen."

„Sehr wohl, Mr. Sanderson. Ich werde die Ehre haben, Sie persönlich hinaufzugeleiten." Der Direktor schritt dem Amerikaner voran, öffnete die Tür zum Lift und ließ ihn einsteigen. Gleich darauf entschwand der Fahrstuhl in die obere Etage.

In einem der Klubsessel, die die Halle flankierten, hatte ein älterer Herr im Smoking gesessen, der das unverkennbare Gehaben des ehemaligen Offiziers zur Schau trug. Er hatte eifrig in einer großen Zeitung gelesen. Als Mr. Sanderson seinen Namen nannte, hatte der alte Herr einen schnellen Blick auf den Ankömmling geworfen. Darauf hatte er unmerklich das Zeitungsblatt zur Seite geneigt und den Angekommenen mit den Blicken verfolgt, bis ihn der Fahrstuhl entführte. Dann war er aufgestanden, war langsam zur Treppe geschritten, die neben dem Lift emporführte, und war in den ersten Stock hinaufgegangen. Als er oben anlangte, begegnete er dem Direktor, der ins Parterre zurückkehrte. Der alte Herr nickte jenem mit einer leichten Kopfbewegung zu und schlenderte gemächlich den Korridor hinunter, den Blick auf die Nummern der Zimmer geheftet, die in endloser Reihe an ihm vorüberglitten. Bei Nummer 45 machte er halt, sah sich einen Augenblick um und klopfte an.

„Come in."

Der alte Herr öffnete die Tür und stand im nächsten Augenblick vor Mr. Sanderson, dem Amerikaner.

„Mr. Sanderson aus New York?"

„Ja."

„Sehr wohl. Ich möchte Ihnen melden, dass Herr Wendland in einer Viertelstunde hier sein wird."

„Ich danke Ihnen, Inspektor. Etwas Weiteres?"

„Ja. Das Hotel ist umstellt. Ich selbst sitze unten in der Halle. Im zweiten Klubsessel vom Lift. Ich habe Befehl, Ihnen zur Verfügung zu stehen, falls Sie meiner bedürfen."

„Ich danke Ihnen, Inspektor." Damit ging der Besucher hinaus.

Der Amerikaner hatte sich warmes Wasser bringen lassen und eben seinen Handkoffer ausgepackt, als das Zimmertelephon klingelte. „Ein Herr Wendland ist hier", meldete der Portier. „Er habe einen Brief erhalten, ein Mr. Sanderson wünsche ihn zu sprechen. Ist es richtig?"

„Allright, Portier, lassen Sie ihn heraufkommen."

Man hörte das feine Summen des Fahrstuhls, ein kurzes Türenschlagen, und in der nächsten Minute klopfte der Zimmerkellner an die Tür Nummer 45 und ließ den Fremden eintreten. Der wohlbeleibte breitschultrige Herr mochte Mitte der Vierziger sein. In seinen Gesichtszügen machte sich eine gewisse Erregung bemerkbar; in den Augen lag unverkennbare Gereiztheit. „Ich kenne Sie nicht, Mr. Sanderson", begann er, ohne sich vorzustellen. „Ich weiß eigentlich selbst nicht recht, was mich dazu bewogen hat, dem Rufe eines Unbekannten so ganz einfach Folge zu leisten. Ich bekomme da heute mittag einen Brief, darin steht, ich solle heute abend um acht Uhr hier im Hotel bei Herrn Sanderson vorsprechen. Ob dieser Brief von Ihnen oder von einem Dritten herrührt, weiß ich nicht. Jedenfalls verstehe ich nicht, wie man so einfach über mich verfügen kann, und ich muss Sie bitten, mir dies zu erklären, Mr. Sanderson. Was wünschen Sie von mir? Wer sind Sie? Und schließlich – woher kennen Sie meinen Namen?"

Mr. Sanderson verzog keine Miene. Er sah sein erregtes Gegenüber mit einem freundlichen Lächeln an und fragte, indem er höflich auf einen Sessel wies:

„Wollen Sie nicht Platz nehmen?"

Halb widerwillig ließ sich der Besucher in den Sessel nieder und blickte dem Amerikaner erwartungsvoll ins Gesicht.

„Sie betreiben", so begann dieser mit ruhiger Stimme, „ein Pensionat in der Viktoriastraße?"

„Ja", antwortete der Gefragte mit unwirschem Gesicht.

„Sehr gut. Vor einiger Zeit hat bei Ihnen ein Herr gewohnt …"

„Bei mir haben sehr viele Herren gewohnt", unterbrach ihn der Pensionsbesitzer unhöflich.

„Ich spreche von einem bestimmten Herrn. Von dem Militärattaché Sanno."

Der Pensionatsbesitzer, der grade wieder zu einer groben Erwiderung ausholte, sah den Amerikaner mit offenem Munde an. In der nächsten Sekunde wollte er aufspringen, als ihm Mr. Sanderson die Hand auf die Schulter legte und ruhig sagte: „Bleiben Sie nur sitzen, Herr Wendland. Ich möchte Sie noch einiges Weitere fragen."

Der Aufgeforderte sah den Amerikaner mit einem Blick an, in dem ein Gemisch von Furcht und Staunen lag. Dann sagte er schließlich mit unsicherer Stimme: „Ich weiß nicht, wer Sie sind, Mr. Sanderson. Und ich weiß nicht, was Sie wollen. Aber – da Sie den Namen des Militärattachés Sanno erwähnen, so sehe ich, daß Sie etwas über Dinge wissen, die in meine eigensten Privatverhältnisse eingreifen. Wie das möglich ist – das verstehe ich nicht. Ich verstehe auch nicht, wohin diese Unterredung führen wird. Bevor ich Ihnen daher eine weitere Antwort gebe, bitte ich Sie, mir zu erklären, was Sie mit diesem Verhör – denn es ist nichts weiter als ein Verhör – beabsichtigen. Anders sage ich nicht ein Wort weiter. Wer sind Sie, Mr. Sanderon?"

Der Amerikaner sah den Besucher mit einem ruhigen Blick aus seinen kühlen grauen Augen an und sagte langsam: „Was ich will, das werden Sie im Laufe dieser Unterredung erfahren. Sie fragen weiter, wer ich bin. Die Frage beweist mir eins: Sie zweifeln daran, daß ich Mr. Sanderson heiße. Ihr Zweifel ist nicht unberechtigt. Ich will Ihnen meinen wirklichen Namen nennen; vielleicht, daß er Ihnen bekannt erscheint."

Herr Wendland stieß ein leises Lachen aus. „Ich wüßte nicht", entgegnete er schroff, woher ich Sie kennen sollte. Ich habe keinerlei Beziehungen zu Amerika. Und wenn Sie nicht gerade Woodrow Wilson oder Thomas Edison heißen, so kann ich Ihnen vorher versichern, daß mir Ihr Name wahrscheinlich nicht bekannt vorkommen wird."

Der Amerikaner lächelte unmerklich und sagte mit ruhiger Stimme: „Mein Name ist Joe Jenkins."

Der Pensionatsbesitzer fuhr empor, starrte den Amerikaner halb ungläubig an und wiederholte, fast mechanisch: „Mr. Joe Jenkins? Der berühmte Detektiv?"

„Ganz richtig", bestätigte „Mr. Sanderson" lächelnd. „Es freut mich, daß Sie doch noch mehr Leute in Amerika kennen als unseren Präsidenten und unseren Elektriker. Und da ich diese Unterhaltung nicht zum Vergnügen mit Ihnen führe, so möchte ich Sie bitten, wieder Platz zu nehmen."

Der Pensionatsbesitzer sank wie willenlos in seinen Sessel zurück. „Ich weiß zwar nicht", so begann er zögernd, „mit welchem Recht ... Aber immerhin ... wenn ich Ihnen in irgendeiner Weise dienlich sein kann ... bitte fragen Sie."

„Ich danke Ihnen. Ich werde Sie einiges fragen und ich bitte um kurze, knappe und unzweideutige Antwort." Mr. Jenkins lehnte sich in seinen Sessel zurück, der so stand, daß der darin Sitzende sich im tiefsten Schatten befand, während das Gesicht seines Gegenübers hell vom Licht der Bronzekrone bestrahlt wurde. Er legte die Beine übereinander und begann:

„Also, bei Ihnen hat bis vor einiger Zeit der Gesandtschaftsattaché Herr Sanno gewohnt. Er steht in den Diensten eines neutralen europäischen Staates. Der Name dieses Staates tut nichts zur Sache. Ist er Ihnen bekannt?"

„Ja, Mr. Jenkins."

„Um so besser. Herr Sanno hatte für seine Regierung ein wichtiges Dokument auszuarbeiten. Ein Exposé, zu dem ihm der Gesandte die Direktiven persönlich erteilt hatte. Auch das wissen Sie wohl?"

„Ja."

„Dieses Schriftstück sollte Herr Sanno eigentlich in der Gesandtschaft ausarbeiten. Anscheinend aus Bequemlichkeit hat er es mit in seine Wohnung genommen, um die Arbeit – ich wiederhole, entgegen seiner Instruktion – zu Hause, d. h. also in Ihrem Pensionat, auszuführen. Stimmt das?"

„Jawohl."

„Die Arbeit war ziemlich lang und wohl recht schwierig. Sei es infolge der allnächtlichen Arbeit, sei es aus anderen Gründen – am Tage, an dem das Dokument fertig war, ist Herr Sanno schwer erkrankt. So schwer, daß er sofort in ein Sanatorium geschafft werden mußte." – „Jawohl, Mr. Jenkins."

„In der letzten Minute war er so hinfällig und auch wohl nicht mehr ganz im Besitze seiner geistigen Frische, daß er Ihnen kurzerhand das Schriftstück übergeben hat. Mit der Weisung, es bis zu seiner Rückkehr aufzubewahren und zu keinem Menschen darüber zu sprechen?"

„Ja, Mr. Jenkins."

„Wie war das Schriftstück verpackt?"

„Das Dokument mochte 80 bis 90 Seiten stark sein", antwortete Herr Wendland. „Es lag in einem großen versiegelten Kuvert in einer Aktentasche. Diese Aktentasche hat mir Her Sanno übergeben."

„Wo haben Sie sie untergebracht?"

„Ich habe sie in meinen Geldschrank gelegt."

„Sehr schön. Und nun muß ich Sie etwas fragen, was scheinbar von dieser Sache abweicht, in Wirklichkeit aber eng damit zusammenhängt … Ist in letzter Zeit in Ihrem Hause irgend etwas passiert? Etwas, das ungewöhnlich war und das Ihnen aus diesem Grunde aufgefallen ist? Um es Ihnen gleich zu sagen: ich weiß, daß etwas passiert ist. Ich bitte Sie, mir die Ereignisse der Reihe nach, also chronologisch, zu erzählen, so, wie sie sich nacheinander zugetragen haben. Vergessen Sie nichts, lassen Sie nichts aus. Und damit Sie die Wichtigkeit Ihres Berichtes von vornherein richtig ermessen können, so bemerke ich

Ihnen eins: Es handelt sich um Ihre persönliche Freiheit. Vielleicht um Ihr Leben."

Der Besucher war den Worten des Detektivs mit atemloser Spannung gefolgt. Mehr und mehr hatten sich seine Blicke umdüstert; seine Augen senkten sich langsam zu Boden, endlich stand er auf, ging ein paarmal im Zimmer auf und ab, murmelte etwas vor sich hin und hielt auf einmal mitten in seiner Wanderung inne.

„Mr. Jenkins", begann er, „ich begreife nicht, woher Sie von diesen Dingen auch nur ein Sterbenswörtchen wissen können, denn ich habe zu niemandem über meine Erlebnisse auch nur andeutungsweise gesprochen. Aber – Sie haben recht. Es ist etwas vorgekommen. Dinge, die mir unverständlich sind, ja, die mir von Tag zu Tag rätselhafter werden. Dabei muß ich Ihnen gestehen: einen Zusammenhang mit dem Dokument haben die Ereignisse nach meiner Überzeugung nicht. Denn das Dokument liegt wohlverwahrt in meinem Geldschrank, und ich habe es noch vor einer Stunde in der Hand gehabt … Ich komme schon zur Sache", unterbrach er sich, als er die abwehrende Handbewegung des Amerikaners sah. „Sie gestatten wohl, daß ich wieder Platz nehme."

„Es war vor zehn Tagen", so begann Herr Wendland, nachdem er sich wieder in seinen Sessel niedergelassen hatte, „als mir Herr Sanno das Dokument in der Aktentasche übergab. Ich habe die Aktentasche in meinen Geldschrank gelegt, den Geldschrank verschlossen und den Schlüssel in die Tasche gesteckt. Das war an einem Montag. Am Abend desselben Tages hatte ich eine Vereinssitzung – ich bin Mitglied des Vereins der Hoteliers – und die Sitzung hat sich ziemlich ausgedehnt. Denn meine Kollegen können meist erst sehr spät erscheinen, und dadurch ziehen sich die Sitzungen oft bis in den Morgen hinein. Es mag also halb vier Uhr morgens gewesen sein, als ich nach Hause kam. Wie Sie wissen, Mr. Jenkins, wohne ich in der Viktoriastraße, in einem vornehmen, stillen Villenviertel. Als ich um die Ecke meiner Straße biege, fällt mein Blick auf mein Haus, das drüben in tiefem Schatten liegt, und plötzlich bemerke ich etwas, was mich mit Staunen, ich kann wohl sagen, mit Furcht erfüllt. Aus dem Erkerfenster meines Arbeitszimmers dringt heller Lichtschein. Was konnte das zu bedeuten haben? Sollte meine Frau krank geworden sein? Aber es kam noch etwas anderes hinzu: das war ja gar kein eigentliches Licht, was dort strahlte, jedenfalls nicht das schöne, sonnenscheinähnliche Licht der Lampen in meinem Arbeitszimmer; das war ein geisterhaftes und dabei eigentümlich durchdringendes Licht von smaragdgrüner Farbe! Ich kenne doch natürlich meine Lampen: eine solche Lampe habe ich in meinem Zimmer nicht."

„Vielleicht eine Schreibtischlampe mit einem grünen Schirm?", warf Mr. Jenkins ein.

„Nein. Eine solche Lampe besitze ich nicht … Ich stand wie gebannt und starrte auf diesen seltsamen, grünlichen Schimmer, der in dieser totenstillen Straße und in der nachtdunklen Häuserreihe einen geradezu unheimlichen Eindruck machte. Ich bin nicht abergläubisch, Mr. Jenkins, aber in dieser Stunde hatte ich das bestimmte Gefühl, daß dieses grüne Licht der Vorbote eines drohenden Unheils sei, eine Ankündigung – vielleicht eine Warnung aus einer anderen Welt. Schließlich raffte ich mich auf und stürzte die Treppen hinauf. Mein erster Weg geht ins Arbeitszimmer. Ich trete ein und fahre zurück: Das Zimmer ist dunkel und leer. Ich suche alles ab: nichts ist zu sehen."

„Untersuchten Sie den Geldschrank?", fragte Mr. Jenkins.

„Natürlich, sofort. Alles war unversehrt, und das Dokument lag an der alten Stelle in der Aktentasche. Darauf gehe ich zu meiner Frau ins Schlafzimmer – sie hat ihr eigenes Zimmer – sie liegt in tiefem Schlaf. Mein hastiger Tritt weckt sie. Ich erzähle ihr mit einigen fliegenden Worten, was ich beobachtet, frage, ob sie nichts gesehen oder gehört habe? Nichts!

Meine Frau hatte nicht das geringste bemerkt. Sie betonte mit Recht, wenn irgend jemand die Wohnung betreten haben würde, so hätte sie es vor allen Dingen bemerken müssen. Schließlich meinte meine Frau lächelnd, ich müsse wohl ein Gläschen über den Durst getrunken haben. Ich verteidigte meine Beobachtung, um schließlich, Zweifel im Herzen, schlafen zu gehen. Am andern Morgen war ich schon geneigt, meine Beobachtungen meiner erhitzten Phantasie zuzuschreiben – vielleicht auch den zwei Flaschen Wein, die ich im Laufe der Nacht getrunken hatte – als mich am nächsten Mittag ein Freund antelephoniert und mich fragt, was eigentlich in der letzten Nacht bei mir vorgegangen sei. Er sei um zwei Uhr durch die Viktoriastraße gegangen und habe einen grünen Lichtschein in meinem Arbeitszimmer bemerkt … Jetzt wußte ich, daß ich mich nicht geirrt hatte, Mr. Jenkins."

„Erzählten Sie ihrer Frau von der Beobachtung Ihres Freundes?" fragt der Detektiv.

„Ja. Meine Frau schüttelte skeptisch den Kopf und meinte schließlich, mein Freund sei wahrscheinlich ebenso angeheitert gewesen wie ich. – Nun, ich bin überzeugt, wir haben uns nicht geirrt. Ich nicht und mein Freund nicht. Auch ist es unwahrscheinlich, daß zwei Menschen unabhängig voneinander und zu verschiedenen Zeiten genau die gleiche Halluzination gehabt haben sollten.

Das Erlebnis hat mich nachdenklich gemacht. Ich untersuchte am nächsten Tage aufmerksam die ganze Wohnung – vergeblich. Ich fand nichts Verdächtiges. Dann kamen geschäftliche Dinge dazwischen. Ich habe in der nächsten Nacht noch ein bißchen aufgepaßt, aber nicht hat sich gerührt. Bis sich in der Nacht darauf etwas Neues ereignete.

Ich sagte Ihnen schon, Mr. Jenkins, daß wir, meine Frau und ich, getrennte Schlafzimmer haben. Das hängt damit zusammen, daß ich etwas herzleidend bin und daher besser schlafe, wenn ich allein bin. Meine Frau hat ein Vorderzimmer; ich schlafe in einem Raum, der nach hinten auf die Gärten hinausblickt. Es mochte um halb drei Uhr in der Nacht vom Mittwoch auf den Donnerstag sein, als ich davon erwachte, daß in meinem Hause eine Tür ging. Gleich darauf höre ich leise schleichende Schritte auf dem Korridor. In Friedenszeiten würde ich mich um ein derartiges Vorkommnis nicht viel kümmern, Mr. Jenkins; einer meiner Pensionäre konnte die späte Störung verursachen – vielleicht, daß er einen galanten Besuch entließ, oder etwas Ähnliches.

Jetzt, im Kriege, steht mein Haus leer, denn alle meine Pensionäre, größtenteils Ausländer, sind abgereist. Ich gehe leise an meine Zimmertür und öffne sie; in diesem Moment wird die Etagentür von außen geschlossen. Kein Zweifel – jemand verließ das Haus.

Und da tappten auch schon knarrende Schritte die Treppe hinunter. Ich stürzte an die Haustür; der Schlüssel steckt von außen im Schloß – ohne Zweifel mit Absicht, um mich am schnellen Verlassen des Hauses zu hindern.

Ich eile nach vorn und reiße das Fenster auf; leise wird unten die Tür geöffnet und jemand verläßt das Haus. Mit meinen Blicken durchbohre ich die Finsternis, und nach einigen Sekunden kann ich die Gegenstände unterscheiden. Zu meinem Erstaunen ist es eine Dame, die aus dem Hause tritt. Und mit grenzenloser Bestürzung erkenne ich in der Dame meine Frau. – Meine Frau! Was bedeutete das? Ich konnte es noch immer nicht glauben. Darum eilte ich zu ihrem Zimmer hinüber: es war verschlossen. Nach einiger Zeit gelingt es mir, die Tür zu öffnen – Das Bett war leer. Ich versuchte nun, meiner Frau nachzueilen; von vornherein ein ziemlich aussichtsloses Beginnen bei ihrem großen Vorsprung. Mit einigem Zeitverlust gelang es mir, das Haus zu verlassen, ich stürzte in der Richtung davon, in der meine Frau verschwunden war. Aber nichts war von ihr zu sehen. Nur in der Ferne hörte ich das Rattern eines Automobils, das sich schnell entfernte.

Nun ging ich nachdenklich und niedergeschlagen wieder nach Hause und grübelte und zermarterte mir den Kopf über das Unerhörte, das ich gesehen und gehört hatte. Was lag diesen unbegreiflichen Dingen zugrunde? Ich dachte und dachte und konnte nicht einschlafen.

„Eine Frage", unterbrach Jenkins den Erzähler. „Drängte sich Ihnen ein Gefühl der … der Eifersucht auf?"

Herr Wendland lächelte traurig und sagte leise: „Nein, Mr. Jenkins. Meine Frau ist 43 Jahre alt – 43 Jahre! Und sie ist mir immer eine treue und aufopfernde Kameradin gewesen, der jede Falschheit fernlag. Eine Untreue war das letzte, woran ich dachte.

Als ich am anderen Morgen um neun Uhr am Kaffeetisch erschien, saß meine Frau schon wie immer an ihrem Platz und begrüßte mich mit einem Lächeln. Ich beobachtete sie heimlich von der Seite. Da sah ich, daß ihr Gesicht bleich und eingefallen war. Und in ihren Augen lag der Ausdruck eines furchtbaren Kummers. Ich habe gewartet, Mr. Jenkins, und habe gehofft, meine Frau würde reden. Aber sie schwieg beharrlich und starrte in den scheinbar unbewachten Augenblicken vor sich hin, immer mit dem gleichen Ausdruck des grenzenlosen Jammers in den Zügen. Gewiß, ich hätte sie einfach fragen können. Ein paarmal war ich drauf und dran, es zu tun. Aber immer wieder, wenn ich in das blasse Gesicht und in diese trostlosen, verzweifelten Augen blickte, dann ist mir das Wort in der Kehle erstorben. Und schließlich – wollte sie nicht reden, nicht die Wahrheit reden – dann würde sie mir auch auf meine Fragen nicht mit der Wahrheit geantwortet haben.

Aber – mein Mißtrauen war erwacht. Es traf sich zufällig, daß ein Klub, dem ich angehöre, am letzten Sonnabend seinen Ball abhielt. Ich habe zwei Jahre hintereinander diesen Ball in Gesellschaft meiner Frau besucht und wir haben uns jedesmal gut unterhalten. Nichts war daher natürlicher, als daß ich sie auch diesmal wieder aufforderte, mit mir hinzugehen. Sie lehnte ab. Sie fühle sich nicht wohl. Als ich darauf die Absicht aussprach, ebenfalls nicht hinzugehen, drängte sie mich, es doch zu tun. „Geh' nur", sagte sie, und es kam mir vor, als ob ein Ausdruck der Unruhe in ihre Augen trat, „ich wäre untröstlich, wenn du dir meinetwegen das Vergnügen versagen würdest. Amüsiere dich gut." Abends legte sie mir selbst meinen Frack zurecht. Und ich ging.

Ich fuhr auch tatsächlich zum Ball, um auf alle Fälle dort gewesen zu sein, verließ ihn aber schon um ein Uhr wieder, während ich zu Hause meine Rückkehr auf drei Uhr in der Nacht angesagt hatte.

Um ein Uhr nahm ich mir ein Automobil und fuhr in die Viktoriastraße. An der Ecke stieg ich aus.

Das Haus lag in tiefem Schatten. Ich ging ein paarmal daran vorüber, schwang mich über das Gitter eines der

Vorgärten und drückte mich gegen die Mauer der Villa, die meinem Hause gegenüberliegt.

Die Straße war menschleer. Am Himmel ballten sich schwarze Wolken, und kein Stern war zu sehen. In der Ferne hallte von Zeit zu Zeit der einsame Schritt eines nächtlichen Wandrers. Sonst war alles totenstill. Ich beobachtete unausgesetzt die Fenster meines Hauses, die in schweigendem Dunkel dalagen. Plötzlich hatte ich das Gefühl, als ob an den Fenstern meines Arbeitszimmers eine Veränderung vor sich gegangen sei. Einen Augenblick dachte ich vergeblich darüber nach, worin diese Veränderung wohl bestehe, dann wurde es mir in der nächsten Sekunde klar – die Vorhänge! Irgend jemand hatte soeben die Vorhänge zugezogen! Und als ich noch mit fiebernden Augen auf meine Fenster starrte – da – da – da flammte es plötzlich auf ...“

„Das grüne Licht?“, fragte der Detektiv ruhig.

„Das grüne Licht. Ich stand wie gelähmt, Mr. Jenkins. Meine Augen irrten an der Front entlang und suchten vergeblich nach einer Lösung des Rätsels. Dann starrte ich wieder wie hypnotisiert auf die grüne Lichtflut, die da zu mir herniederdrang. Das Licht war nicht von gleicher Intensität. Manchmal schwoll es an, und ich glaubte, einen leise singenden Ton zu hören. Dann verminderte sich plötzlich die Leuchtkraft der Strahlen, und der Schein wurde ganz schwach und fahl, als ob in dem Zimmer eine winzige Nachtlampe brannte.

Um die Ecke kam in langsamer Fahrt eine Automobildroschke. Die hellen Azetylenscheinwerfer erleuchteten im Vorüberfahren die beiden Häuserreihen mit einem blitzschnellen Reflex, und als sie an meinem Hause vorüberfuhr, fiel ein blendendheller, zitternder Lichtkegel über die Fenster meiner Wohnung. Und da stieß ich einen Schrei aus. Aus einem der Vorderfenster schaute der Kopf meiner Frau, die Blicke mit dem Ausdruck des Grauens auf die grünlich schimmernden Erkerfenster gerichtet. Auf das grüne Licht!"

„Wissen Sie genau, daß es der Kopf Ihrer Frau war?"

„Ganz genau, Mr. Jenkins. Und nie habe ich ein entsetzteres Gesicht gesehen, als das meiner Frau in diesem Augenblick. Einen Moment war ich dem Zusammensinken nahe, dann beschloß ich, der Sache auf den Grund zu gehen. Ich schüttelte meine Gedanken ab, stürzte zum Hause hinüber, schloß auf und ging leise die Treppen hinauf. Dann eilte ich mit ein paar Sätzen in mein Arbeitszimmer. Ich stieß es auf und faßte mich an den Kopf: Das Zimmer war dunkel und leer. War das der beginnende Wahnsinn?

Ich ging zu meiner Frau hinüber. Sie lag im Bett und schlief fest. Anscheinend. „Hast du nicht eben das grüne Licht gesehen?", schrie ich und rüttelte sie am Arm. Sie schien aus tiefem Schlaf zu erwachen, lächelte und sagte schlaftrunken: „Was hast du mit dem grünen Licht? Ich weiß nichts von einem grünen Licht!"

„Und da wußte ich, daß sie mich belog." Der Erzähler hatte geendet und starrte gedankenverloren vor sich hin.

„Wann war das?" fragte der Detektiv.

„Vorgestern abend."

„Hat sich inzwischen noch etwas ereignet?"

„Nein, Mr. Jenkins."

„Haben Sie sich", begann der Detektiv nach einer Pause, „irgendeine Meinung darüber gebildet, was das grüne Licht zu bedeuten hat? Und haben Sie versucht, einen Grund für das Verhalten Ihrer Frau zu finden?"

„Ich habe nachgegrübelt, bis ich überhaupt nicht mehr fähig war, irgendeinen Gedanken zu fassen. Ich finde keine Erklärung. Keinen Anhalt. Nichts."

„Nun", sagte Mr. Jenkins nach einer Weile und stand

auf, „ich denke, einiges kann ich Ihnen immerhin zur Erklärung sagen."

Der Pensionatsbesitzer warf einen erstaunten Blick auf Mr. Jenkins und schüttelte ungläubig den Kopf.

„Ich wüßte nicht, Mr. Jenkins", sagte er endlich, „wie Sie zu einer Erklärung dieser Dinge kommen sollten, kennen Sie doch weder mich noch meine Frau."

„Nein", erwiderte der Detektiv. „Sie und Ihre Frau kenne ich nicht, aber ich glaube, etwas anderes zu kennen, worauf es hier ankommt: das Dokument."

„Das Dokument?", wiederholte der Pensionatsbesitzer verständnislos.

„Sie verstehen offenbar noch immer nicht, um was es sich hier handelt, Herr Wendland", fuhr Joe Jenkins fort. „Wissen Sie im übrigen, was dieses Dokument enthielt?"

„Nein."

„Es stellt einen geheimen Vertrag dar, geschlossen zwischen zwei europäischen Staaten: eben dem, dessen militärischer Attaché Herr Sanno ist, und einem anderen. Und nun hören Sie, was ich Ihnen sage, Herr Wendland: Dieser Vertrag ist vor drei Tagen einer feindlichen Regierung für eine halbe Million Frank angeboten worden. Dem Angebot lag eine Abschrift der ersten drei Seiten des Vertrages bei."

Der Pensionatsbesitzer stieß einen dumpfen Schrei des Entsetzens aus, griff mit den Armen in die Luft und fiel kraftlos in einen Sessel. Erst nach einiger Zeit kam er wieder zu sich. Er öffnete mit sichtlicher Mühe die Lider und sah den Detektiv mit glasigen Augen an. „Sind Sie der Meinung", fuhr dieser ruhig fort, „daß sich der Vertrag noch in Ihrem Besitze befindet?"

„Kein Zweifel", antwortete der Gefragte mit matter Stimme. „Ich habe das Dokument noch heute gesehen. Bevor ich fortging."

„Geht Ihre Frau heute aus?"

„Nein."

„Wann pflegt sie schlafen zu gehen?"

„Um halb zwölf."

„Ich möchte das Dokument sehen."

Der Pensionsbesitzer zögerte einen Augenblick.

„Nehmen Sie es mir nicht übel, Mr. Jenkins. Ich weiß nicht recht, ob ich berechtigt bin, Ihnen das Schriftstück zu zeigen."

Mr. Jenkins blickte einen Augenblick zu Boden und sagte dann leise: „Herr Wendland, ich sehe, Sie haben die Situation noch immer nicht richtig erfaßt. In dem Briefe, den ich hier in der Tasche trage, steckt ein Verhaftungsbefehl. Wissen Sie, gegen wen er lautet? ... Gegen Sie und Ihre Frau. Auf Ihnen beiden ruht der Verdacht, den Vertrag entwendet und dem fremden Staate angeboten zu haben. Es kostet mich ein Wort, und Sie sind verhaftet. Das Hotel ist umstellt. Wünschen Sie also, daß ich den Haftbefehl benutze – oder wollen Sie mit mir den Täter ermitteln?"

Der Pensionatsbesitzer rang eine Weile mühsam nach Atem. Schließlich sagte er mit sichtlicher Mühe: „Wenn die Sache so steht, Mr. Jenkins – dann muß ich natürlich tun, was Sie von mir verlangen. Was soll ich also tun?"

„Ihre Frau geht um halb zwölf schlafen. Sie werden solange bei mir bleiben und in der Zeit bis dahin mit mir unten im Restaurant eine Kleinigkeit essen. Dann werden wir zusammen in Ihre Wohnung fahren."

Es mochte gegen halb zwei Uhr nachts sein, als Herr Wendland und sein Begleiter durch die stillen Straßen des Tiergartens schritten. Fern verklang dumpf das brandende Großstadtleben. Hier, kaum 200 Meter von der Peripherie, war es still und menschenleer. Ab und zu hallte die gedämpfte Hupe eines fernen Automobils herüber. Und je näher die beiden Ihrem Ziele kamen, desto leiser und spärlicher klangen die Töne des Lebens zu ihnen herüber.

Die beiden Herren schritten langsam dahin. Beide in tiefen Gedanken. Die Häuser dieses vornehmen Stadtviertels lagen schon in tiefem Schweigen. Über den Straßen hing ein regenschwerer Himmel, und seufzender Nachtwind strich durch die alten Eschen.

„Hier ist die Viktoriastraße", sagte Wendland und zog seinen Begleiter auf die andere Seite. Im nächsten Augenblick deutete der Pensionatsbesitzer mit der zitternden Hand auf ein Haus, das aus der dunklen Häuserreihe grell hervorstach. Der Detektiv folgte der Richtung des ausgestreckten Armes und zog die Brauen zusammen: die zwei Eckfenster des gegenüberliegenden Hauses erstrahlten in smaragdgrünem Lichte. „Das grüne Licht", sagte der Pensionatsinhaber mit zitternder Stimme.

„Haben Sie den Schlüssel bereit?", fragte Joe Jenkins. „Dann kommen Sie schnell." Damit stürzten die beiden ins Haus und eilten die Stufen empor.

Wendland schloß die Haustür auf und stürzte voran, ins Arbeitszimmer. Er stieß die Tür auf und sah sich mit einem unbeschreiblichen Gesichtsausdruck um: das Zimmer lag in tiefem Dunkel.

Mr. Joe Jenkins trat langsam ein, den Strahl einer Taschenlampe auf den Teppich gerichtet. „Bitte, schalten Sie das Licht ein." Wendland tat es, und das Zimmer erstrahlte in mildem, gelbem Glühlicht.

„Hat dieses Zimmer einen zweiten Ausgang?"

„Ja, in unser Wohnzimmer."

„Führen Sie mich hinein." Auch dies Zimmer war leer.

„Wohin führt diese Tür?"

„Ins Schlafzimmer meiner Frau."

„Versuchen Sie zu erfahren, ob sie schon schläft."

Der Pensionatsbesitzer klopfte an die Tür. Keine Antwort. „Meine Frau schläft schon", sagte er in bitterem Ton. „Oder sie stellt sich schlafend. Ich habe einen Schlüssel zu dieser Tür. Wünschen Sie, daß ich öffne?"

Der Detektiv blickte einen Augenblick nachdenklich auf die Tür, sah dann dem Pensionatsbesitzer ins Gesicht und sagte mit hartem Gesichtsausdruck: „Nein."

Die beiden Herren gingen schweigend über den Korridor und – wie auf Verabredung – wieder ins Arbeitszimmer zurück. „Und nun", begann Mr. Jenkins, „möchte ich den Vertrag sehen."

Herr Wendland schloß den Geldschrank auf und entnahm ihm eine Aktentasche. Er öffnete sie; ein großes Kuvert lag darin. Mr. Jenkins nahm es in die Hand, wog es ein paarmal und riß es mit einem Ruck auf. Der Pensionatsbesitzer warf einen Blick auf den Inhalt und fuhr mit einem Schrei der Überraschung zurück. In dem Kuvert lag eine Zeitung.

„Was wir eben hier festgestellt haben", begann Mr. Jenkins nach einer Pause, „hat mich nicht überrascht. Ich war von vornherein überzeugt, daß wir das Dokument nicht mehr vorfinden würden. Ich möchte nun noch einiges von Ihnen wissen. Sie begleiten mich wohl die Treppe hinunter und gehen mit mir bis zu meinem Hotel. Wir können den kurzen Weg ganz gut zu Fuß zurücklegen."

„Ich möchte gern einiges über Ihre Frau wissen, Herr Wendland", begann Mr. Jenkins, als die beiden Herren durch die nächtlichen Straßen gingen. „Sie ist jetzt 43 Jahre alt, sagten Sie?"

„Ja."

„Wie lange sind Sie verheiratet?"

„Seit fünf Jahren."

„Sie war also 38, als Sie sie heirateten. Ein ziemlich spätes Alter."

„Sie war Witwe."

„Wie lange ist der erste Mann tot?"

„Seit neun Jahren."

„Haben Sie seinen Totenschein gesehen?"

„Ich habe ihn in meinem Besitz", antwortete der Pensionatsbesitzer, einigermaßen verwundert. „Wie hieß er?" – „Kurt Kramer." – „Wie heißt Ihre Frau mit Vornamen?" – „Margarete."

„Hat Ihre Frau jemals Kinder gehabt?"

„Nie."

Dann schritten die beiden wieder schweigend nebeneinander her, jeder seinen Gedanken nachhängend. Das Lichtmeer der Linden tauchte auf, und kurz darauf standen sie vor dem Hotel. „Sie werden morgen von mir hören", sagte Mr. Jenkins zum Abschied und reichte dem Pensionatsbesitzer die Hand. „Gute Nacht."

Eben wollte der Detektiv den Hoteleingang betreten, als ihn jemand am Arm berührte. Als er sich umwandte, blickte er in das totenbleiche Gesicht Wendlands, der ihn mit angstvollen Augen ansah. „Noch eins", sagte er mit zitternder Stimme. „Ich sehe, alles spricht gegen meine Frau. Die Verdachtsmomente häufen sich von Stunde zu Stunde. Ich selbst werde ja irre an ihr. Und darum bitte ich Sie, Mr. Jenkins – Sie, der Sie tiefer sehen als gewöhnliche Sterbliche, sagen Sie mir das eine: Halten Sie meine Frau für schuldig?"

Der Detektiv wandte sich langsam nach dem Fragenden um, blickte einen Augenblick vor sich hin und sagte, indem er dem Pensionatsbesitzer voll ins Gesicht sah: „Nein!"

A m nächsten Morgen empfing Herr Wendland ein Telegramm:

„Erwarte Sie elf Uhr abends Hotel. J. J."

Mr. Jenkins war schon fertig zum Ausgehen gerüstet, als Wendland den Vorraum um 11 Uhr abends betrat.

„Sie werden heute abend", begann der Detektiv als die beiden auf die Linden hinaustraten, „wahrscheinlich einiges zu sehen und zu hören bekommen, was Sie in Bestürzung versetzen wird. Darum möchte ich Sie daran erinnern: die Dinge sehen oft schlimmer aus, als sie sind. Denken Sie daran, bevor Sie etwas unternehmen. Und nun, Kopf hoch! Und hoffen wir auf einen guten Ausgang."

„Wohin fahren wir?", fragte der Pensionatsbesitzer.

Statt aller Antwort winkte der Detektiv einem Chauffeur. „Manhattan-Bar."

Das Auto sauste durch die nächtlichen Straßen des Berliner Westens. Hier pulsierte das heiße Leben der Großstadt. Mächtige Transparente leuchteten verführerisch durch die Nacht.

Das Auto der beiden Herren stoppte mit knirschendem Ruck. Joe Jenkins zahlte und zog seinen Begleiter in das Dunkel eines Hauses. Gegenüber leuchtete ein Transparent: „Manhattan-Bar".

Das Nachleben dieser Bar schien um diese Zeit noch im Anfangsstadium zu sein. Der Schwarze, der den Dreheingang zu bedienen hatte, räkelte sich gähnend an der Mauer und kam nur von Zeit zu Zeit gelangweilt herbei, um einen einzelnen Gast einzulassen. Von innen drangen die weichen Klänge der Zigeunermusik.

Joe Jenkins ging langsam über die Straße, nachdem er seinem Begleiter ein Zeichen gegeben hatte, zurückzubleiben. Er trat auf den Mann zu und wechselte ein paar Worte mit ihm. Der Angeredete machte eine bejahende

Kopfbewegung. Jenkins drückte ihm ein Geldstück in die Hand und kam langsam zurück. Auf seinem Gesicht lag ein Lächeln der Befriedigung. „Wir müssen warten", sagte er, „aber ich denke nicht allzulange."

Etwa eine halbe Stunde später fuhr vor der Bar ein Automobil vor, dem eine Dame in mittleren Jahren entstieg. Sie ging auf den schwarzen Portier zu und sprach mit ihm. Der Mann verschwand ins Innere der Bar. Die Angekommene ging wartend draußen auf und ab. „Kennen Sie diese Dame?", fragte Jenkins seinen Begleiter halblaut. Wendland, der erst jetzt auf die Angekommene aufmerksam geworden war, sah scharf hinüber und sagte plötzlich mit zitternder Stimme: „Meine Frau!" Im nächsten Augenblick wollte er über die Straße stürzen, als er sich von Jenkins mit festem Griff gepackt sah. „Denken Sie an das, was ich Ihnen gesagt habe", flüsterte der Detektiv, „und warten Sie!"

Ein paar Minuten waren vergangen, da kam aus der Bar ein junger Herr in Theatermantel und Frack und ging auf Frau Wendland zu, die er mit ziemlich verdrießlicher Miene begrüßte. Sie schien eifrig auf ihn einzureden; er nahm schließlich ihren Arm und die beiden gingen davon.

„Kommen Sie", flüsterte Jenkins. Langsam folgten die beiden dem Paar. Der Weg führte durch mehrere Querstraßen des Westens. Der Herr blieb plötzlich vor einem Hause stehen, zog einen Schlüssel aus der Tasche und verschwand mit seiner Begleiterin im Hause.

Mit erdfahlem Gesicht starrte Wendland auf das Schauspiel. Endlich zischte er mit wutbebenden Lippen: „Das hätte ich nie gedacht, Mr. Jenkins! Daß meine Frau mich betrügt! Diese schamlose Dirne! Und noch dazu mit einem so jungen Menschen! Ein unzweifelhafter, glatter Ehebruch! ... Lassen Sie mich", rief er, als Jenkins sich

seines Armes bemächtigte, „ich muß die beiden überraschen! Lassen Sie mich los!" Der Detektiv war dem
anderen an Kräften weit überlegen. „Sie kommen nicht
von der Stelle, Herr Wendland", sagte er mit ruhiger
Stimme. „Denn Sie würden alles verderben. Warten Sie
ab. Morgen früh werden Sie anders über diese Dinge
denken!"

Es waren nicht mehr als zehn Minuten vergangen,
als die Tür krachend aufflog und eine Dame aus dem
Hause stürzte. In der Hand trug sie ein längliches
Paket. Am nächsten Hause fiel der volle Lichtschein
der Straßenlaterne über ihre Gestalt. Es war Frau
Wendland. Gleich hinter ihr erschien der junge Herr
in der Tür. Schon wollte er sich auf die Dame stürzen;
jetzt hatte er sie erreicht und an der Schulter gepackt.
In diesem Augenblick stieß Jenkins seinen Begleiter
an: „Kommen Sie!" Die beiden rannten über die Straße,
und im nächsten Moment hatte der Detektiv den jungen
Herrn mit eisernem Griff gepackt. Eben wollte Wendland
seinen Stock auf dessen Kopf niedersausen lassen, als
Jenkins ihm in den Arm fiel.

„Schlagen Sie ihn nicht!", rief er dem Verdutzten zu.
„Es ist Ihr Stiefsohn!"

Der Pensionatsbesitzer prallte zurück und blickte
bald auf seine Frau, bald auf den jungen Herrn, bald
auf Jenkins. Frau Wendland stand einen Augeblick wie
erstarrt, dann brach sie in bitterliches Weinen aus.

Mr. Jenkins nahm der Dame das längliche Paket
aus der Hand, öffnete es und nickte. „Ich sehe, Frau
Wendland", sagte er mit leiser Stimme, „Sie haben alles
Menschenmögliche getan, um das begangene Unrecht
wieder gutzumachen. Und ich will versuchen, Ihnen
weiterzuhelfen, damit diese Sache, wenn möglich, zu
einem guten Ende geführt wird. Ich habe hier wohl das

Vergnügen mit Ihrem Sohn aus erster Ehe, Herrn Fritz Kramer?"

Frau Wendland nickte schluchzend; der junge Mann sah den Detektiv finster an.

„Ich setze voraus", fuhr Joe Jenkins fort, „daß Ihr Sohn offen und ehrlich gegen mich ist und mit der Wahrheit nicht hinterm Berge hält. – Wollen Sie mir wahrheitsgemäß antworten?" Er wandte sich an den jungen Mann. „Natürlich nicht hier. Gehen wir in Ihre Wohnung."

Der so in die Enge Getriebene wollte Einwendungen machen, als ihm Mr. Jenkins zuvorkam. „Sehen Sie dort drüben die Männer?", fragte er. „Die warten darauf, daß ich pfeife."

Der junge Mann wandte sich zur Tür: „Kommen Sie!"

Sie traten in das Haus und schritten die Treppe hinauf.

In der zweiten Etage öffnete Fritz Kramer eine Wohnungstür und trat mit seinen Begleitern ein. „Zunächst", begann Mr. Jenkins, „will ich Ihnen erklären, auf welche Weise ich von Ihrer Existenz erfahren habe. Heute morgen habe ich mich vor allen Dingen bei der Behörde über die Personalien der Frau Wendland erkundigt. Da fiel mir eine Unstimmigkeit auf: Herr Wendland hat mir erzählt, seine Frau sei kinderlos. Aus den Akten geht aber hervor, daß sie einen Sohn aus erster Ehe hat. Welchen Grund konnte sie haben, die Existenz dieses Sohnes zu leugnen, der jetzt 24 Jahre alt ist? Es gab nur eine Erklärung: dieser Sohn war – Sie entschuldigen wohl, Herr Kramer – ein Taugenichts. Diese Annahme ist mir durch meine Nachforschungen bei den Behörden nun allerdings in ungeahntem Maße bestätigt worden. Dieser hoffnungsvolle junge Mann ist nacheinander Ingenieur, Kaufmann, Steward, Schreiber gewesen. Dann ist er ins Ausland gegangen und hat eineinhalb Jahr in der französischen Fremdenlegion gedient. Dort ist er desertiert und vor zwei Monaten nach Berlin zurückgekommen. Hier haben ihn seine Wirtsleute ordnungsgemäß gemeldet: Paulanerstraße 25.

Die Vermutung lag gewiß nahe, daß zwischen den nächtlichen Ausflügen der Frau Wendland und der Anwesenheit dieses verheimlichten Sohnes ein Zusammenhang bestand. Offenbar wußte ihn die Mutter in schlechter Gesellschaft – ich höre, er ist Stammgast der Manhattan-Bar – und versuchte, wenig erfolgreich, ihn zu einem arbeitsamen Leben zurückzuführen. Dann kam die Krankheit des Militärattachés, und der Sohn hörte wahrscheinlich durch seine Mutter von dem zurück-gelassenen Dokument. In ihm tauchte der Gedanke auf: Wenn du den Inhalt erfährst! Dann könntest du mit einem Schlage ein reicher Mann sein, und alles Arbeiten hätte ein Ende! Wie er daran ging, diesen Plan auszufüh-ren, werden Sie gleich hören.

Eine der prominentesten Erscheinungen dieser Affäre ist das grüne Licht, von dem wiederholt die Rede war. Nun, ich habe mich heute abend, in Abwesenheit dieses jungen Herrn, ein wenig in seiner Wohnung umgesehen. Und da habe ich mit einiger Mühe eine erschöpfende Erklärung für das nächtliche grüne Licht gefunden. Kommen Sie mit." Mr. Jenkins führte seine Zuhörer ins Nebenzimmer, wo er auf einen Schrank zuging. Diesem entnahm er einen größeren Apparat, den man im dunklen Raum nicht erkennen konnte. Ein schnappendes Geräusch wie vom Anknipsen eines Schalters – und eine längliche Röhre erstrahlte in magisch grünem Lichte.

„Erkennen Sie, was es ist?", fragte Jenkins nach einer Pause den Pensionatsbesitzer, der mit großen Augen auf die Erscheinung starrte. „Es ist eine Quecksilberdampf-lampe in Verbindung mit einem photographischen Apparat. Damit hat Herr Kramer, Ihr Stiefsohn, in den

Nächten, in denen Sie abwesend waren, Blatt für Blatt des geheimen Dokuments photographiert. Das Licht des Quecksilberdampfes hat bekanntlich eine starke chemische Wirkung, die es besonders zum Photographieren geeignet macht. Der junge Mann hatte – das muß ich zu seiner Ehre sagen – ursprünglich nicht die Absicht, den Vertrag zu stehlen. Er wollte ihn nur abschreiben, oder richtiger gesagt, photographieren. Da Sie ihn aber mehrere Male gestört haben, so hat er sich gestern abend entschlossen, den Vertrag einfach mitzunehmen. Denn nachdem er die ersten Seiten photographiert und seinem Angebot an die fremde Regierung als Beleg beigegeben hatte, mußte er mit der Möglichkeit rechnen, daß man ihm den Vertrag tatsächlich abkaufen würde. Um zu dem Geldschrank zu gelangen, bedurfte es eines Nachschlüssels. Diesen hat er sich wahrscheinlich anfertigen lassen mit Hilfe Ihres eigenen Schlüssels, den Sie wohl von Zeit zu Zeit bei Ihrer Frau zurücklassen. Ob mit Wissen der Mutter oder ohne ihre Einwilligung, will ich nicht untersuchen."

„Es war ohne mein Wissen", sagte Frau Wendland und warf einen traurigen Blick auf ihren Sohn.

„Herr Kramer ist jedesmal, wenn er Sie kommen hörte, mit seinen Apparaten in das Zimmer seiner Mutter geflüchtet und hat dort vermutlich die Nacht unter ihrem Bett zugebracht. Sie sind dadurch, wenn auch wider Willen, zu seiner Mitschuldigen geworden, gnädige Frau. Und ich gestehe Ihnen: Ich weiß selbst noch nicht recht, was ich tun werde."

Frau Wendland starrte schweigend vor sich hin.

„Die Hauptsache, das Verbrechen selbst, ist glücklicherweise unterblieben. Auch dürfte die Kenntnis vom Inhalt des Dokuments Ihren Sohn wahrscheinlich nicht viel klüger gemacht haben. Denn ich vermute, daß er die betreffende Sprache gar nicht versteht. Darum wohl hat er den Inhalt auch nicht abgeschrieben, sondern photographiert. Stimmt es, Herr Kramer?"

„Ja", antwortete dieser finster.

„Schließlich", fuhr Jenkins fort, „ist es nicht meine Aufgabe, diesen jungen Mann ins Unglück zu bringen, sondern lediglich, das Dokument wieder herbeizu-schaffen... Ich will Ihnen einen Vorschlag machen", er wandte sich an Fritz Kramer. „Sie sind Seemann gewe-sen?" – „Jawohl, Mr. Jenkins."

„Haben Sie Lust, als Matrose in die amerikanische Handelsmarine einzutreten?"

Der junge Mann sah einen Augenblick zu Boden, richtete dann einen leuchtenden Blick auf den Detektiv und sagte: „Das möchte ich gern. Leider ist das Angebot sehr groß."

„Nun", sagte Mr. Jenkins, „ich denke, ich kann Ihnen die Gelegenheit, sich zu rehabilitieren, verschaffen. Und nun gestatten Sie, gnädige Frau, daß ich dieses Dokument an mich nehme. Denn Sie haben es doch wohl Ihrem Sohn eben abgenommen, um es in den Geldschrank zurückzulegen."

Frau Wendland nickte und gab Mr. Jenkins das Paket.

„Ich werde es also morgen früh der rechtmäßigen Besitzerin, nämlich der Gesandtschaft, zurückerstatten", fuhr Jenkins fort. „Und nun zu Ihnen, Herr Wendland. Ich denke, Sie haben keine Ursache, Ihrer Frau zu grollen. Im Gegenteil, ich hoffe, Sie werden Sie mit offenen Armen wieder aufnehmen und ihr nicht zürnen, daß sie, als ein schwacher Mensch, einen Augenblick zwischen den beiden heiligsten Empfindungen des Menschenherzens geschwankt hat: zwischen der Liebe zu ihrem Sohn und der Treue zu ihrem Gatten."

ABENTEUER II

Wenn die Toten wiederkehren

(BERLIN)

er Kellner stellte die umfangreiche Platte mit dem ersten Frühstück vor dem Gast von Nummer 45 nieder, der soeben im Frühstücksraum erschienen war, und empfahl sich mit einer Verbeugung. Von der Tür aus warf er noch einen schnellen Blick, in dem ein seltsames Gemisch von Respekt und Neugierde zu lesen war, auf den Fremden und verschwand geräuschlos durch die Glastür.

Es war 11 Uhr vormittags. Der Hotelraum war um diese Stunde schon ziemlich leer. Unter dem dunkelgrünen Laub der Palmen leuchteten die kleinen Tischchen mit den hellen Korbsesseln vornehm-reserviert hervor; nur hier und da räkelte sich noch ein Spätaufsteher bei der Morgenzeitung.

Während der Gast mit sichtlichem Appetit einen Teller Porridge leerte, winkte er mit den Augen einen der Kellner heran, die von Zeit zu Zeit durch die Halle glitten, und drückte ihm ein Geldstück in die Hand. „Holen Sie mir die neuen Zeitungen."

Der Befrackte kam nach einer Weile zurück, in der Hand ein Paket Morgenblätter, die er in dem kleinen Kiosk gekauft haben mochte, der den Abschluß des Hoteleingangs bildete. Er legte den Stoß auf den Tisch und faßte in die Tasche. „Es ist gut", sagte der Gast mit einer verabschiedenden Handbewegung.

Der Gast entfaltete eben die oberste der Zeitungen, als im Rahmen der Tür der Hoteldirektor auf seinem Inspektionsgang auftauchte. Er erblickte den lesenden Gast, ging mit diskreten Schritten auf ihn zu und begrüßte ihn mit einer Verbeugung. „Guten Tag, Mr. Jenkins", sagte er in höflichem Tone. „Es freut mich, daß es Ihnen bei uns in Berlin so gut gefällt. Ich habe eigentlich schon von Tag zu Tag gefürchtet, Sie würden abreisen. Nachdem Sie Ihre diplomatische Mission – ich habe darüber gelesen – in einer Weise erledigt haben, wie sie in der ganzen Welt eben nur Mr. Joe Jenkins erledigen konnte."

Der Detektiv lächelte. „Ich will Ihnen gestehen, Direktor, ich bin nicht ganz freiwillig hier. Vorgestern wollte ich abreisen. Da bekam ich mittags ein Telegramm von meinem Schiffsagenten in Gothenburg, worin er mir anzeigte, im Skagerrak sei ein schwedisches Schiff auf eine treibende Mine aufgelaufen und in die Luft geflogen. Nun – ich habe wirklich nicht viel Lust, ein derartiges Risiko zu laufen. Ich glaube, es wäre ein bißchen schade … Die Herren Verbrecher brauchen mich viel zu nötig …"

Mr. Jenkins griff, nachdem sich der Direktor entfernt hatte, wieder nach seinen Zeitungen und war bald in die neuesten Kriegstelegramme vertieft. Nachdem er die eine gewissenhaft bis zum Ende gelesen hatte, faltete er sie sorgfältig zusammen und griff nach der zweiten. Eben wollte er auch diese fortlegen, da sie ihm nichts Neues zu enthalten schien, als sein Blick auf eine Notiz im lokalen Teil fiel, die seine Aufmerksamkeit fesselte. Die Notiz lautete:

Ein seltsamer Vorfall.

In einer hiesigen angesehenen Familie hat sich gestern ein mysteriöses Ereignis zugetragen. Bei der Frau Regierungsrat F. am … platz, deren Gatte seit Beginn des Krieges als Hauptmann im Felde steht, erschien gestern nachmittag, etwa um 5 Uhr, ein hiesiger Arzt. Er erklärte der erstaunten Dame, vor einer Viertelstunde sei bei ihm ein Offizier gewesen und habe ihn aufgefordert, zu Frau Regierungsrat F. zu fahren, denn diese Dame leide seit heute früh um 9 Uhr an starken Asthmaanfällen. Der Offizier habe ihn weiter gebeten, möglichst ein geeignetes Mittel gleich mitzubringen, ein Ansuchen, dem der Arzt entsprochen hatte.

Die Dame war im höchsten Grade verwundert; kannte sie doch weder diesen Arzt noch den Offizier. Das Seltsame aber war, daß die Angaben des fremden Offiziers hinsichtlich ihrer asthmatischen Anfälle richtig waren. Von einer unerklärlichen Furcht ergriffen, forschte die Dame, wie denn der Offizier ausgesehen habe? Der Arzt gab nunmehr eine Beschreibung des rätselhaften Besuchers: Er habe einen dunklen Schnurrbart und leicht ergrautes Haar gehabt, sei von großer Gestalt gewesen und habe ein kleines Muttermal unter dem rechten Auge gehabt. An der linken Schläfe sei ein kreisrunder, roter Fleck zu sehen gewesen, der fast wie von einer Schußwunde herrührend ausgesehen habe. Frau Regierungsrat F. erkannte aus dieser Beschreibung zu ihrer grenzenlosen Bestürzung ihren Mann, der im Felde stand und von dem sie erst gestern früh einen Brief aus ... erhalten habe. Bis auf die rote Stelle in der linken Schläfe paßten die Angaben genau ... Der Arzt händigte der Dame sein Mittel aus und empfahl sich ... Und nun kommt das Unbegreifliche: gestern abend um 9 Uhr lief bei der Dame ein Telegramm ein, ihr Gatte sei gestern früh 10 Uhr durch einen Schuß in die linke Schläfe getötet worden ...

Die Dame ist durch den rätselhaften Vorfall derart erschüttert worden, daß sie sich in ein Sanatorium begeben mußte.

Joe Jenkins las diesen Artikel zweimal aufmerksam durch, schüttelte während des Lesens mehrere Male den Kopf und versank in längeres Nachdenken. Dann ließ er sich Hut und Überzieher bringen, verließ das Hotel, rief ein Auto an und nannte dem Chauffeur die Adresse der Redaktion des Blattes.

Es mochte ungefähr 2 Uhr mittags sein, als sich ein Mr. James Mac Donald beim Chefarzt des Racotschen Sanatoriums melden ließ.

Der Besuch wurde in ein ruhig und vornehm ausgestattetes Sprechzimmer geführt, das auf einen alten, schönen Park hinausblickte. Der Fremde sah sich aufmerksam in dem Raum um, dessen einzelne Gegenstände ausnahmslos Zeugnis von einem gediegenen und kultivierten Geschmack ablegten, als sich die Tür öffnete. Der Eintretende war ein untersetzter Herr mit raschen, energischen Bewegungen; durch die Brillengläser drang ein kurzer, prüfender Blick aus zwei klugen Augen auf den Besucher; eine kurze, einladende Handbewegung, die auf einen Sessel deutete, dann setzte sich der Professor nieder und sah dem anderen fragend ins Gesicht.

„Herr Professor", begann dieser, „um Ihnen gleich die Wahrheit zu sagen: Ich bin kein Patient, und ich wünsche Sie nicht zu konsultieren. Es ist lediglich die Bitte um eine Auskunft, die mich zu Ihnen führt. Ich bin Mitglied eines spiritistischen Vereins in Philadelphia, und ich komme, um mich über einen Fall näher zu informieren, der mich außerordentlich interessiert."

„Nun", unterbrach der Chefarzt, „Sie kommen vermutlich in der Angelegenheit der Frau Regierungsrat Forsting."

„Ganz richtig. Und, wie gesagt, ich wäre Ihnen zu Dank verpflichtet, wenn Sie mir einiges Nähere über diesen interessanten Fall mitteilen würden."

„Ja", begann Professor Racot, „die Geschichte ist in der Tat sehr merkwürdig. Ich würde sie vielleicht ins Reich der Legende verweisen – wenn nicht mein eigener Assistenzarzt sie miterlebt hätte. Sie haben wohl gelesen, daß Dr. Loy gestern abend den Besuch eines Offiziers erhielt, der ihn ersuchte, Frau Regierungsrat Forsting zu Hilfe zu eilen."

„In der Tat. Ich habe es gelesen. Also, Herr Dr. Loy …?"

„Ist mein Assistent. Er unterhält in seiner Privatwohnung eine kleine Praxis und ist tagsüber in meinem Sanatorium beschäftigt."

„Und haben Sie, Herr Professor, sich irgendeine Erklärung für das Vorkommnis gebildet?"

Der Chefarzt sah den Fragenden mit einem prüfenden Blick an und sagte dann reserviert: „Nein. Ich bedaure, darüber nicht das geringste sagen zu können. Jedenfalls, das eine kann ich Ihnen mit Bestimmtheit sagen: Frau Forsting ist krank, ernstlich krank. – Sie werden begreifen, Mr. Mac Donald – ich habe nicht die Ehre, Sie zu kennen – es handelt sich um das ärztliche Berufsgeheimnis – ich muß bedauern, keinen Anlaß zu haben, Ihnen gegenüber von meiner Schweigepflicht abzusehen."

Der Amerikaner stand auf. Er sah den Arzt mit einem ruhigen Blick an, zwei Augenpaare schienen sich einen Augenblick zu messen, dann sagte der Amerikaner langsam: „Mein Name ist Joe Jenkins."

Der Professor faßte sich an die Stirn. „Darum kamen Sie mir gleich so bekannt vor. Ich habe Ihr Bild vor einigen Tagen in einem illustrierten Journal gesehen, Mr. Jenkins, kurz nach Ihrer Aufdeckung des Dokumentendiebstahls. Ich freue mich, den berühmten amerikanischen Detektiv in meinem Hause zu sehen. Nun, da Sie ja gewissermaßen zur Polizei gehören, will ich Ihnen zur Verfügung stehen. Also was möchten Sie wissen?"

„Ich würde", antwortete Jenkins, „gern einmal mit Frau Geheimrat Forsting persönlich ein paar Worte sprechen. Natürlich in Ihrer Gegenwart, Herr Professor."

Der Chefarzt drückte auf den Knopf des Haustelephons. „Herr Dr. Loy möge mit Frau Geheimrat Forsting herüberkommen."

„Es handelt sich", wandte sich der Professor wieder an Jenkins, „hier ursprünglich um einen Fall von Kriegspsychose. Allgemeine nervöse Überreiztheit, hervorgerufen durch den Ausbruch des Krieges, in Verbindung mit der Einberufung des Gatten, verstärkt durch das Gefühl der Verlassenheit, vielleicht der persönlichen Gefahr. Durch ein asthmatisches Leiden haben sich diese Dinge in den letzten Tagen noch zugespitzt. Dazu die niederschmetternde Nachricht vom Tode des Gatten und, was allem anderen die Krone aufsetzte, dieser geheimnisvolle Besuch des Gatten beim Arzt – des Gatten, der am Morgen des gleichen Tages, 10 Uhr, schon tot war. Dies alles hat die Dame in einen Zustand versetzt, der mehr als bedenklich zu nennen ist. Herr Dr. Loy, ein sehr tüchtiger, gewissenhafter Arzt, hat mir ein bis ins kleinste detailliertes Krankheitsbild in dieser seltsamen Sache zusammengestellt. Danach ist über die Gefährlichkeit des Zustandes der Frau Regierungsrat Forsting leider kein Zweifel möglich."

In diesem Augenblick klopfte es an die Tür.

„Noch eins", sagte Mr. Jenkins. „Ich bitte Sie, mich den Herrschaften als Mr. Mac Donald vorzustellen. Es würde Frau Forsting unnötig erregen, wenn sie meinen Namen hört, und auch Herrn Dr. Loy könnte es vielleicht befangen machen."

Auf das energische „Herein!" des Chefarztes trat ein dunkelhaariger, jüngerer Herr ein, gefolgt von einer Dame, die in der Mitte der Vierzig stehen mochte. Die stattliche Gestalt war einfach, aber mit einer gewissen diskreten Eleganz gekleidet; das Gesicht war von Sorgen durchfurcht und stach in seiner Blässe kaum von dem weißen Haar ab, das es umrahmte; die Augen hatten einen flackernden Glanz.

Der Assistenzarzt war ein hübscher, schlanker Mann mit sanften, braunen Augen. Er warf einen kurzen Blick auf Mr. Jenkins und sah dann seinen Chef fragend an. Dieser stellte „Herrn Mac Donald aus Philadelphia" der Frau Regierungsrat Forsting und Herrn Dr. Loy vor. „Mr. Mac Donald interessiert sich sehr für Ihren Fall, gnädige Frau", sagte er. „Er würde gern einiges darüber hören; namentlich auch über den Vorfall von heute vormittag. Vielleicht erzählen Sie das Erlebnis selbst; gnädige Frau. Sie sind, um es kurz zu resümieren, der Meinung, Ihren Gatten heute vormittag leibhaftig gesehen zu haben?"

Die Patientin fuhr sich mit der Hand über die Schläfen, blickte einen Augenblick traurig vor sich nieder und sagte dann mit leiser Stimme:

„Ja, Herr Professor. Ich habe mich nicht getäuscht. Bestimmt nicht. Es war mein Mann. Nicht nur, daß ich natürlich die Gestalt und das Gesicht erkannte; der vorüberschreitende Offizier hatte auch den charakteristischen Ansatz des rechten Fußes, der meinem Manne eigen ist."

„Und wo haben Sie ihn erblickt?"

„Auf meinem Spaziergang. Ich ging mit Herrn Dr. Loy heute vormittag durch den Park. Wir kommen an eine Stelle, an der sich die Wege kreuzen. Plötzlich kommt, auf einen Stock gestützt, von links ein Offizier langsam daher und kreuzt meinen Weg. Ich verfolge mit wachsendem Erstaunen die mir wohlbekannte Gestalt. Auf einmal, als er an mir vorübergegangen ist, wendet der Offizier den Kopf und schaut mich an; mit Augen, die glasig und überirdisch aus einem totenbleichen Gesicht leuchten. Der Schrei bleibt mir in der Kehle stecken; der dort geht, ist mein Mann! Während meine Augen auf seinem Gesicht umherirren, fallen sie auf ein feuerrotes Wundmal an seiner linken Schläfe. Ich will auf die Erscheinung losstürzen, da hält mich Herr Dr. Loy am Arm fest. ‚Wohin wollen Sie?', fragt er. ‚Wohin ich will?', frage ich erstaunt. ‚Sehen Sie denn nicht den Offizier dort? Das ist mein Mann!', Wo?', fragte er verwundert und sieht mit leeren Blicken in die Richtung, die ihm mein ausgestreckter Arm zeigt. ‚Sehen Sie denn nicht den Offizier dort? Der dort langsam hinaufsteigt, in der rechten Hand einen braunen Krückstock?' Da antwortet mir Herr Dr. Loy mit einer Stimme, aus der ich tiefes Mitleid, trauerndes Mitleid höre: ‚Gnädige Frau, da geht kein Offizier. Weder ein Offizier, noch sonst ein Mensch.'"

Dr. Loy tauschte einen verständnisinnigen Blick mit seinem Chef und murmelte ein paar lateinische Worte.

„Ich danke Ihnen, gnädige Frau", sagte Mr. Jenkins und erhob sich. „Und nun denke ich: Wir haben Sie schon ein wenig reichlich in Anspruch genommen. Sie werden recht erschöpft sein. Nochmals herzlichen Dank, Frau Forsting."

Damit wandte sich Dr. Loy mit seiner Patientin zur Tür. „Sie kommen wohl noch einmal zurück, Herr Kollege!", bat der Professor seinen Assistenten. Dieser machte eine kleine Verbeugung und war im nächsten Augenblick mit Frau Forsting verschwunden.

„Und Ihre Meinung?", fragte Jenkins den Professor, als die beiden allein waren. „Sie halten die Dame für irrsinnig?"

„Auf alle Fälle", antwortete Professor Racot, „muß ich an einen beginnenden Irrsinn glauben. Denn die Symptome sind unabweisbar und unverkennbar."

„Gestatten Sie eine weitere Frage, Herr Professor. Hat die Dame Vermögen?"

Der Arzt stutzte, sah den Detektiv mit einem schnellen Blick an und sagte dann lächelnd: „Nein, Mr. Jenkins. Ihre kriminellen Bedenken – falls Sie solche haben sollten, – sind hier unbegründet. Die Dame hat nichts als ihre bescheidene Pension, die natürlich mit ihrem Tode aufhört. Sie hat keinen Feind, sie ist im Gegenteil überall als eine harmlose und bescheidene Frau beliebt."

„Hat die Dame Verwandte?"

„Sie hat einen Bruder, der vor vielen Jahren nach Südamerika ausgewandert und dort verschollen ist. Außerdem lebt hier in Berlin ein Bruder ihres Mannes als Rentier. Er ist mit Frau Forsting befreundet und stand ihr in der letzten Zeit, da sein Bruder – ihr Mann – abwesend ist, sehr zur Seite."

Ein Klopfen an der Tür, ein lautes „Herein!", Dr. Loy kam zurück. „Nun, Herr Kollege", wandte sich Professor Racot dem Eintretenden entgegen, „wie denken Sie über Frau Forstings Zustand?"

Der Arzt warf einen fragenden Blick auf Jenkins und sah dann seinen Chef an. Dieser neigte ermutigend den Kopf. „Herr Professor", sagte Dr. Loy leise, „ich muß Ihnen gestehen: ich fürchte, eine Katastrophe kann jeden Augenblick eintreten. Die Nerven der Patientin sind aufs äußerste gereizt. Noch eine solche Halluzination – und … ich fürchte, eine Überführung ins Irrenhaus …"

In diesem Augenblick gellte ein fürchterlicher Schrei durch das Haus, ein Schrei der Angst, der die Luft förmlich durchschnitt. Das Rennen eines Menschen, der in Todesangst sein mußte, kam über den langen Korridor. Im nächsten Augenblick wurde die Tür aufgerissen, und bleich, mit verzerrten Zügen und weit geöffneten Augen, in denen eine namenlose Angst fieberte, stürzte Frau Forsting herein und sank ohnmächtig in einen Sessel.

Eben wollte Professor Racot die Tür hinter ihr

schließen, als sie zum zweiten Male krachend aufflog; in eiligem Lauf stürzte Frau Forstings Krankenschwester ihrer Patientin nach.

Die Schwester schöpfte ein paarmal keuchend Atem und sagte dann bebend: „Frau Forsting hat eine neue Erscheinung gehabt. Ich hatte sie einen Augenblick verlassen. Da höre ich einen Schrei, eile zurück und treffe Frau Forsting schon auf dem Korridor, mit der zitternden Rechten zurückdeutend: ‚Mein Mann, mein Mann! Dort! Dort ist er eben erschienen!'"

Jetzt richteten sich alle Blicke auf Frau Forsting, die langsam die Augen aufschlug und verwirrt um sich blickte. „Ist das wahr?", fragte der Chefarzt mit leiser Stimme, aus der es fast wie ein leichter Vorwurf klang. „Sie haben eben wieder Ihren Gatten gesehen?"

Die Gefragte sprang plötzlich auf, blickte die Versammelten verwirrt an und schrie dann laut: „Er war es! Ich habe ihn gesehen, Herr Professor! Ich habe ihn gesehen! An meinem Fenster ist er eben erschienen! Mit einer blutigen Wunde in der linken Schläfe."

Die beiden Ärzte wechselten einen Blick und sahen dann auf Mr. Jenkins, der stumm vor sich niedersah. „Schwester Maria", sagte der Chefarzt nach einer Pause, „Sie haben Ihre Pflicht versäumt. Sie dürfen Ihre Pflegebefohlene nicht allein lassen … Beruhigen Sie sich, Frau Forsting. Hier, nehmen Sie etwas Brom. Danach werden Sie gut schlafen. Und morgen früh werden wir weiterreden. Schwester Maria, bringen Sie Ihre Patientin wieder auf ihr Zimmer."

Die beiden Frauen verließen das Zimmer. Und plötzlich drang ein seltsamer, rührender Ton durch die Räume: Die Ängste und Schmerzen der bedauernswerten Frau hatten sich in einem unaufhaltsamen, hilflosen, trostlosen Weinen aufgelöst.

Mr. Jenkins erhob sich. „Ich will gehen, Herr Professor. Ich danke Ihnen, meine Herren. Sie haben meinen Erfahrungsschatz um einen wertvollen Beitrag aus der Geschichte menschlicher Leiden und menschlicher Tragik bereichert."

Joe Jenkins ging nachdenklich den langen Parkweg hinunter, der zwischen dunklen Tannen hindurch zum Tor des Sanatoriumsgartens führte. Und je mehr er sich dem Ausgang näherte, desto mehr verfinsterte sich sein Gesicht.

Plötzlich stutzte er. In einem Seitengebüsch knackte es; im nächsten Augenblick löste sich aus dem Dickicht eine menschliche Gestalt, eine Hand faßte die seinige und eine zitternde Stimme rief in beschwörendem Tone:

„Retten Sie Frau Forsting, Mr. Jenkins!"

Eben wollte er etwas erwidern, als die Hand ihn losließ; ebenso schnell, wie sie gekommen war, schlüpfte die Gestalt in die Büsche zurück, und nur im Vorbeihuschen konnte der Detektiv einen Blick auf das Gesicht und das Kleid der Enteilenden werfen. Es war Schwester Maria.

Drei Tage später las man in den Berliner Blättern folgende Notiz:

„Frau Regierungsrat Forsting, von deren aufsehenerregenden Erlebnissen hier wiederholt berichtet wurde, ist für unheilbar geisteskrank befunden worden. Die Bedauernswerte ist daher gestern in eine hiesige Irrenanstalt übergeführt worden. Der Fall ist um so trauriger, als soeben die Nachricht eintrifft, daß die Dame Erbin eines großen Vermögens geworden ist, das ihr durch den Tod ihres einzigen Bruders zugefallen ist, der in Südamerika ungeheure Waldungen besaß.

Zum Verwalter ihres Vermögens ist der Bruder ihres verstorbenen Gatten, der Rentier Amandus Forsting, ernannt worden."

Das Konzil der Ärzte, das über das weitere Schicksal der Frau Forsting beraten sollte, tagte im Sitzungszimmer des Dr. Stellemanschen Irrenhauses. Den Vorsitz führte Dr. Stellemann persönlich, ihm zur Seite saß sein Assistent Dr. Haller, ein noch ziemlich junger, aber sehr bedeutender Spezialist für Nervenleiden, den Dr. Stellemann mit großer Auszeichnung behandelte. An den beiden Längsseiten des Tisches hatten Professor Racot und Dr. Loy Platz genommen. Nachdem die geheime Konferenz beendet war, hatte man Frau Forsting hereingerufen, die nun in einem bequemen Fauteuil, vom Licht der Lampen voll bestrahlt, der Unterredung beiwohnte. – Dr. Loy hatte soeben seinen instruktiven Vortrag beendet. Sein Chef Professor Racot hatte den Ausführungen mit sichtlichem Stolz zugehört und mehrere Male anerkennend genickt. Auch der Irrenhausdirektor lächelte zustimmend und blickte seinen Assistenten Dr. Haller fragend an. Dieser erhob sich nach einer Weile und begann:

„Ich danke Ihnen, Herr Dr. Loy, für das ausführliche und anschauliche Referat, das Sie uns gegeben haben. Mein Chef, Herr Direktor Dr. Stellemann, hat diesen Fall in meine Hände gelegt und ich soll die Patientin weiter observieren und behandeln – soweit sich hiervon ein Erfolg erwarten läßt."

Professor Racot warf einen bedenklichen Blick auf Frau Forsting, die in ihrem Sessel lehnte und den Worten des Vortragenden mit Aufmerksamkeit folgte.

Dr. Haller fuhr fort: „Wenn ich richtig verstanden habe, haben sich also die Erscheinungen vier- oder fünfmal wiederholt, und zwar hat die Dame ihren verstorbenen Gatten jedesmal mit dem Wundmal in der linken Schläfe erblickt, also in einem Zustande, in dem sie ihn selbst nie gesehen hat. Nicht wahr, Frau Forsting, so war es doch?"

Hier stand Professor Racot, nachdem er sich leise mit Dr. Loy unterhalten hatte, auf und sagte mit einem Blick auf Frau Forsting in warnendem Ton: „Ich weiß wirklich nicht recht, Herr Kollege, ob es ratsam ist … in Gegenwart der Patientin … diese Dinge …"

Dr. Haller machte eine begütigende Handbewegung. „Ich spreche in einer bestimmten Absicht – Sie werden gleich sehen, in welcher. Lassen wir die Patientin hier. Ich bin gleich zu Ende. Also", wandte er sich nunmehr an Dr. Loy, „es gibt zwei Möglichkeiten. Frau Forsting hat die von Ihnen anschaulich beschriebenen Halluzinationen gehabt. Das steht außer Frage. Nach Ihrer Meinung folgt daraus, daß sie wahnsinnig ist. Nicht wahr?"

Der Assistenzarzt blickte ein wenig erstaunt auf den Sprechenden und sagte trocken: „Selbstverständlich, Herr Doktor."

„Nun", fuhr Dr. Haller fort, „haben Sie selbst aber die gleiche Erscheinung gehabt wie Frau Forsting: Sie haben, nach Ihren Angaben, den Offizier mit der Schläfenwunde, also die Erscheinung des Hauptmanns Forsting, in ihrer Wohnung gesehen, und zwar nach seinem Tode. Der Offizier kam zu Ihnen, um Sie aufzufordern, seiner Frau Hilfe zu leisten. Wie erklären Sie sich dies, Herr Dr. Loy?"

Der Gefragte zog die Brauen zusammen und zuckte die Achseln. „Dafür vermag ich natürlich eine Erklärung nicht zu geben. Zumal ich, trotz dieses unerklärlichen Vorfalls, an Spiritismus nicht glaube."

„Sie werden das eine zugeben: Es ist unlogisch, daß, wenn Sie und Ihre Patientin die gleiche Erscheinung gehabt haben – daß dann der eine normal und der andere irrsinnig sein soll. Es gibt, wie ich schon bemerkte, nur zwei Möglichkeiten: Entweder die Erscheinung des toten Offiziers war in der Tat ein Halluzination, dann sind Sie beide irrsinnig, Sie und Frau Forsting." Hier machte Dr. Haller eine Pause, und alles blickte mit unverhohlenem Argwohn auf Dr. Loy, der bleich, mit halbzugekniffenen Lidern, dasaß und den Sprechenden anstierte. „Oder aber, die Erscheinung war eine reale – dann, Herr Dr. Loy, – dann sind Sie – ein Schuft."

Die Wirkung dieser Worte war ein unbeschreibliche. Die drei Herren waren aufgesprungen, Professor Racot war mit zwei Schritten auf Dr. Loy zugegangen und stellte sich vor ihn hin, also ob er von ihm Rechenschaft fordere.

Eben wollte Dr. Loy zu reden anfangen. Tiefe Stille trat ein; da geschah etwas Unerwartetes. Wie von unsichtbarer Hand getrieben, öffnete sich die Tür und in ihrem Rahmen stand die Gestalt eines Offiziers, bleich, auf einen Krückstock gestützt, mit einer blutigen Wunde an der linken Schläfe.

Mit einem Schrei fuhr Frau Forsting empor, deutete mit der zitternden Hand auf die Erscheinung und schrie: „Da ist er! Da ist er!" Dr. Loy stand in gebrochener Haltung, auf die Tischkante gestützt, und stierte auf den Offizier im Türrahmen.

„Nun, Herr Doktor?", wandte sich Dr. Haller lächelnd an den Assistenzarzt, „sind wir nun alle wahnsinnig? Denn ich glaube, meine Herren, Sie, Herr Professor Racot und Sie, Herr Direktor Stellemann, sehen die Erscheinung ebenfalls ganz deutlich!" Professor Racot aber wandte sich langsam zu seinem Assistenten herum mit einem Blick, in dem eine fürchterliche Drohung lag.

Dr. Haller ging langsam auf die Erscheinung zu und zog sie ins Zimmer. Erst jetzt wurden zwei Männer sichtbar, die rechts und links der Tür von außen Posto gefaßt zu haben schienen.

Dr. Haller schloß die Tür und sagte lächelnd: „Sie gestatten wohl, Herr Geist, daß ich Sie ein wenig vermenschliche? Damit sich diese Herrschaften nicht weiter vor Ihnen fürchten … Gestatten Sie!" Damit nahm er vom Schreibtisch einen feuchten Briefmarkenschwamm, näherte sich dem Offizier und fuhr ihm damit über das Wundmal an der Schläfe. Zum Erstaunen der Zuschauenden schwand die rote Farbe augenblicklich unter der Einwirkung des Schwammes, und ebenso waren die Furchen im Gesicht der Erscheinung im nächsten Augenblick verschwunden. Darauf riß Dr. Haller der Erscheinung die Mütze herunter und gleichzeitig eine Art von Perücke und fragte, zu Frau Forsting gewendet:

„Kennen Sie diesen Mann?"

Frau Forsting hatte mit weit aufgerissenen Augen die Manipulationen des Arztes verfolgt. Auf seine Aufforderung erhob sie sich, ging drei Schritte auf den Entlarvten zu und sagte mit zitternder Stimme:

„Ja, ich kenne ihn. Es ist Amandus Forsting, mein Schwager, der Bruder meines Mannes."

„Es freut mich", antwortete Dr. Haller, „daß Sie so scharf und kühl denken und erkennen. Beweist es mir doch, daß Sie normal und im Besitz Ihrer vollen Geisteskräfte sind. Sie müssen nämlich wissen, meine Herren: Dieser würdige Herr wußte schon seit Wochen von dem Tode des Bruders der Frau Forsting und von dem ihr zugefallenen Vermögen. Er hat nun den Plan gefaßt, sich dieses Vermögens zu bemächtigen, und er rechnete darauf, mit einer schwachen, nervösen Frau ein leichtes Spiel zu haben. Ein Zufall kam ihm zu Hilfe: Er erhielt die Nachricht von dem Tode seines Bruders früher als dessen Ehefrau; die Abschrift des Telegramms, die Sie hier sehen, ist mir von der Post zur Verfügung gestellt worden. Nun hat er sich an seinen ehrenwerten Freund und Studiengenossen Dr. Loy gewandt, einen verkrachten Studenten, der im Übrigen nichts weniger als ein Doktor ist – ein Kapitel, das die Behörde noch gesondert beschäftigen wird. Die beiden haben nun zusammen einen menschenfreundlichen Plan ausgeheckt. ‚Mord‘, so kalkulierten sie, ist immer eine riskante Sache, denn sie kann den Kopf kosten. Einen Menschen dagegen langsam, aber sicher in den Irrsinn treiben – das führt genau zu dem gleichen Ziel: nämlich zum bürgerlichen und rechtlichen Tod des Betreffenden, ist dabei aber ganz ungefährlich, denn es kommt nicht heraus. Mit der Feststellung des Irrsinns bei Frau Forsting war notwendig ihre Unmündigkeitserklärung verbunden. Verwalter ihres Vermögens, also der ihr zugefallenen Erbschaft, wurde alsdann ihr Schwager, der würdige Herr Amandus Forsting. Nach einigen weiteren Halluzinationen – und die wären bestimmt eingetreten – war mit ziemlicher Sicherheit der Tod der bedauernswerten ‚Irrsinnigen‘ zu erwarten – dafür hätte ein so tüchtiger Arzt wie Herr Dr. Loy schon gesorgt – und dann war Herr Amandus Forsting im Besitz des Vermögens seiner Schwägerin, denn weitere Verwandte hat die Dame nicht.

Nun, Herr Forsting hat seine Rolle als Geist seines Bruders nicht schlecht gespielt; das fiel ihm um so leichter, als er seinem Bruder sehr ähnlich sieht. Herr Dr. Loy hat ihm geschickt assistiert. Er hat seine Blicke jedesmal verständnislos ‚ins Leere' schweifen lassen und mit der unschuldigsten Miene von der Welt erklärt, er sähe keinen Offizier; in Wirklichkeit hat er ihn natürlich genau so gut gesehen, wie wir alle ihn jetzt erblicken. Der ‚Geist' ist dann jedesmal hinter einem Gebüsch, verschwunden. Es ist Frau Forsting aufgefallen, daß sie die Erscheinung zwar sehen, aber nicht hören konnte; dies erklärt sich dadurch, daß der Geist von der praktischen Erfindung der Gummisohlen Gebrauch gemacht hat. Diese Gummisohlen, deren gitterartigen Abdruck ich im Sande des Parks fand, haben mich überhaupt zuerst auf die richtige Fährte gebracht. Er hat nun seinen Chef, Herrn Professor Racot, systematisch über den Zustand der Frau Forsting getäuscht, indem er ihm planmäßig ein falsches Krankheitsbild entworfen hat."

Hier drückte Dr. Haller auf einen Knopf, die beiden Männer erschienen und Dr. Haller sagte, zu ihnen Gewendet: „Hiermit übergebe ich Ihnen Herrn Dr. Loy und Herrn Amandus Forsting als Arrestanten."

Nun blickte Dr. Haller Frau Forsting an und sagte in freundlichem Ton: „Wie mir Herr Direktor Dr. Stellemann eröffnet, sind Sie frei, gnädige Frau. Mein Automobil steht vor der Tür; ich werde die Ehre haben, Sie selbst in Ihre Wohnung zu geleiten."

Teils bewundernd, teils voll Ingrimm, schaute jetzt alles auf diesen jungen Arzt. Dr. Loy machte eine Bewegung auf ihn zu, wurde aber im nächsten Augenblick zurückgerissen. „Wer … sind … Sie?", fragte er heiser, die Augen starr auf Dr. Haller gerichtet. Dieser lächelte. „Ihre Frage beweist mir, daß Sie in meine Person einige Zweifel setzen. Nun, Sie haben nicht unrecht." Damit riß er Bart und Brille herunter. „Mein Name ist Joe Jenkins!"

ABENTEUER III

Die Proszeniumsloge Nr. 1

(BERLIN)

Liebe Klara!

Ich habe die Hoffnung aufgegeben, ein Engagement an einem Theater zu finden. Alles überfüllt … Wer hätte wohl jetzt, während des Krieges, für einen stellungslosen Schauspieler Verwendung! Die Agenten lachen einem ins Gesicht, wenn man von Engagement spricht. Wer so glücklich ist, einen Unterschlupf zu haben, spielt für die geringste Gage. Keine Aussicht. Alles verrammelt.

Ich weiß nicht mehr, was ich anfangen soll. Ich hab' mir einen Termin gesetzt. Wenn der vorüber ist und sich nichts geändert hat – dann gebe ich Dir Dein Wort zurück. Dann bist Du frei und wirst – das wünsche ich Dir, liebe Klara – einen besseren und glücklicheren Mann finden; … wie Du ihn verdienst …

Dein Kurt.

6. November.

Mein liebes Mädel!

Heute war ich im letzten Theater, das ich noch nicht abgegrast hatte – bei Direktor Valoni vom Rembrandt-Theater. Er war nicht unhöflich – aber er erklärte mir mit bedauerndem Achselzucken – keine Vakanz! Nicht einmal als Statist kann er jemanden einstellen.

Das war das letzte … Ich warte bis zum fünfzehnten. Dann …

Kurt.

9. November.

Liebe Klara!

Fast über Nacht ist eine Wendung eingetreten. Freilich, ich will noch nicht zu optimistisch sein ... Denn es ist alles erst im Werden, und was ich vorhabe, liegt fernab von meinem Beruf. Aber Not schärft die Sinne; der Mensch kann manches, wenn er muß.

Durch ein Inserat habe ich einen reichen Herrn kennen gelernt. Ich habe ihm eine Idee vorgetragen, die ihm, wie es scheint, außerordentlich eingeleuchtet hat. Die Sache ist die: Es fehlt hier zurzeit an einem Blatt, das sich eingehend mit den lokalen Ereignissen beschäftigt. Die Interessen der großen Blätter werden durch den Krieg fasst völlig absorbiert. Mir ist nun der Gedanke gekommen, eine Zeitschrift zu gründen, die in zwangloser Folge die interessanten Ereignisse aus der Stadt berichtet. Mein Geldmann ist begeistert von der Idee. Er will mit mir die Zeitung versuchsweise auf ein Vierteljahr herausgeben. Schlägt sie ein, dann machen wir einen langjährigen Vertrag. Und dann, Schatz ...

Die Eröffnungsnummer soll erscheinen, sobald irgend etwas Ungewöhnliches sich ereignet, wodurch man sich geschickt einführen könnte. Aber – willst du glauben? Es ist wie verhext: es passiert nichts. Es ist, als ob die Herren Räuber und Mörder und Diebe Rücksicht auf den Kriegszustand nähmen.

Du wirst mir vielleicht nicht recht zutrauen, daß ich diese Arbeit leisten kann? Sei ganz unbesorgt! Schon als ich meine paar Semester Jura studierte, habe ich mir manche Mark Taschengeld durch kleine Artikel verdient. Es wird schon gehen. Nur Stoff … Stoff!

Kurt.

15. November.

Liebe Kleine!

Heute haben wir die erste Nummer unserer Zeitschrift herausgegeben. Wir haben sie „Die Sensation" genannt. Es ist zwar noch nichts Besonderes passiert, was diesen Titel rechtfertigen könnte. Nur ein paar kleine Sensatiönchen. Aber – wir hoffen auf die Zukunft. Anbei die Eröffnungsnummer. Ich bin unermüdlich tätig. Gestern habe ich einen exotischen Diplomaten interviewt, heute abend war ich in einer Premiere: Gastspiel eines berühmten Wiener Hofburg-Schauspielers im Rembrandt-Theater, als Romeo.

Im Zwischenakt gelang es mir, den Sohn des Direktors in seinem Theaterbureau aufzusuchen. Ich bat ihn, mich dem berühmten Gast vorzustellen. Er nahm mich bereitwillig unter den Arm und führte mich hinter die Kulissen. Ich habe ein langes Interview aufgenommen; ich schreibe diesen Brief aus der Redaktion, während mein Bericht in Druck geht. Mitten in der Nacht …

Dein Kurt.

16. November.
Morgens früh.

Liebe Klara!

Wir haben ihn, wir haben ihn!

Den Fall!

Schneller als ich es geahnt habe, ist etwas Unerhörtes geschehen; der Direktor des Rembrandt-Theaters, Herr Valoni, ist gestern während der Vorstellung in seiner Direktionsloge ermordet worden …

Es tut mir leid – gewiß. Aber: Ich habe einen fabelhaften Stoff und, was wichtiger ist: Ich bin der einzige, der in der Lage ist, aus eigener Anschauung Näheres über die Mordsache zu sagen und zu schreiben: Warum – das wirst du aus dem beiliegenden Artikel der „Sensation" ersehen. Mein Geldgeber ist mehr als zufrieden.

Kurt.

Extraausgabe der „Sensation"
vom 16. November.

Rätselhaftes Verbrechen!
Direktor Valoni vom Rembrandt-Theater in seiner Proszeniumsloge ermordet!

Ein furchtbares Verbrechen ist gestern abend in der Zeit zwischen zehn und elf Uhr im Rembrandt-Theater verübt worden. Man gab vor ausverkauftem Hause „Romeo und Julia" mit Herrn Sch. aus Wien als Gast. Während das Auditorium ergriffen den Vorgängen auf der Bühne lauschte, trug sich in aller Heimlichkeit, unbeachtet und unbemerkt, ein Drama im Zuschauerraum zu, grausiger und erschütternder als die Tragödie auf den Brettern.

Herr Direktor Valoni hatte um acht Uhr pünktlich seine Loge betreten. Er hat die Gewohnheit, sich nicht vorn an die Brüstung, sondern ziemlich tief in den Hintergrund der Loge zu setzen. Da er sich schon seit mehreren Tagen nicht recht wohl fühlte, so hatte er dem Logenschließer Befehl gegeben, seine Anwesenheit zu verschweigen und niemanden in seine Loge einzulassen; er selbst hat seinen Platz während des ganzen Abends, auch im Zwischenakt, den er sonst manchmal auf der Bühne zubrachte, nicht verlassen.

Herr Direktor Valoni empfing etwa um zehn Uhr in seiner Loge den Besuch seines Sohnes, des Herrn Ernst Valoni, der bis etwa halb elf Uhr, neben seinem Vater sitzend, dem Spiel zugeschaut hat. Dann verließ Herr Valoni junior die Loge und das Theater, um nach Hause zu fahren.

Als um elf Uhr die Vorstellung zu Ende war, fiel es dem Logenschließer auf, daß der alte Herr in der Loge keine Miene machte sich zu erheben. Auf sein wiederholtes Klopfen erhielt er keine Antwort. Da entschloß er sich endlich, die Tür zu öffnen.

Zögernd trat der Logenschließer ein. Auf einem der rückwärtigen Stühle lag der Pelzmantel des Direktors. Der Logenschließer nahm ihn in die Hände und trat an seinen Herrn heran. Auch jetzt noch rührte sich der Direktor nicht. Der Hinzutretende sah seinem Chef näher ins Gesicht und fuhr mit einem Aufschrei zurück: Er hatte in das glasige Antlitz eines Toten geblickt. Im nächsten Augenblick machte der Logenschließer eine neue furchtbare Entdeckung; um den Hals des Toten wand sich, fest

geschnürt, eine Schlinge, die im Nacken zusammen-
gedreht war. Ein ruchloser Mörder hatte den Direktor in
seiner Loge erdrosselt.

Der Logenschließer erklärt mit Bestimmtheit, daß
niemand die Loge betreten habe. Niemand außer Herrn
Valoni junior. – Die Loge besitzt ein Kunstschloß, das
keiner ohne den dazugearbeiteten Präzisionsschlüssel
von außen öffnen kann. Diesen Schlüssel hat außer dem
Direktor nur der Logenschließer. Das zweite Exemplar
wurde in den Taschen des Ermordeten gefunden.

18. November.

Liebe Klara!

Deinen lieben gestrigen Brief habe ich empfangen. Dein
Interesse für den Fall Valoni ist begreiflich. Hier also das
Neueste in der Angelegenheit.

Der Logenschließer ist verhaftet worden. Das war von
vornherein vorauszusehen. Denn schließlich ist er wohl
der einzige, der in Betracht kommt.

Eben war ich beim Kommissar, der ihn vernommen
hat. Er schüttelte den Kopf. Irgend etwas scheint ihm
nicht recht einzuleuchten. Er hat festgestellt, daß der
Diener keinerlei Grund zu einem derartigen Verbrechen
gehabt hat. Er ist seit sechs Jahren in seiner Stellung. Trotz
der schlechten Zeiten hat er, gerade weil er die vor-
nehmsten und teuersten Plätze des Theaters bedient,
einen Verdienst, der dem in Friedenszeiten kaum nach-
steht. Sein Privatleben ist makellos. Nach Aussage des
Sohnes pflegte der Ermordete höchstens ein paar Mark
bei sich zu führen. Eine gründliche Haussuchung beim
Logenschließer hat nichts Verdächtiges ergeben – vor

allem kein Geld. Natürlich will das an sich nicht viel sagen. Ich fragte den Kommissar, ob er auf irgendeinen anderen Verdacht habe. Er machte ein bedenkliches Gesicht, verneinte aber dann.

Und bei dieser Gelegenheit, liebe Klara, habe ich etwas getan, worüber ich mir jetzt fast Vorwürfe mache. Es ist in Theaterkreisen bekannt, daß das Verhältnis zwischen Direktor Valoni und seinem Sohne kein besonders gutes war. Im Eifer der Unterhaltung sind mir ein paar Worte darüber entschlüpft. Im nächsten Moment war ich ganz erschrocken und sah ihn an. Da bemerkte ich, daß er stutzig geworden war. Ich habe die Übereilung nach besten Kräften wieder gutzumachen versucht; ich habe dem Kommissar erklärt, daß ich selbst den Sohn als einen friedfertigen und anständigen Menschen kenne. Nun – hoffentlich ist damit die Sache erledigt. Immerhin: Ich werde in Zukunft meine Zunge im Zaum halten …

Dein Kurt.

20. November.

Liebe Klara!

Die Ereignisse überstürzen sich. Jeder Tag bringt neue Überraschungen. Heute ist der junge Valoni unter dem dringenden Verdacht, seinen Vater ermordet zu haben, verhaftet worden.

Nachdem der Logenschließer immer wieder seine Unschuld beteuerte, hat man ein paar Zeugen vernommen: seinen Kollegen von den Ranglogen und zwei Garderobenfrauen. Danach ist erwiesen, daß der Logenschließer als Täter nicht in Frage kommen kann, denn er ist während des ganzen Abends gewissermaßen unter Aufsicht gewesen. Alle drei Zeugen sagen übereinstimmend aus, daß der Schließer die Proszeniumsloge I während des ganzen Abends nicht betreten hat. Nur ein einziger außer dem Ermordeten ist in der Loge gewesen: sein Sohn. Danach kann der Logenschließer als Täter nicht in Betracht kommen und ist auf freien Fuß gesetzt worden.

Nun hat die Behörde einige Mitglieder des Theaters vernommen und mehrere überraschende Feststellungen gemacht. Der Kassierer hat bekundet, daß der junge Valoni der Kasse Summen entnommen hat, die weit über seine Befugnisse hinausgingen. Auch am Mordtage wurde ihm, dem Kassierer, eine Tratte über 15000 Mark zur Einlösung präsentiert, die der Sohn auf seinen Vater gezogen hatte. Einige Stunden später haben zwei Schauspieler des Theaters, die im Vorzimmer auf den Direktor warteten, einen lauten Wortwechsel aus dem Direktionszimmer vernommen, der von Sekunde zu Sekunde heftiger wurde: man hörte die Stimmen des alten und des jungen Valoni, Augenscheinlich machte der Vater dem Sohne heftige Vorwürfe; durch die Tür, die nur angelehnt war, drangen von Zeit zu Zeit Worte und Rufe, die besonders laut hervorgestoßen wurden.

Einer der beiden Schauspieler hörte den Sohn sagen:

„Du wirst es mit deiner Knauserigkeit noch so weit treiben, daß etwas passiert, was ich nachher bereue." Darauf ist der junge Valoni unter allen Zeichen heftigster Erregung durchs Vorzimmer gestürmt, um gleich darauf die Tür wütend hinter sich zuzuschlagen. Die Schauspieler haben angesichts der offenkundigen Verstimmung auf ihre Absicht, um Vorschuß zu bitten, für diesen Tag verzichtet.

Die „Sensation" geht glänzend. Übermorgen erscheint die neue Nummer. Übrigens ist für morgen meine Vernehmung in der Mordsache angesetzt. Ich werde versuchen, sie in die Nummer von übermorgen noch hineinzubringen. Gute Nacht.

Kurt.

Die „Sensation"
vom 22. November.

Der Fall Valoni.
Der eigene Sohn unter
Mordverdacht verhaftet!

Die Affäre des ermordeten Theaterdirektors Valoni gestaltet sich immer rätselhafter. Vorgestern fand auf dem Kommissariat die Vernehmung einiger Personen statt, die an dem Mordabend den jungen Valoni gesehen und gesprochen haben. Unser Referent, Herr Kurt Harsfeld, gibt in nachstehendem eine lebendige Schilderung der Vernehmungen, wie sie sich in ihrem Gesamtbilde darstellen. Herr Harsfeld ist hierzu um so mehr in der Lage, als er selbst als Zeuge in dieser Tragödie vernommen worden ist und die Ereignisse zum Teil miterlebt hat.

Als erster Zeuge war der junge Ernst Valoni geladen. Der hochgewachsene, schlanke junge Lebemann, dessen hübsches Gesicht und dessen liebenswürdige Manieren schon manchem biederen Ehemann unserer Stadt schlaflose Nächte bereitet haben – man erinnert sich der Affäre der Frau v. R. vor zwei Jahren –, sah ernst und bleich aus, als er das Verhörzimmer betrat.

Der Kommissar: „Herr Valoni – ich habe Sie kommen lassen, um von Ihnen einiges zu erfahren, was Sie an dem Mordabend gesehen und gehört haben."

Valoni: "Herr Kommissar, ich kann in der Sache so gut wie nichts aussagen."

Der Kommissar (erstaunt): „Und warum nicht?" ...

Valoni: „Weil ich das Theater bereits um halb zehn verlassen habe."

Der Kommissar: „Und wo waren Sie in dieser Zeit?"

Valoni: „Ich bin zu meiner Geliebten gefahren."

Der Kommissar: „Wer ist Ihre Geliebte?"

Valoni: „Fräulein M., die Soubrette vom Stadttheater."

Der Kommissar: „Ah – Sie waren also die Zeit über mit Ihrer Geliebten zusammen, und die Dame kann dies bezeugen?"

Valoni (zögernd): „Nein ..."

Der Kommissar: „Geben Sie es nur zu ... Sie können sie nicht zu Hause angetroffen haben. Denn sie hat an diesem Abend von acht bis elf Uhr im Stadttheater gespielt. Sie hat das Theater während dieser Zeit nicht verlassen. Was haben Sie darauf zu erwidern?"

Valoni: „Es ist richtig ... Ich habe Fräulein M. nicht zu Hause angetroffen."

Der Kommissar: „Und wußten Sie nicht von vornherein, daß sie an diesem Abend zu spielen hatte?"

Valoni: „Ja, ich wußte es. Indessen ... ich hatte Gründe, anzunehmen, daß sie an dem betreffenden Abend absagen würde."

Der Kommissar: „Hatte Fräulein M. eine derartige Absicht ausgesprochen?"

Valoni: „Nein!"

Der Kommissar (lächelnd): „Dann werden Sie nicht umhin können, mir die Gründe für Ihre Annahme, Fräulein M. würde an diesem Abend absagen, zu nennen."

Valoni (stockend): „Wenn ich es denn sagen muß … ich glaubte Grund zur Eifersucht zu haben. Ich habe an jenem Abend die Villa Fräulein M.s beobachtet."

Der Kommissar: „Hm … Hat Fräulein M. je Anlaß zur Eifersucht gegeben?"

Valoni: „Nein, aber …"

Der Kommissar: „Was aber …?"

Valoni: „An jenem Abend wurde ich telephonisch angerufen, und jemand teilte mir mit, daß Fräulein M. in ihrer Villa einen Herrenbesuch erwarte."

Der Kommissar: „Wer hat Ihnen dies mitgeteilt?"

Valoni: „Ich weiß es nicht. Eine unbekannte männliche Stimme."

Der Kommissar: „Um welche Zeit fand dieser telephonische Anruf statt?"

Valoni: „Kurz nach 9 Uhr."

Der Kommissar: „Im Theaterbureau?"

Valoni: „Ja!

Der Kommissar: „Hm … Eins stimmt an Ihren Angaben: Sie haben in der Tat das Theater um halb 10 Uhr verlassen. Herr Harsfeld, der Referent von der ‚Sensation', hat es bezeugt. Er hat Sie im Theaterbureau aufgesucht und einige Worte mit Ihnen gesprochen. Dann hat Herr Harsfeld in Ihrer Gegenwart den Gast aus Wien interviewt. Darauf erklärten Sie, etwa um halb 10, Sie hätten keine Zeit mehr. Herr Harsfeld hat Sie darauf vor die Tür begleitet und Sie haben Ihr Auto bestiegen, um in der Richtung nach dem Westen abzufahren."

Valoni: „Ja, das stimmt."

Der Kommissar: „Wo liegt die Villa Ihre Geliebten?"

Valoni: „In der Kirschenallee."

Der Kommissar: „Kann Ihr Chauffeur bezeugen, daß Sie dorthin gefahren sind?"

Valoni: „Ich habe selbst gesteuert."

Der Kommissar: „Hm. Sie sind also nach der Kirschenallee gefahren. Was hat sich weiter ereignet?"

Valoni: „Ich habe das Auto in dem kleinen Wäldchen hinter der Kirschenallee verlassen, bin die kurze Straße zu Fuß hinuntergegangen und habe mich in den Schatten der Häuser gestellt, die dem Hause meiner Geliebten gegenüberliegen. Dort habe ich etwa zwei Stunden gestanden."

Der Kommissar: Haben Sie irgend etwas entdeckt, was Ihren Verdacht rechtfertigte?"

Valoni: „Nein. Nicht das Geringste."

Der Kommissar: „Sie sagen, Sie haben dort zwei Stunden lang auf Ihrem Posten gestanden. Was taten Sie dann?"

Valoni: „Dann bin ich zum Auto zurückgekehrt und bin in meine Wohnung gefahren."

Der Kommissar: „Das Auto hat also zwei Stunden lang auf der Straße gestanden. Es ist ein wenig auffallend, daß niemand dieses Auto gesehen hat!"

Valoni: „Das Wäldchen, in dessen Schatten ich das Auto gesteuert habe, ist nur von zwei Villen flankiert. Es ist kein Wunder, wenn mich niemand gesehen hat. Ja – es war meine Absicht, nicht gesehen zu werden. Darum habe ich auch die Laternen gelöscht."

Der Kommissar: „In der Tat, sehr vorsichtig! … Wann sind Sie in Ihrer Wohnung angelangt?"

Valoni: „Es mag Mitternacht gewesen sein. Mein Diener empfing mich mit der furchtbaren Nachricht, mein Vater sei ermordet worden."

Der Kommissar stand auf. „Herr Valoni", sagte er ernst, „Ihren Angaben stehen die Aussagen von sechs einwandfreien Zeugen gegenüber, die das Entgegengesetzte bekundeten … Um halb 10 Uhr haben Sie das

Theater verlassen. Das stimmt. Was Sie uns weiter gesagt haben, ist durch Zeugenaussagen widerlegt. Denn – um 10 Uhr haben Sie das Theater wieder betreten."

In diesem Augenblick sprang Valoni auf, totenbleich und zitternd. „Herr Kommissar", stieß er mühsam hervor, „das ist nicht wahr. Ich habe das Theater um halb zehn verlassen und bin nicht mehr zurückgekehrt."

„Sie sind im Übrigen auch von sämtlichen Schauspielern auf der Bühne gesehen worden, als Sie, neben Ihrem Vater, im Hintergrund der Loge saßen und dem Spiele folgten."

„Ich war es nicht."

„Endlich muß ich Sie noch auf einen besonders gravierenden Punkt aufmerksam machen. Der Ermordete saß noch nach seinem Tode in friedlicher Haltung in seinem Sessel, das Gesicht der Bühne zugewandt. Ein Beweis, daß der Eingetretene, der etwa ein halbe Stunde neben ihm gesessen hat, ihm genau bekannt gewesen ist. Daß aber dieser zugleich der Mörder ist, unterliegt keinem Zweifel."

„Ich war es nicht."

„Herr Valoni – ich verhafte Sie unter dem dringenden Verdacht, Ihren Vater ermordet zu haben."

Die Kunde von der Verhaftung verbreitete sich wie ein Lauffeuer durch die Stadt. Das Publikum, dessen Erregung täglich wächst, hat sich in zwei Gruppen gespalten: die eine schwört darauf, daß Ernst Valoni der Mörder sei, die andere ist überzeugt, daß Valoni unter keinen Umständen die Tat begangen haben könne. Wir werden unparteiisch und objektiv über den weiteren Verlauf dieser sensationellen Affäre berichten.

24. November.

Liebe Klara!

Die „Sensation" geht glänzend. Heute haben wir allein im Straßenverkauf 1000 Exemplare abgesetzt.

In der Sache Valoni nichts Neues. Höchstens wäre zu vermelden, daß die Stimmen, die für seinen Unschuld eintreten, sich stark mehren. Selbst auf der Polizei hörte ich vor einigen Tagen die Ansicht vertreten, daß Valoni junior unschuldig sei. Übrigens soll Valoni den bekannten Detektiv Mr. Joe Jenkins, der zurzeit in Deutschland weilt, mit seiner Sache betraut haben.

Viele Grüße Kurt.

30. November.

Liebe Klara!

Gestern habe ich eine interessante Bekanntschaft gemacht. Nach längerer Zeit war ich zum ersten Mal wieder im Rembrandt-Theater, das unter neuer Direktion wieder eröffnet worden ist. Im Foyer fiel mir ein hochgewachsener, breitschultriger Herr auf, in dem glattrasierten Gesicht mit dem breiten Kinn ein Paar kühle, graue Augen, die ruhig forschend die Menschen und die Dinge zu durchdringen schienen. Ich erkundigte mich nach ihm, und man sagte mir, es sei Mr. Joe Jenkins, der berühmte amerikanische Detektiv. Durch den Dramaturgen des Theaters wurde ich ihm nachher vorgestellt. Er kannte meinen Namen; er hatte meine Berichte in der „Sensation" gelesen, und er beglückwünschte mich zu meinen, wie er sagte,

scharfsinnigen und sachverständigen Beobachtungen,
die ihn sehr gefesselt hätten. Er ist ein höflicher und
angenehmer Mensch mit den Allüren eines Mannes,
der die ganze Welt gesehen hat. Er hat mich übrigens
aufgefordert, ihn in seinen Recherchen zu unterstützen.
Natürlich habe ich zugesagt. In der nächsten Nummer
der „Sensation" werden wir das Bild von Mr. Joe Jenkins
bringen.

Dein Kurt.

5. Dezember.

Liebe Klara!

Mit Joe Jenkins habe ich mich fast angefreundet. Gestern
hat er mir einen Beweis gegeben, wie er arbeitet. Er holte
mich um 10 Uhr früh aus der Redaktion ab, um mit mir
aufs Hauptpostamt zu fahren. Denke Dir, hier hat er
folgendes festgestellt: der junge Valoni ist in der Tat am
Mordabend antelephoniert worden, in seinem Bureau im
Theater, und zwar um 9 Uhr zehn Minuten. Der Anruf
ist von einer öffentlichen Fernsprechstelle aus erfolgt –
die Gespräche werden bekanntlich registriert wegen
der Kontrolle über die Gebühren. Und nun kommt das
Merkwürdige. Weißt du, von wo der Anruf erfolgt ist?
Aus dem Foyer des Rembrandt-Theaters. Ist das nicht
unglaublich? Und nebenbei furchtbar unvorsichtig?
Diese Entdeckung kann übrigens zu zwei verschiedenen Schlüssen führen: Entweder, Valoni ist unschuldig
und es handelt sich in der Tat um einen anderen, der
telephoniert hat, um Valoni aus dem Theater fortzulocken
– oder aber dieser Anruf war bestellte Arbeit; Valoni hat

die Recherchen nach diesem Anruf vorausgesehen, und der Anrufende war ein Helfershelfer Valonis. Jenkins ist fieberhaft damit beschäftigt, den Betreffenden, der vom Theater ins Theaterbureau telephoniert hat, zu ermitteln.

Gruß Kurt.

8. Dezember.

Liebe Klara!

Joe Jenkins hat eine neue Entdeckung gemacht. Sie sieht unwichtig aus, kann aber unter Umständen der ganzen Angelegenheit eine entscheidende Wendung geben. Valoni junior hat das Theater im Pelzmantel verlassen und ist im Ulster zurückgekehrt. Das Merkwürdigste daran ist: dieser Ulster, ein hellgelber, langer Raglan, ist nach Aussage Valonis seit der Mordnacht unauffindbar verschwunden. Der Logenschließer, die Garderobenfrauen und auch der Portier erinnern sich ganz genau, daß Ernst Valoni im Ulster war, als er zurückkehrte. Die hellgelbe Farbe mußte jedem auffallen. Der Logenschließer weiß es speziell um so genauer, als der Ulster das charakteristische Parfüm ausströmte, das der junge Valoni benutzte: Orchidee. Und – die Proszeniumsloge Nr. 1 weist noch heute einen leisen Duft von Orchidee auf … Merkwürdig, nicht?

Kurt.

12. Dezember.

Liebe Klara!

Joe Jenkins verwöhnt mich ein bißchen mit seiner Freundschaft – ja, um die Wahrheit zu sagen, er fällt mir manchmal ein wenig auf die Nerven. Der berühmte Detektiv scheint mich außerordentlich ins Herz geschlossen zu haben – was ja an sich sehr schmeichelhaft ist –, leider aber drückt er diese Freundschaftsgefühle dadurch aus, daß er mich zu allen möglichen und unmöglichen Tageszeiten förmlich überfällt. Neulich kommt er um 7 Uhr früh bei mir an. Ich denke wunder, was geschehen ist – und was will er schließlich? Er fragt mich nur, ob ich die Entgleisung bemerkt hätte, die dem berühmten Gast aus Wien neulich in der „Romeo und Julia"-Vorführung passiert wäre. Weißt du, am Mordabend!

„Haben Sie bemerkt", fragte er, „wie anscheinend die Mordstimmung schon in der Luft gelegen haben muß?" Als ich ihn erstaunt ansah, fuhr er fort: „Ist Ihnen nicht aufgefallen, daß der Gast aus Wien in der Kapellenszene im letzten Akt seinen Auftritt versäumt hat? Die Bühne ist etwa eine halbe Minute leer geblieben, dann ist der Gast eilends hervorgestürzt. Haben Sie das nicht bemerkt?" „Selbstverständlich", sagte ich, „wie sollte ich das nicht bemerkt haben." Da fing Jenkins plötzlich aus vollem Halse an zu lachen und sagte: „Etsch – hereingefallen! … Ist ja alles nicht wahr!" … Für einen Detektiv ein etwas kindlicher Scherz, nicht?"

Ein weiterer Scherz von Jenkins. Vor einigen Tagen komme ich abends um zwölf nach Hause. Meine Wirtin ist noch wach. Sie berichtet mir, um 10 Uhr sei Mr. Jenkins dagewesen und hätte behauptet, ich habe ihm meinen Frack versprochen. Nun muss ich hierzu bemerken: Ich besitze gar keinen Frack. Meine Wirtin teilt ihm dies mit

– aber er läßt sich nicht abschrecken. Er ruhte nicht eher, bis meine Wirtin in seiner Gegenwart meinen Schrank öffnete und ihm die vorhandenen Kleidungsstücke zeigte. Da war er beruhigt. Als ich Jenkins am anderen Morgen darüber zur Rede stellte, will er sich halb totlachen und erklärte, das Ganze sei nichts als ein Scherz gewesen. Sonderbare Scherze!

Manchmal ist er wieder sehr liebenswürdig und angenehm. Gestern abend kommt er um 9 Uhr mit einer Flasche Punsch bei mir an und lädt mich ein, mit ihm ein Gläschen zu trinken. Darauf geht er an den Ofen, kratzt fachkundig die Asche heraus, macht ein Feuer an, und bald sitzen wir bei einem Glas Burgunderpunsch. Nach langer Zeit habe ich zum erstenmal wieder richtig gekneipt. Jenkins ist ein entzückender Zechkumpan, und wir haben über alles Mögliche geplaudert. An das meiste kann ich mich nicht mehr so recht erinnern – Du begreifst, warum – ich weiß nur noch, daß wir von Dir gesprochen haben. Ich habe ihm auch Dein Bild gezeigt, und er läßt Dich herzlich grüßen.

Wir mochten etwa beim fünften Glas angelangt sein, da lehnte sich Jenkins plötzlich in seinem Stuhl zurück, blickte nachdenklich zur Decke und sagte:

„Wir werden einige Überraschungen erleben, Mr. Harsfeld. In den nächsten Tagen!" Ich sah ihn lächelnd an. „Sprechen Sie von der Mordsache?" Er nickt. „So halten Sie Valoni nicht für den Täter?", frage ich. „Nein", sagt er. „Und sind Sie dem wirklichen Mörder auf der Spur?" „Ja!"

Da kannst Dir denken, wie neugierig ich war; aber ich hielt es für taktlos zu fragen – was übrigens bei Joe Jenkins auch keinen Zweck haben würde.

Herzlichen Gruß
Kurt.

17. Dezember.

Liebe Klara!

Heute kam Jenkins zu mir auf die Redaktion. „Halten Sie sich bereit", sagte er, „morgen werden wir ihn haben." „Wen?", frage ich.

„Den Mörder."

„Wirklich?"

„Morgen mittag um 12 Uhr."

„Wo?"

„Im Café Sirius. Kommen Sie mit!"

„So soll ich dabei sein?"

„Ja. Sie haben mich bisher unterstützt; Sie sollen auch das mit erleben. Überdies gibt das einen vortrefflichen Artikel für die ‚Sensation'. Also halten Sie sich bereit. Ich hole Sie morgen mittag dreiviertel zwölf aus Ihrer Wohnung ab."

Du kannst dir denken, wie ich gespannt bin. Ich schreibe Dir morgen ausführlich.

Gruß Kurt.

18. Dezember.

Liebe Klara!

Es ist Vormittag. Ich bin in einer ungeheuren Erregung. Um dreiviertel zwölf will Jenkins kommen und mich an die Stelle führen, wo er den Mörder festnehmen wird. Was werde ich sehen? Wer wird es sein? Um meine Erregung ein wenig abzuleiten – eben höre ich Jenkins kommen.

(Eine Stunde später.)

Mein lieber Schatz ... es heißt, Abschied nehmen.

Ich hab' das Spiel verloren. Verzeih mir, wenn Du kannst, und denke: Ich habe es Deinetwegen getan.

Draußen vor meiner Tür geht Joe Jenkins auf und ab. Ich höre seine regelmäßigen Schritte wie die eines Gefangenenwärters. Er hat sein Versprechen erfüllt ... Er hat mir den Mörder gezeigt. Die Uhr schlug Zwölf. Ich sah Jenkins verwundert an – hatte er mir nicht gesagt ...

„Sie wollten mir um 12 Uhr den Mörder zeigen, Mr. Jenkins", begann ich.

„Ich bin eben im Begriff, es zu tun", erwidert er.

„Also – wer ist es?", fragte ich beklommen. Da tritt Jenkins einen Schritt auf mich zu, legt mir die Hand auf die Schulter und sagt:

„Sie, Herr Harsfeld!"

Und – er hat recht. Ich bin es gewesen.

Ich habe vom Foyer aus an den jungen Valoni telephoniert, um ihn aus dem Hause zu locken. Als er fort war, bin ich durch den Hofeingang in seine Garderobe gegangen, habe mir seine Maske angeschminkt und habe seinen Ulster angezogen, der im Kleiderschrank hing. Nachdem ich mich so in den jungen Valoni verwandelt hatte, bin ich durch das Theater gegangen und habe mich in die Loge gesetzt, neben den alten Valoni. Auch er hielt mich für seinen Sohn. Er hat nicht ein einziges Mal mit mir gesprochen – dank dem Zerwürfnis, das zwischen Vater und Sohn bestand. Dann habe ich den Alten erdrosselt. Es ging schnell ...

Du wirst dich entsetzt fragen, warum? Ich kann Dir nur die eine Antwort geben: aus Ehrgeiz, aus alles verzehrendem, wahnwitzigem Ehrgeiz. Ich suchte den großen Stoff, die große Sensation, die mich und meine

Zeitung mit einem Schlage in den Brennpunkt des allgemeinen Interesses werfen sollte.

Jenkins, der Menschenkenner, hat von vornherein den Verdacht auf mich gehabt. Jetzt verstehe ich auch seine Scherze: der leise Orchideenduft, den er in meinem Kleiderschrank gesucht und gefunden hat, mag seinen Verdacht bestätigt haben. Gewiß, der Ulster selbst war nicht mehr da; Jenkins hat in meinem Ofen nach seinen Resten gesucht, und er hat zwei Knöpfe gefunden, die ihm seinen Weg weiter gewiesen haben.

Es war ein Experiment. Es ist gelungen – aber ich – ich zahle dafür einen hohen Preis: mein Leben.

Trotz alledem: Jenkins ist ein Gentleman. Er hat mir großzügig freigestellt, Dir diese Zeilen zu schreiben. Und er hat mir meinen Revolver gelassen …

Punkt halb zwei wird Mr. Jenkins hereinkommen.

Eben holt die Kirchturmuhr zum Schlage aus.

Lebe wohl.
Verzeihe Deinem Kurt.

NACHSCHRIFT.

Eben ist der Schuß gefallen …

Ich übermittle Ihnen den Brief des Toten, seine Uhr und sein Bild. Ich will dafür sorgen, daß sein Andenken ohne Schatten bleibt. Niemand soll erfahren, warum er starb. – Verzeihen Sie auch mir. Aber ich tat meine Pflicht. – Gott weiß es, wie schwer sie mir geworden ist.

Joe Jenkins.

ABENTEUER IV

Der Geldbrief

(PARIS)

Ich habe Sie bitten lassen, Mr. Joe Jenkins, weil ich in einer mir unerläßlichen Angelegenheit Ihren Rat haben möchte."

Mr. Jenkins, der Detektiv, sah sich aufmerksam in dem eleganten Privatkontor des Bankiers um. Er konstatierte mit Befriedigung, daß das Zimmer mit vornehmer Einfachheit ausgestattet war und in jeder Einzelheit den reichen und geschmackvollen Besitzer verriet.

„Ich hörte, daß Sie auf Ihrer Reise durch Europa in Paris Station gemacht haben. Und da war, nach dem Vorgefallenen, mein erster Gedanke der: Hier kann nur Mr. Jenkins helfen", begann der Bankier von neuem.

„Sie sind bestohlen worden, Herr Dufayel?"

„Ja. Und zwar auf eine völlig rätselhafte Weise. Ein Geldbrief mit 53000 Frank ist geöffnet und seines Inhalts beraubt worden. Die Siegel sind unverletzt, und doch ist das Geld fort."

„Wer hat den Brief gesiegelt?"

„Ich selbst. Ich habe ihn auch persönlich zur Post gebracht. Als der Brief zwei Tage später in London zur Ablieferung gelangte und in Gegenwart des Postbeamten geöffnet wurde, lag statt des Geldes eine Zeitung in dem Brief."

„Ich muß Sie bitten, Herr Dufayel, mir über einige Punkte Auskunft zu geben."

„Ich stehe zu Ihrer Verfügung. Aber wollen Sie nicht Platz nehmen?"

Der Detektiv ließ sich in dem Sessel nieder, der in der Nähe des Kamins stand und legte gemächlich die Beine übereinander.

„Rauchen Sie?"

„Danke, ja." Mr. Jenkins nahm aus der dargebotenen Importenkiste eine Henry Clay und fragte, indem er die Banderole löste und die Spitze abschnitt:

„Besitzen Sie das Kuvert des Geldbriefs?"

„Ja, hier ist es." Der Bankier entnahm seiner Brieftasche einen gelben Umschlag und überreichte ihn dem Detektiv, der prüfend die Aufschrift betrachtete.

„Wer hat dieses Kuvert geschrieben?" – „Ich selbst!" „Wann haben Sie den Geldbrief abgesandt?"

„Am 21. Januar."

„Wissen Sie die Tageszeit?" – „Ja. Es war um 7 Uhr abends."

„Sie selbst haben das Geld hineingelegt, den Brief gesiegelt und ihn dann zur Post gebracht?"

„Ja. Mein Chauffeur erwartete mich unten im Auto, um mich in die Oper zu fahren. Unterwegs ließ ich vor dem kleinen Postamt der Rue de Sentier halten und gab den Geldbrief auf."

„Ist Ihnen", fragte der Detektiv zögernd, „irgend etwas aufgefallen, während Sie den Geldbrief postfertig machten?"

Der Bankier schüttelte den Kopf. „Eine Kleinigkeit ...", begann er zögernd.

„Erzählen Sie!"

„Als ich den Brief siegeln wollte, fehlte der Siegellack. Ich selbst hatte am Tage zuvor eine Stange neben mich auf meinem Schreibtisch gelegt. Sie war fort."

„Hat sich diese Stange Siegellack später wieder angefunden?"

„Nein."

„Was taten Sie, um den Brief siegeln zu können? Verließen Sie das Privatkontor?"

„Ich trat einen Augenblick in das Hauptkontor, blieb aber in der Tür stehen. Hier ließ ich mir von dem Lehrling ein anderes Stück Siegellack geben und kehrte dann sofort in das Privatbureau zurück, wo ich den Brief siegelte."

„Wäre es möglich, Herr Dufayel, daß während dieser kurzen Unterredung jemand Ihr Zimmer betreten hat?" – „Nein. Es ist ausgeschloßen", antwortete der Bankier. – „Der Brief ist ohne Zweifel umgetauscht worden. Dieser Umtausch hat mit ziemlicher Sicherheit stattgefunden in dem Augenblick, in dem Sie das Privatkontor verließen." – „Das hätte ich sicher sofort bemerkt. Auch kenne ich natürlich meine Handschrift." – Der Detektiv erhob sich und trat ans Fenster, dessen Stores und Vorhänge zugezogen waren und fast bis auf den Parkettboden herniederreichten.

„Wie ist Ihre persönliche Arbeitszeit, Herr Dufayel?"

„Ich pflege von zehn bis zwei und von sechs bis halb acht Uhr hier zu sein."

„Ich danke Ihnen. Dieses Zimmer hat, wie ich sehe, einen separaten Zugang vom Korridor. Wer hat außer Ihnen einen Schlüssel dazu?"

„Nur meine Frau."

Der Detektiv sah einen Augenblick zu Boden und fragte dann langsam: „Wo war Ihre Frau an dem betreffenden Abend?" – „Sie erwartete mich in der Oper."

„Ich möchte Ihr Personal kennen lernen. Aus wieviel Personen besteht es?"

„Ich habe sechs Buchhalter, zwei Korrespondenten, drei Schreibmaschinendamen und einen Lehrling. Außerdem meinen Prokuristen, Herr Valois. Aber dieser kommt nicht in Frage."

„Warum nicht?"

„Er war an dem betreffenden Tage geschäftlich verreist, nach Rouen, und hat erst gestern abend seine Reise auf meinen Wunsch unterbrochen."

„Wie lange ist er in Ihrem Hause?"

„Seit sechs Jahren."

„Ist er tüchtig?"

„Außerordentlich. Übrigens muß er sofort kommen, um mir die Briefe zur Unterschrift zu bringen. Ich werde Sie mit ihm bekannt machen." Der Bankier stand auf, öffnete die Tür zum Hauptkontor und fragte: „Ist die Post fertig?"

„Sofort, Herr Dufayel." Fast unmittelbar hinter dem zurückgekehrten Chef trat ein Herr in der Mitte der Dreißig ein. Mit einer leichten Verbeugung legte er einen Stoß Briefe auf den Schreibtisch des Bankiers und sagte in höflichem Tone erklärend: „Ich wollte Sie nicht stören." Er wollte sich eben wieder zurückziehen, als der Bankier vorstellte: „Dies ist Mr. Joe Jenkins, der berühmte Detektiv. Er ist gekommen, um Licht in unsere dunkle Geldbriefangelegenheit zu bringen."

Der Prokurist ging auf den Amerikaner zu, schüttelte ihm die Hand und sagte mit offenem Lächeln: „Erfreut, Sie zu sehen, Mr. Jenkins. Die Geschichte ist sehr fatal. Es ist schade, daß ich an jenem Tage nicht in Paris war, sonst wäre das alles vielleicht nicht passiert."

„Wie ich höre, Herr Valois, waren Sie verreist?"

„Ja. Ich war in Rouen."

„Ah, in Rouen. Ich kenne es. Es ist eine sehr schöne altertümliche Stadt. Ich habe dort mal vierzehn Tage gewohnt, vor zwei Jahren. Im Hotel du Lion d'Or. Es ist wohl das einzige gute Hotel, das die Stadt hat?"

„Sie irren sich, Mr. Jenkins," erwiderte Herr Valois mit höflichem Lächeln, „Rouen hat inzwischen weit bessere Hotels mit allem Komfort der Neuzeit erhalten. Ich wohne z. B. im Hotel de l'Abondance, und ich kann es Ihnen sehr empfehlen."

„Sehr freundlich, Herr Valois. Ich werde es mir merken. Herr Dufayel, Ihr Chef, hat mir viel Lobendes von Ihnen erzählt. Es ist in der Tat bedauerlich, daß Sie an jenem Tage abwesend waren. Sie besorgen das Reisegeschäft?"

„Ja", sagte der Prokurist mit einem gewissen Stolz, „Herr Dufayel hat mir den Besuch unserer auswärtigen Klienten überlassen."

„Es muß für Ihre Frau Gemahlin nicht angenehm sein, Herr Valois, ihren Gatten so häufig entbehren zu müssen!"

Die beiden Herren lächelten. „Herr Valois ist Junggeselle", erläuterte Herr Dufayel.

„Ah, das ist etwas anderes!", sagte Mr. Jenkins, gleichfalls lächelnd, „ich bitte um Entschuldigung. Sie sehen, auch ein Detektiv kann sich irren!" Er erhob sich. „Sie gestatten wohl, daß ich dieses Kuvert an mich nehme? Und noch eins. Ich möchte einen Blick aus jenem Fenster tun." Er schritt auf das Fenster zu, zog die Vorhänge und die Gardinen auf und sah auf die ziemlich stille Straße hinab. Dann öffnete er das Fenster einen Augenblick, sah sich um und machte es sofort wieder zu. „Von der Straße ist der Täter nicht gekommen", erklärte er, halb zu sich selbst, „die Mauer ist vollständig glatt, und die Etage liegt verhältnismäßig hoch. Es bleibt also nur übrig, anzunehmen …

„Halloh – was ist das?" Er zog eine Taschenlaterne und ließ den Strahl auf das schwarz marmorne Fensterbrett fallen, auf das er sich niedergebeugt hatte. Die beiden Herren traten eiligst hinzu und erkannten auf den ersten Blick den Abdruck von zwei Füßen. Jemand hatte auf dem Fensterbrett gestanden.

Herr Dufayel starrte einen Augenblick wortlos auf die Fußspuren und sagte dann mit merkwürdig zitternder Stimme: „Fast könnte man glauben, es wäre der Fuß eines Kindes, so klein ist er." – „Nein", sagte Mr. Jenkins langsam, während er einen Block aus der Tasche zog und die Spur darauf abdrückte, „es ist kein Kinderfuß. Es ist der Fuß einer Frau."

Er faltete das Blatt mit der Zeichnung sorgfältig zusammen. „Ich möchte noch um verschiedene Einzelheiten bitten, die indessen verhältnismäßig unwichtig sind. Ich möchte daher Sie, Herr Dufayel, nicht damit behelligen. Vielleicht würde Ihr Prokurist, Herr Valois, die Güte haben, mir außerhalb der Geschäftszeit eine Stunde zur Verfügung zu stehen?"

„Mit Vergnügen", erwiderte der Angeredete verbindlich. „Ich werde gern alles tun, was irgendwie dazu dienen kann, Licht in diese Sache zu bringen, die immer unerklärlicher wird."

„Vielleicht hat Herr Valois die Liebenswürdigkeit, mich am Donnerstag abend um halb sieben in meiner Wohnung zu besuchen? Ich wohne 31, Avenue Wagram."

„Ich werde nicht verfehlen."

„Und wann werde ich das Vergnügen haben, Sie wieder bei mir zu sehen?", fragte Herr Dufayel.

Der Detektiv dachte einen Moment nach. „Wir haben heute Dienstag. Erwarten Sie mich übermorgen, Donnerstag abend, um halb acht."

Mr. Joe Jenkins schüttelte dem Bankier die Hand und wollte auf dem Wege durch das Hauptkontor das Bankgeschäft verlassen. „Sie können es bequemer haben", sagte Herr Dufayel lächelnd und schloß die Separattür auf, die direkt auf den Korridor führte. Der Bankier geleitete seinen Gast höflich an die Haustür.

„Noch eins, Herr Dufayel", begann Mr. Jenkins; „ich möchte Sie bitten, mir heute abend eine Liste mit den Namen und Adressen Ihres gesamten Personals zugehen zu lassen, sodaß ich sie morgen mit erster Post in meinem Besitze habe."

„Sehr wohl. Glauben Sie, Aussichten zu haben, den Täter zu ermitteln?"

„Ich denke ihn Ihnen am Donnerstag zu liefern. Adieu."

In diesem Moment wurde von außen die Korridortür geöffnet, und auf der Schwelle stand eine distinguiert aussehende junge Dame.

Die Züge des Bankiers erhielten einen strahlenden Ausdruck. „Meine Frau", sagte er. „Dies ist Mr. Joe Jenkins. Er ist im Begriff, den Dieb des Geldbriefs ausfindig zu machen."

Die junge Dame, die, wie der Detektiv bemerkte, sehr schön war, warf einen etwas spöttischen Blick auf Mr. Jenkins und sagte: „Ich fürchte, mein Herr, Sie werden sich vergeblich bemühen. Nach allem, was ich von dem Fall gehört habe, ist der Brief nicht hier in Paris, sondern unterwegs seines Inhalts beraubt worden."

„Sie irren, meine Gnädigste", erwiderte der Angeredete in ruhigem Tone. „Der Diebstahl ist hier geschehen, im Privatkontor Ihres Gatten."

„Aber kein Fremder hat einen Schlüssel zu diesem Zimmer." – „Und doch ist der Brief von jemandem genommen und durch einen ganz gleichen ersetzt worden, der einen Schlüssel zu diesem Zimmer hatte."

„Soviel ich weiß, besitze außer meinem Mann nur ich einen Schlüssel zu diesem Privatkontor. Schließlich werden Sie noch behaupten, ich hätte das Geld gestohlen!"

„Ich behaupte nie etwas, was ich nicht beweisen kann", erwiderte Mr. Jenkins langsam. „Ich habe Ihrem Gatten versprochen, ihm übermorgen abend den Täter zu bringen."

„Ich wünsche Ihnen viel Glück dazu", sagte Madame Dufayel spottend, „und wenn Sie den Täter haben, so halten Sie ihn fest."

„Es ist kein Täter", sagte Mr. Jenkins ruhig, „es ist eine Täterin."

Der Detektiv schritt langsam die Treppe hinunter und rief, auf der Straße angelangt, ein vorüberfahrendes Auto an: „Nach dem Orléans-Bahnhof!"

Es war am Donnerstag abend, als Herr Dufayel nachdenklich in seinem Privatkontor saß. Von Mr. Jenkins hatte er während dieser Zeit nichts gehört. Würde er sein Versprechen halten? Würde er ihm heute abend den Täter bringen? Der Bankier konnte sich eines unbehaglichen Gefühls nicht erwehren, als er sich diese Frage vorlegte. Immer wieder mußte er an die Unterhaltung denken, die Mr. Jenkins in der Haustür mit seiner Frau gehabt hatte. Während er, den Kopf in die Hand gestützt, dasaß, hörte er die Entreetür gehen. Einen Augenblick später klopfte es an seinem Privatkontor, und auf sein Herein traten Mr. Jenkins und Herr Valois ein.

„Treten Sie näher, meine Herren." Mr. Jenkins trat auf den Schreibtisch zu, an dem Herr Dufayel saß, während Herr Valois bescheiden in der Nähe der Tür blieb.

„Nun, Mr. Jenkins", begann Herr Dufayel, „haben Sie den Dieb entdeckt?" – „Ja."

Der Bankier lächelte. „Sie scheinen sich nicht mehr Ihres Versprechens zu entsinnen, Mr. Jenkins. Sie wollten mir heute abend den Dieb bringen." – „Ich habe ihn gebracht." – Der Bankier sah sich erstaunt im Zimmer um. „Wo ist der Täter?" – „In diesem Zimmer!"

Mit einem Ruck sprang der Bankier auf die Füße und starrte seinen Prokuristen an, der blitzschnell die Hand auf den Türgriff legte.

„Geben Sie sich keine Mühe, Herr Valois", sagte Mr. Jenkins ruhig. „Das Haus ist umstellt; sowie Sie unten erscheinen, werden Sie verhaftet. Ihre Helfershelferin, Mademoiselle Fleury vom Varieté Diana, sitzt bereits mit zweien meiner Agenten unten im Automobil."

Mr. Jenkins öffnete das Fenster, was ein verabredetes Zeichen zu sein schien, denn gleich darauf erschienen zwei seiner Assistenten, denen er den Auftrag gab, Herrn Valois in den Wagen zu bringen. Der Prokurist leistete keinen Widerstand.

„Fassen Sie sich, Herr Dufayel", sagte Mr. Jenkins zu dem Bankier, als die beiden allein waren, „diese Lösung ist noch eine verhältnismäßig erfreuliche."

„Sie haben recht", murmelte der Bankier und fuhr sich mit der Hand über die Stirn. „Aber sagen Sie mir das eine: Wie haben Sie das herausgebracht?"

„Ich hatte im Anfang zwei Spuren", erwiderte der Detektiv, indem er sich behaglich in den Sessel lehnte, „die eine führte zu Herrn Valois, die andere – die andere führte zu einer anderen Person." – „Und wie kamen Sie zuerst auf den Verdacht, Herr Valois sei der Täter?"

„Durch das Fehlen des Siegellacks. Offenbar war er nur darum fortgenommen worden, damit Sie gezwungen waren, Ihr Privatkontor einen Augenblick zu verlassen, um Ersatz zu beschaffen. In dem Moment, in dem Sie hinausgingen, ist der Täter dann hinzugesprungen und hat den Geldbrief, der auf Ihrem Schreibtisch lag, blitzschnell mit einem genau gleichen vertauscht. Richtiger gesagt, die Täterin, denn es war eine Dame, die Freundin und Helfershelferin des Herrn Valois, eben Fräulein Fleury."

„Danach müßte aber die Täterin während der ganzen Zeit hier im Zimmer gewesen sein." – „Allerdings. Die Diebin hat zwei Stunden auf dem Fensterbrett hinter den Gardinen gestanden."

„Wie aber ist sie hereingekommen?"

„Sie sagten mir, daß Sie um sechs Uhr ins Bureau zu kommen pflegten. Das war natürlich Ihrem Prokuristen bekannt, und seine Freundin ist daher kurz vor sechs Uhr hier eingedrungen. Mit einem Nachschlüssel hat Fräulein Fleury die Tür aufgeschlossen und sich dann auf ihren Beobachtungsposten begeben." – „Aber die Handschrift ist doch meine eigene?"

„Sie irren. Herrn Valois war bekannt, daß Sie am 21. Januar den Betrag von 53000 Frank nach London schicken würden. Er hat mit bewundernswürdiger Geschicklichkeit ein Kuvert präpariert, das eine der Ihrigen täuschend nachgebildete Handschrift trug. Dies hat Fräulein Fleury bereitgehalten und dann den Umtausch vorgenommen."

„Warum hat die Diebin nicht einfach das Kuvert mit dem Gelde an sich genommen?"

„Hätten Sie bei Ihrer Rückkehr die Entdeckung gemacht, daß der Geldbrief verschwunden sei, so hätten Sie unverzüglich das Kontor durchsuchen lassen, und man hätte ohne Zweifel die Täterin hinter der Gardine entdeckt." – „Allerdings. Und Herr Valois? Ich glaubte ihn in Rouen!" – „Er war auch in Rouen, und zwar nicht allein." – „Nicht allein?"

„Ich bin vorgestern abend um 8 Uhr 14 nach Rouen gefahren, bin im Hotel de l'Abondance abgestiegen und habe festgestellt, daß Herr Valois dort mit seiner Frau gewohnt hat." – „Mit seiner Frau?"

„Nun … was man so nennt. Mit seiner Freundin, Madame Fleury, wie ich später herausgebracht habe. Ich habe weiter festgestellt, daß Fräulein Fleury am 21. Januar mittags 12 Uhr 26 nach Paris gefahren und noch in der gleichen Nacht zurückgekehrt ist. Man hat in der Nacht eine erregte Unterhaltung zwischen den beiden Eheleuten gehört."

„Streit um die Beute!" sagte Herr Dufayel.

„Wahrscheinlich. Fräulein Fleury scheint überhaupt eine artige Dame zu sein. Herr Valois hat sich ihretwegen ruiniert." – „Und woher wissen Sie das alles, Mr. Joe Jenkins?"

Der Detektiv lächelte und fuhr fort: „Ich bin dann sofort nach meiner Rückkehr in die Wohnung des Herrn Valois gefahren. Sobald ich von Rouen zurück war, suchte ich, als Schuster verkleidet, die Behausung des Herrn Valois auf. Ich hatte ein Paar Damenstiefelchen mitgenommen und behauptete, Herr Valois habe diese für seine Frau bestellt. Es gelang mir schließlich, von der mißtrauischen Haushälterin zu erfahren, daß Herr Valois eine Freundin habe, der er in der Avenue de la Grande Armée eine Wohnung gemietet habe. Für diese seien wahrscheinlich die Stiefel bestimmt. Ich eilte also in die Avenue de le Grande Armée und fand eine Wohnung vor, die an Miete allein ungefähr so viel kostet, wie Herr Valois bei Ihnen jährlich verdienen dürfte. Mademoiselle Fleury war abwesend, in der Probe, was mir sehr angenehm war. Ich ließ mir von dem Kammermädchen ein Paar Stiefelchen von Madame geben. Als ich sie mit dem Abdruck der Fußspur verglich, war jeder Zweifel ausgeschlossen."

Es klingelte. Der Bankier erhob sich. „Es ist meine Frau", erklärte er. „Sie wird von Ihrem Erfolg außerordentlich überrascht sein."

„Ich möchte nicht stören", entgegnete Mr. Jenkins.

„Haben Sie die Güte, mich Madame Dufayel zu empfehlen. Sie lassen mich wohl durch den anderen Ausgang hinaus."

„Erwarten Sie also morgen früh meinen Scheck, und empfangen Sie meinen Dank."

ABENTEUER V

Ein Ruf in der Nacht

(PARIS)

Mr. Joe Jenkins, der Privatdetektiv?"

„Der bin ich."

Der Besucher trat näher. Er schien einen eiligen Weg hinter sich zu haben, denn er war außer Atem und vollkommen erschöpft. – „Ich habe von Ihren außerordentlichen Fähigkeiten gehört, Mr. Jenkins", begann er mit sichtlicher Mühe. Seine Worte kamen abgerissen hervor, er zitterte am ganzen Körper. Der Sprechende machte den Eindruck eines Kranken, oder eines Menschen, dem irgend etwas eine qualvolle Angst einflößte.

„Ich muß Sie um Verzeihung bitten, Mr. Jenkins", fuhr er fort, „daß ich frühmorgens um 7 Uhr bei Ihnen eindringe. Aber was ich diese Nacht erlebt habe, zwingt mich dazu. Es läßt mir keine Ruhe. Ich wohne im äußersten Osten von Paris, in der Rue St. Fargeau im 20. Arrondissement, und ich habe den Weg zu Ihnen in drei Stunden zu Fuß zurückgelegt. Sie müssen mir helfen, Mr. Jenkins, ich bitte Sie darum."

„Warum wenden Sie sich nicht an die Polizei?"

„Was ich erlebt habe, ist derart beschaffen, daß jemand, der nicht ein wenig tiefer in die Dinge zu blicken vermag, vielleicht sich kaum etwas dabei denken wird. Es sind keine eigentlichen Tatsachen, die ich berichten kann. Und doch habe ich das Gefühl, daß ich in unmittelbarer Lebensgefahr schwebe."

„Seit wann haben Sie dies Gefühl?"

„Seit heute nacht. Und darum komme ich zu Ihnen, Mr. Jenkins. Vielleicht können Sie den Schleier lüften, der über den Ereignissen liegt, die mir widerfahren sind, und die mich nun in Angst und Unruhe versetzen."

„Nun", sagte Mr. Jenkins ermutigend, „beruhigen Sie sich. Vorläufig sind Sie bei mir in Sicherheit. Machen Sie es sich bequem. Trinken Sie eine Tasse Tee mit mir?"

Das übernächtigte Gesicht des Mannes schien aufzu-
leuchten. „Danke, ja."

„Einen Augenblick!" Mr. Joe Jenkins verließ das
Zimmer, um einige Anweisungen in der Küche zu geben,
kurz darauf trat der Diener mit dem japanischen Teeservice
ein. Der Detektiv stellte die Tassen hin und fragte, indem
er den Tee einschenkte: „Mit wem habe ich übrigens
die Ehre?"

„Verzeihung", sagte der andere mit einem schwachen
Lächeln, „ich habe das Nächstliegende vergessen. Mein
Name ist François Gabin. Ich bin der technische Leiter
einer Stuhlfabrik. Meine Wohnung in der Rue St. Fargeau
liegt auf dem Grundstück der Fabrik. Das Haus, das ich
bewohne, liegt unmittelbar an der Straße, dahinter, durch
einen nicht großen Hof getrennt, befindet sich die Fabrik."

„Sind Sie verheiratet?"

„Ja. Indessen weilt meine Frau zurzeit mit unserem
Kinde, einem fünfjährigen Mädchen, zu Besuch bei
ihren Eltern in Marseille. Daher schlafe ich momentan in
meinem Hause allein."

„Wie groß ist Ihr Haus?"

„Es besteht aus dem Erdgeschoß und einer Etage.
Das Parterre hat drei, der erste Stock vier Zimmer.
Mein Schlafzimmer liegt zu ebener Erde, daneben mein
Arbeitszimmer mit dem Telephon. Dies Telephon ist
eine Nebenstelle unserer Fabriktelephonleitung. Wenn
ich abends um 7 Uhr die Fabrik verlasse, schalte ich
das Telephon nach meiner Wohnung um; es kommt
gelegentlich vor, daß noch nach Feierabend irgendein
Kunde anruft, um eine eilige Bestellung aufzugeben."

„Geschieht dies oft?", fragte der Detektiv. – „Sehr
selten, seit fünf Monaten überhaupt nicht. Letzte Nacht
nun hat sich etwas ereignet, was mich um so mehr mit
Schrecken, ich kann wohl geradezu sagen, mit Grauen

erfüllt, als ich den Zusammenhang der Dinge nicht begreife."

„Hängt dies Erlebnis mit dem Telephon zusammen?"

„Ja. Wie gewöhnlich ging ich gestern abend um ½ 12 Uhr schlafen. Ein paar Freunde hatten mich besucht und ein Gläschen Wein bei mir getrunken. Etwa um 11 Uhr hatte ich noch einen Rundgang durch die Fabrik gemacht und alles in Ordnung gefunden. Das Telephon war, wovon ich mich noch besonders überzeugt hatte, ordnungsgemäß nach meiner Wohnung umgestellt."

„Wo waren Ihre Freunde, während Sie die Fabrik inspizierten?" – „Sie blieben im Eßzimmer einen Augenblick allein. Es sind alterprobte, gute Freunde, übrigens wohlhabende Leute."

„Gut, weiter."

„Nachdem ich zurückgekehrt war, verabschiedeten sich meine Freunde bald. Ich schloß das Haus ab und ging schlafen. Ich habe die Angewohnheit, eine Nachtlampe zu brennen. Eine einfache Öllampe, die ein schwaches Licht gibt, gerade hell genug, um das Zimmer notdürftig zu beleuchten. Damit mir das Licht der Lampe nicht direkt ins Gesicht fällt und mich dadurch am Schlafen hindert, pflege ich einen Gegenstand davorzustellen, und zwar benutze ich dazu meine Wasserkaraffe mit dem darübergestülpten Glas. Hinter diese Karaffe stelle ich, wie gesagt, die Öllampe. Ich erzähle Ihnen dies absichtlich ganz ausführlich. Warum, werden Sie nachher sehen.

Es war ungefähr zehn Minuten nach 3 Uhr in der Nacht, als ich davon aufwachte, daß in meinem Arbeitszimmer nebenan laut und schrill das Telephon klingelte. In meiner Schlaftrunkenheit begriff ich zunächst nicht, woher der Klang kam. Ich richtete mich im Bette auf, das Klingeln wiederholte sich. Vollkommen munter geworden, sprang ich aus dem Bett und lief ins Nebenzimmer, hob den Hörer ab und nannte meinen Namen. Unmittelbar darauf antwortete eine hohe, anscheinend weibliche Stimme, augenscheinlich in furchtbarster Angst, denn die Stimme klang schrill, und die Worte überstürzten sich:

‚Fliehen Sie, um Gottes willen! Man will …'

Und hier brach die Stimme ab. Ich versuchte sofort, eine neue Verbindung herzustellen; es gelang nicht. Das Amt meldete sich überhaupt nicht. Etwa fünf Minuten lang versuchte ich alles Mögliche, klingelte, schrie in den Apparat hinein. Vergebens. Die Resonanz des Telephons war, wie ich bald feststellte, vollkommen aufgehoben, das Telephon sozusagen taub. Daraus ersah ich …"

„Was ersahen Sie daraus?" fragte der Detektiv langsam.

„Daraus ersah ich, daß jemand das Telephon umgeschaltet haben mußte. Und dies konnte nur von der Zentrale in der Fabrik aus geschehen sein."

„Was taten Sie darauf?"

„Einen Augenblick stand ich wie betäubt. Was konnte dieser Ruf in der Nacht zu bedeuten haben? Wer hatte ein Interesse daran, mich zu warnen? Ich beschloß, der Sache auf den Grund zu gehen. Ich bin ein Mann, der sich nicht leicht fürchtet, Mr. Jenkins. Das Telephon war abgestellt worden. Das konnte nur vom Fabrikkontor aus geschehen. Folglich mußte jemand in der Fabrik gewesen sein.

Ich zog mich notdürftig an, nahm meinen Revolver in die Hand und ging zur Fabrik hinüber. Es war eine kühle, etwas trübe Sommernacht. Der Mond hatte sich hinter den Wolken verkrochen, und die Gegenstände auf dem Hof waren nur undeutlich zu erkennen. Die Fabriktür war verschlossen, wie immer. Ich schloß auf und trat ein. Das Fabrikkontor lag ebenfalls genau so, wie ich es verlassen hatte. Ich ging langsam in den Hintergrund des Zimmers, in dem das Telephon hängt: Es war umgestellt worden. Die Verbindung mit meiner Wohnung war unterbrochen."

„Wissen Sie genau, daß Sie es an jenem Abend nach Ihrer Wohnung umgeschaltet hatten?"

„Ganz genau. Schon deshalb, weil einer meiner Freunde von meiner Wohnung aus seine Frau antelephoniert hatte."

„Was fanden Sie weiter?"

„Zunächst nichts. Ich rief sofort das Amt an. Wie Sie wissen, Mr. Jenkins, werden alle Nachtgespräche genau registriert wegen der Gebühren. Ich fragte also beim Amt an, von welcher Nummer aus ich vor einer Viertelstunde angerufen sei. Das Amt erklärte mir hierauf mit Bestimmtheit, niemand habe meine Nummer angerufen. Ich stand zunächst vor einem Rätsel."

„Können", fragte Mr. Jenkins, „Wohnung und Fabrik untereinander telephonieren?"

„Ja."

„Der Ruf kam also", sagte Mr. Jenkins ruhig, „aus dem Fabrikkontor?"

„Es kann nicht anders sein", erklärte Herr Gabin. „Nachdenklich ging ich in meine Wohnung zurück, immer den Revolver im Anschlag. Nichts Verdächtiges war zu entdecken, fast hätte man alles für einen Traum halten können, wenn nicht …"

„Geschah noch etwas in dieser Nacht?"

„Ja. Ich leuchtete in meinem Hause alle Ecken ab, nichts regte sich. Dann legte ich mich wieder ins Bett, mehr um mich zu wärmen, als um zu schlafen – denn der Schlaf war mir vorläufig vergangen. Als ich eben im Bett lag, bemerkte ich plötzlich einen Umstand, der mir den sicheren Beweis gab – so unbedeutend es an sich erschien – daß jemand dagewesen sein mußte."

„Was bemerkten Sie?", fragte Mr. Jenkins mit unverhohlenem Interesse.

„Wie ich Ihnen schon sagte, Mr. Jenkins, pflege ich über Nacht eine Öllampe brennen zu lassen und vor diese eine Karaffe mit darübergestülptem Glas zu stellen. Die Karaffe stelle ich derart, daß Sie das Licht auffängt, also zwischen mir und der Lampe steht. Ich kann anders nicht einschlafen. Als ich wieder im Bett lag, traf mich plötzlich der volle Lichtschein. Kein Zweifel: Die Karaffe stand etwa vier bis fünf Zentimeter weiter nach links als zuvor. Sie war verschoben worden. Irgend jemand mußte entweder die Karaffe oder die Öllampe in der Hand gehabt haben.

Als ich dies sah, stand ich wieder auf, denn nun war ich unruhig geworden. Ich blickte aufmerksam im Zimmer umher und ging darauf ins Nebenzimmer. Da fiel mein Blick auf etwas Weißes, das ich zuvor nicht bemerkt hatte. Offenbar hatte es vorher noch nicht dagelegen. Ich hob es auf; es war ein Zettel mit einem unverständlichen Inhalt. Hier ist er. Ich weiß zwar nicht, ob er in irgendeiner Beziehung zu dem nächtlichen Vorfall steht, gewiß ist aber, daß ich ihn nicht geschrieben habe. Von dem Zettel ist, wie Sie sehen, eine Ecke abgerissen."

Der Detektiv nahm aus seinem Schreibtisch eine Linse und betrachtete aufmerksam den Zettel mit den seltsamen Worten, die wie folgt lauteten:

Tfk. ifvuf. obd
3. Vis. avs
Hfme.mkfhu
Pgfo. Mbo

Der Detektiv war bald in den Inhalt der Botschaft vertieft und schüttelte mehrmals den Kopf.

„Es ist nicht zu verstehen", erklärte der Besucher. „Ich habe mir schon alle erdenkliche Mühe gegeben."

„Was taten Sie, als Sie diesen Zettel gefunden hatten?"

„Ich kleidete mich in aller Hast an und verließ das Haus. Zu Fuß bin ich dann durch ganz Paris gewandert, um schließlich um 7 Uhr hier bei Ihnen anzulangen. Was halten Sie von der Sache, und was raten Sie mir zu tun, Mr. Jenkins?"

Der Detektiv hatte die letzten Worte seines Gastes kaum mehr gehört. Er hatte sich über das Stück Papier mit dem seltsamen Text gebeugt und machte allerhand Aufzeichnungen in sein Buch, die er von Zeit zu Zeit mit dem Inhalt des Zettels verglich. Eine längere Pause entstand, während der Mr. Joe Jenkins ununterbrochen schrieb, wobei er mehreremal den Kopf schüttelte. Endlich blickte er auf.

„Ist Ihr Haus am Tage bewacht, Herr Gabin?"

„Ja. Meine Haushälterin kommt frühmorgens und geht abends um 8 Uhr wieder fort."

„Gut. Der Brief, den Sie mir hier gebracht haben, ist offenbar von größter Wichtigkeit. Wahrscheinlich wird er die Lösung des Rätsels enthalten. Leider habe ich die chiffrierte Schrift bis zu dieser Minute nicht enträtseln können. Sie müssen mir den Brief dalassen. Ich denke, in einigen Stunden werde ich ihn lesen können. Gehen Sie jetzt ruhig nach Hause, Herr Gabin. Am Tage wird nichts passieren. Dagegen kann ich Ihnen für die Nacht mit ziemlicher Bestimmtheit neue Ereignisse in Aussicht stellen. Bewahren Sie während der Nachtzeit Geschäftsgeld oder private Summen im Hause oder in der Fabrik auf?"

„Nein. Höchstens ganz unbedeutende Beträge. Die

eingegangenen Gelder bringe ich jeden Nachmittag zur Bank. Dieser Modus besteht allerdings erst seit drei Wochen. Früher war es anders, da hatten wir ständig große Summen im Hause. Bis eines Tages mein Kollege, der kaufmännische Leiter unserer Fabrik, bei einer Revision einen Fehlbetrag von 35000 Franken in seiner Kasse hatte. Das Geld müsse ihm gestohlen sein, erklärte er; er habe keine Ahnung, wie das Defizit zustande gekommen sei." – „Wurde er zur Verantwortung gezogen?"

„Nein. Herr Lançon wurde entlassen, von einer Anzeige nahm man Abstand."

„Haben Sie Ihren Kollegen nach der Entlassung wiedergesehen?"

„Ja. Einmal. Vor etwa drei Tagen besuchte er mich; es war am 21. August, kurz nach 7 Uhr abends. Er erklärte, er habe in einer Ofenfabrik eine gute Stellung gefunden, er interessierte sich augenscheinlich sehr für seine neue Tätigkeit. Er erklärte mir mit großem Eifer verschiedene patentierte Ofenkonstruktionen seiner neuen Firma."

Der Detektiv sah Herrn Gabin aufmerksam an. „In welcher Weise erläuterte Ihnen Herr Lançon die Konstruktionen?"

„Er öffnete die Türen des Kachelofens, der in meinem Schlafzimmer steht, ließ mich hineinblicken, und zeigte mir die Abweichungen seiner Öfen von der Einrichtung des meinigen: den Bau der Züge und den Weg der Heizgase."

Der Detektiv erhob sich. „Ich werde im Laufe des Abends bei Ihnen sein. Wann, kann ich Ihnen noch nicht genau sagen. Jedenfalls seien Sie ganz unbesorgt: im Augenblick der Gefahr bin ich zur Stelle. Welche Nummer wohnen Sie?"

„Rue St. Fargeau Nr. 176."

„Sollte sich im Laufe des Tages irgend etwas ereignen, so geben Sie mir telephonisch Nachricht. Seit wann sind Sie übrigens aus den Tropen zurückgekehrt?"

Der Direktor starrte den Detektiv sprachlos an.

„Sie waren doch augenscheinlich längere Zeit im fernen Osten? Ich vermute, in Indien?"

„Ich war in der Tat in Tongking ..." stammelte der Besucher, „... aber ... woher ..."

„Nun, ich sehe an Ihren Händen Flecke, die offenbar die Merkmale einer überstandenen schweren Malaria sind. Sind Sie geheilt? Nehmen Sie Chinin?"

Der Techniker sah Mr. Jenkins mit einem fast ehrfürchtigen Lächeln an. „Das ist großartig", murmelte er. „Ich bin so gut wie geheilt. Zur Vorsicht nehme ich noch hin und wieder etwas Chinin ... Also bis auf heute abend ... Adieu."

Als Herr Gabin um 8 Uhr desselben Tages beim Abendessen saß, ertönte die Entreeglocke. Er öffnete, und auf der Schwelle stand Mr. Joe Jenkins, der mit ruhigem Lächeln eintrat.

„Haben Sie etwas entdeckt, Mr. Jenkins?"

„Wo ist Ihr Schlafzimmer, Herr Gabin?", war die schnelle Gegenfrage des Detektivs, der eilig den Korridor durchschritt. „Ich möchte den Ofen sehen, an dem Ihr früherer Kollege, Herr Lançon, Ihnen die Konstruktionen demonstrierte."

Sehr erstaunt schritt ihm der Direktor voran und öffnete die Tür eines Zimmers, in dem ein Bett stand. Der Detektiv schritt auf den Ofen zu, öffnete die Tür, nahm den Rost heraus und untersuchte sorgfältig den verkohlten Inhalt, der sich während des Sommers ziemlich angehäuft hatte. Das untersuchte Material schüttete er auf den Fußboden, worüber sich Herr Gabin nicht wenig wunderte. Plötzlich kam ein kleines Kästchen zum Vorschein, das Mr. Jenkins mit einem Ausruf der Befriedigung von seiner Umschnürung befreite und öffnete. „Und hier, Herr Gabin, übergebe ich Ihnen die fünfunddreißigtausend Franken, die Ihr Kollege, Herr Lançon vor drei Wochen unterschlagen hat!"

Der Techniker sah mit weitgeöffneten Augen bald auf das Geld, bald auf den Detektiv. „Und wie kommt dieses Geld in meinen Ofen?", fragte er schließlich mit vor Erregung heiserer Stimme.

„Nun", sagte Mr. Jenkins ruhig, „das ist ziemlich einfach. Als Herr Lançon das Geld an sich nahm, war er sich keineswegs sicher, ob man ihn nicht verhaften lassen würde. Dann hätte man eine Haussuchung bei ihm vorgenommen, und seine Behauptung, er wisse nicht, wohin das Geld gekommen sei, wäre natürlich in sich zusammengefallen – denn man hätte das Geld wahrscheinlich bei ihm gefunden. Um dies zu vermeiden, wählte er ein Versteck für das Geld. Daß Ihre Öfen im Sommer nicht geheizt werden, war ihm natürlich bekannt. Vielleicht haben Sie sogar die Gewohnheit, in Ihrem Schlafzimmer überhaupt nicht, auch nicht im Winter zu heizen?"

„Allerdings. Ich halte es für besser, kalt zu schlafen."

„Nun, das wußte Ihr Kollege, und darum wählte er den Ofen Ihres Schlafzimmers. Vermutlich hatte er ungehinderten Zutritt zu Ihre Wohnung?"

„Als Kollege, natürlich. Er war häufig bei mir."

„Eines schönen Tages versteckte er also das Geld bei Ihnen, um dann bei der Revision zu erklären, er wisse nicht, wohin es gekommen sei. Wahrscheinlich hat er die Absicht gehabt, einen Moment abzuwarten, in dem Sie das Haus allein lassen würden, um alsdann das Geld zu holen.

Durch diese Rechnung haben Sie ihm offenbar einen Strich gemacht, indem Sie wahrscheinlich die Wohnung überhaupt nicht unbeaufsichtigt gelassen haben."

„In der Tat. Ich bin in letzter Zeit überhaupt nicht ausgegangen, und am Tage war meine Wirtschafterin da."

„Hierdurch nervös gemacht, hat sich Ihr ehemaliger Kollege entschlossen, Ihnen einen Besuch abzustatten. Dabei hat er sich unter einem recht geschickten Vorwand am Ofen zu schaffen gemacht. Offenbar immer in der Hoffnung, Sie würden ihn einen Augenblick allein lassen. Diese Hoffnung hat ihn betrogen, und nun hat er sich zum Äußersten entschlossen: Er ist in letzter Nacht bei Ihnen eingebrochen."

„Warum aber", fragte Herr Gabin, „hat er den umständlichen und zeitraubenden Umweg über das Fabrikkontor gewählt? Dort war doch das Geld nicht!"

„Nein. Aber etwas anderes war dort: die Telephonzentrale. Herr Lançon mußte damit rechnen, daß Sie telephonisch Hilfe herbeirufen würden, sobald Sie etwas Verdächtiges hören oder wahrnehmen würden. Das mußte er verhüten. Darum drang er zunächst in das Fabrikkontor ein und stellte das Telephon um. Dadurch waren Sie von der Außenwelt abgeschnitten."

„Aber", sagte der Direktor leise und faßte sich mit der Hand an den Kopf, „woher wissen Sie das alles? Den Schatz im Ofen? Herr Lançon der Täter?"

„Nun", entgegnete Mr. Jenkins, „der Zettel!"

„Der Zettel in Chiffreschrift? Den ich Ihnen übergeben habe?"

„Nun, ja. Sehen Sie sich ihn nochmals genau an. Hier ist er:

Tfk. ifvuf. obd
3. Vis. avs
Hfme. mkfhu
Pgfo. Mbo

Was fällt Ihnen an diesem Zettel auf?"

Herr Gabin sah den Zettel sinnend an und sagte schließlich: „Nichts. Ich verstehe den Inhalt absolut nicht."

„Nun, es gibt ein Zeichen auf diesem Zettel, das verständlich ist. Das ist die Zahl ‚3'. Hiervon ging ich aus. Sie werden sich erinnern: Sie sagten mir, das Telephon habe in der Nacht um zehn Minuten nach 3 Uhr geklingelt. Die Vermutung lag also nahe, daß die Zahl ‚3' auf dem Zettel sich auf die Tageszeit bezog. Dann bedeutete das Wort dahinter wahrscheinlich ‚Uhr', und dies um so wahrscheinlicher, als das betreffende Wort in der Tat aus drei Buchstaben besteht. Das Wort hinter der zahl ‚3' aber lautet ‚Vis'. Vergleichen Sie es mit dem Worte ‚Uhr'. Was fällt Ihnen daran auf?"

„Ich bin zu erregt, Mr. Jenkins, um nachdenken zu können." – „Also, sehen Sie her: Uhr gleich Vis, das heißt:

U gleich V
H gleich I
R gleich S

Mit anderen Worten, der Briefschreiber hat jedesmal für den betreffenden Buchstaben den im Alphabet darauffolgenden gesetzt. Ich stellte also den Buchstaben

jedesmal um einen zurück – ‚A' bedeutet offenbar ‚Z'–
und gelangte so zu folgender Übersetzung:

> Tfk. ifvuf. obd
> Sei heute nac…
> 3 Vis. avs
> 3 Uhr zur ….
> Hfme. mkfhu
> Geld liegt
> Pgfo. Mho
> Ofen Lan…

Die Botschaft lautet also:

> ‚Sei heute nac .. 3 Uhr … Stelle.
> Geld liegt …Ofen.
>   Lan.'

Die Unterschrift kann man wohl ohne weiteres in
‚Lançon' ergänzen und auch die durch das Abreißen
der Ecke abgetrennten Silben sich leicht hinzudenken.
Der Brief war offenbar von dem Defraudanten an einen
Komplizen gerichtet und lautete:

> ‚Sei heute nacht 3 Uhr zur Stelle.
> Das Geld liegt im Ofen.
>   Lançon.'

Und nun, Herr Gabin, denke ich, Sie bringen diese
Nacht bei mir zu. Denn es dürfte ein wenig aufregend
werden, und viel Schlaf würden Sie wohl nicht bekommen. Meine Leute sind an mehreren Stellen der Straße
verteilt und werden die Herren Einbrecher im Laufe der
Nacht liebevoll in Empfang nehmen. Das Geld nehmen

wir mit uns und liefern es morgen früh Ihrem Chef ab. Also kommen Sie."

Der Direktor legte Hut und Mantel an, als ihm plötzlich etwas einfiel.

„Aber, der Warnruf?", fragte er. „Der Ruf in der Nacht …"

„Der Ruf in der Nacht …", wiederholte Mr. Jenkins, „… das ist eigentlich das einzige bei der Sache, was ich im Augenblick nicht völlig erklären kann. Es sind zwei Personen, die mir durch den Kopf gegangen sind. Herr Lançon hat, wie wir wissen, einen Komplizen gehabt. Möglich, daß dieser andere einen Moment allein im Fabrikkontor blieb und in der Tat Sie warnen wollte. Warnen vor einem Feind, der zum Äußersten, gegebenenfalls zu einem Mord, entschlossen war. Wahrscheinlicher scheint mir jedoch, daß dieser Ruf in der Nacht eine Finte war."

„Eine Finte? Und was hätte die bezwecken sollen?" – „Sie aus Ihrer Wohnung fortzulocken."

„Trotzdem aber hat man das Geld nicht genommen!" – „Weil Sie zu schnell zurückgekommen sind. Offenbar haben sich die Einbrecher eben an die Arbeit begeben wollen und zu diesem Zwecke Ihre Öllampe in die Hand genommen, als sie Sie zurückkehren hörten und schleunigst fliehen mußten. Vermutlich haben sie sogar gesehen, daß Sie einen Revolver in der Hand trugen und haben deshalb das Spiel – vorläufig – aufgegeben, mit der Absicht, heute nacht wiederzukommen."

Die beiden Herren traten auf die Straße. „Und Ihr Honorar?", fragte der Direktor, noch fast betäubt.

„Nun", sagte Mr. Jenkins und lachte, „ich denke, Ihr Chef wird mit Vergnügen einen guten Finderlohn zahlen, wenn ihm morgen 35000 Franken vom Himmel fallen!"

ABENTEUER VI

Das Haus im Schatten

(PARIS)

ndlich!"

Der Mann, der seit nahezu zwei Stunden vor der Tür des Hauses der Avenue Wagram gestanden hatte, atmete auf und trat auf den Herrn zu, der aus dem Dunkel der Nacht sich losgelöst und das Haus betreten hatte.

„Ich habe wohl die Ehre, Mr. Joe Jenkins vor mir zu sehen?"

Der Angeredete drückte auf den Knopf einer Taschenlaterne und ein greller Lichtschein flutete über die Erscheinung des Wartenden. Der Detektiv schien von der Prüfung befriedigt zu sein, denn er fragte: „Was steht zu Diensten?"

„Etwas sehr Wichtiges, Mr. Jenkins! Wollen Sie mir gestatten, einen Augenblick mit in Ihre Wohnung zu kommen?"

„Kommen Sie!"

Der Detektiv öffnete den Lift, drückte auf den Knopf und nach einer Minute betraten die beiden die Wohnung im zweiten Stock.

„Ich bin glücklich, Sie noch getroffen zu haben, Mr. Jenkins", begann der nächtliche Besucher. „Und wenn ich von zwei bis vier Uhr nachts vor Ihrer Tür gewartet habe, so wird Ihnen dies allein schon genug sagen. Es ist in der Tat ein rätselhafter Anlaß, der mich zu Ihnen führt, und wenn ich daran denke, so zittern mir noch jetzt alle Glieder."

„Einen Augenblick", unterbrach ihn der Detektiv. „Wie ich sehe, sind Sie seit heute nachmittag – richtiger gesagt seit gestern nachmittag vier Uhr unterwegs. Sie haben seit dieser Zeit nur auf einen Augenblick Ihre Wohnung wieder aufgesucht, haben kein Licht gemacht und sind nach etwas fünf Minuten wieder fortgegangen."

Der Besucher sprang mit einem Satz auf die Füße und

starrte den Detektiv an, der ihn mit ruhigem Lächeln betrachtete.

„Keine Ursache sich aufzuregen", fuhr dieser fort. „Die Sache ist höchst einfach. Die Spritzer, die Ihre Beinkleider bis zu den Knien hinauf bedecken, beweisen mir, daß Sie bei Regenwetter unterwegs waren. Nun, der Regen hat heute um vier Uhr aufgehört. Ihre Schuhe dagegen sind sauber, ein Zeichen, daß Sie inzwischen zu Hause waren und Ihr Fußzeug gewechselt haben. Auch sehe ich, daß an Ihrem linken Beinkleid die Flecke zum Teil abgebürstet sind, während das rechte Bein voller Spritzer ist. Ein Beweis, daß Sie in Ihrem Zimmer nicht erst Licht gemacht haben, sich in höchster Eile abgebürstet und die Wohnung sofort wieder verlassen haben."

„In der Tat, Mr. Jenkins", antwortete der Besucher. „Es ist wörtlich so wie Sie sagen. Und da Sie, wie ich sehe, tiefer blicken als die meisten Menschen, so werden Sie mir vielleicht auch Aufschluß in der merkwürdigen Sache geben können, in der ich zu Ihnen komme.

Er setzte sich wieder in seinen Sessel und fuhr fort:

„Ich bin der Besitzer des Hauses Rue Miramare 84. Es ist ein altes Haus, das sich seit etwa hundert Jahren in unserer Familie vererbt hat. Bis vor einem Jahre hatte ich es an einen Lumpenhändler vermietet, der das Parterre und die beiden Stockwerke als Bureau und Lager benutzte. Seitdem er fortgezogen ist, um sich zu vergrößern, habe ich das Haus nicht wieder vermieten können. Nun – ein Wunder ist es nicht, denn es ist ein baufälliger Kasten und es liegt in einer ziemlich verrufenen Straße. Und dann hat es noch einen Fehler: Die Fenster liegen nach Norden und das Haus hat daher überhaupt keine Sonne. Es wird, wie mir zufällig zu Ohren kam, in der Nachbarschaft nicht anders genannt als: ‚Das Haus im Schatten‘, und man knüpft sogar allerhand sagenhafte Gerüchte aus alter Zeit an das Gebäude, die indessen unbegründet sind, wie ich als Besitzer wohl am besten wissen muß. Nun, wie ich Ihnen sagte, Mr. Jenkins: Das Haus steht seit einem Jahre leer. Die Schilder an den Fenstern mit der Aufschrift: Zu vermieten oder zu verkaufen, sind allmählich verwittert und unleserlich geworden, und ich dachte schon darüber nach, ob es überhaupt noch Zweck hätte, sie durch neue zu ersetzen, als etwas Unerwartetes geschah. Eines Abends kam ein Mann zu mir und fragte mich, ob ich ihm das Haus vermieten wolle und was ich dafür haben wolle. Ich nannte ihm einen bescheidenen Preis: 3000 Franken pro Jahr, und er akzeptierte ohne weiteres. Er wolle vorläufig auf ein Jahr mieten, erklärte er mir, habe aber die Absicht, das Haus später zu kaufen. Daher müsse er zur Bedingung machen, daß ich mich von heute ab mit keinem andern auf eine Unterhandlung wegen meines Hauses einlasse und vor allen von heute ab niemandem das Haus zeigen werde. Nun, ich war zwar ein wenig erstaunt über diese Bedingungen, aber ich akzeptierte sie mit Freuden, denn das verflossene Jahr hatte mir gezeigt, wie wenig Aussicht vorhanden war, für das Haus überhaupt einen Interessenten zu finden. Der Mieter zahlte auf der Stelle für den ersten Monat 250 Franken an und erhielt die Schlüssel.“

„Wann war dies?“, fragte Mr. Jenkins.

„Am 1. Februar, also vor einem Monat und drei Tagen.“

„Wie hieß der Mieter?“

„Er nannte sich Aristide Granard. Ich erbot mich, das Haus von Grund aus reinigen zu lassen, was Herr Granard ablehnte. Er erklärte mir, dies sei überflüssig, denn er habe genügend Personal, um es selbst besorgen zu können. Nun, ich hatte keinen Grund, ihn von diesem Vorhaben abzubringen."

„Zu welchem Zweck mietete Herr Granard das Haus?", fragte Mr. Jenkins. „Hat er sich darüber ausgesprochen?"

„Ja. Er erklärte mir, er wolle eine galvanoplastische Anstalt errichten. Wie Sie sich denken können, war ich froh, das Haus vermietet zu haben. Ich ging in den nächsten Tagen ein paarmal durch die Rue Miramare an meinem Hause vorbei und sah einmal einen großen Wagen, aus dem verschiedene Gegenstände abgeladen und ins Haus gebracht wurden. Sie waren in Tücher eingehüllt und eingenäht, nach den Umrissen mochten es Maschinen sein. Ich konnte mich nicht enthalten, einen Augenblick in das Haus zu treten; auf mein Klingeln öffnete Herr Granard persönlich. Er schien über mein Kommen ziemlich erstaunt, ich möchte fast sagen bestürzt zu sein, denn er fragte mich mit hastigen Worten, was ich wünsche. ‚Nichts Besonderes', erwiderte ich, ‚ich möchte nur fragen, wie Sie mit dem Hause zufrieden sind.' ‚Ganz gut, ganz gut', rief er und drängte mich fast zur Tür hinaus. Ich war über sein Verhalten ziemlich verwundert, wie Sie sich denken können. Aber schließlich konnte er in seinem Hause machen was er wollte.

Es mochten etwa vierzehn Tag vergangen sein, als ich eines Nachts etwas um ½ 3 Uhr an meinem Hause in der Rue Miramare vorüberkam. Ich hatte mit einem Freunde Karten gespielt und es war darüber ein wenig spät geworden. Gerade als ich an meinem Hause vorüberschritt, überholte mich ein Automobil und hielt plötzlich vor Nummer 84. Neugierig blieb ich stehen und sah, daß aus dem Wagen zwei Herren stiegen, die die Tür des Hauses aufschlossen und eintraten. In dem

Moment, als das Auto abfahren wollte, kam von der entgegengesetzten Seite ein anderes Automobil an, dem ebenfalls ein Herr entstieg; wie ich gleich darauf erkannte, war es Herr Granard. Er schloß eiligst auf und kam zu meinem Erstaunen nach etwa einer Minute mit einem der vorher angekommenen Herren zurück. Die beiden bestiegen das noch wartende Auto und fuhren in der Richtung nach dem Boulevard Montmartre wieder davon. Eben wollte ich fortgehen als ein drittes Auto angefahren kam, aus dem wieder zwei Herren stiegen. Sie klopfen in einer eigentümlichen Weise an die Tür, als diese mit einem Rück aufflog, und zwar ohne daß jemand dastand, der sie geöffnet haben konnte."

„Woraus schließen Sie dies?", fragte der Detektiv.

„Die Tür drehte sich schnell um ihre Achse und stieß krachend gegen die Wand, ein Beweis, daß niemand dahinter stand. Aber auch davor stand niemand, denn sonst hätte ich ihn sehen müssen."

„Was geschah dann?"

„Kopfschüttelnd ging ich weiter, als plötzlich in rasendem Lauf von links ein Mann auftauchte. Er rannte, wie jemand rennt, der um sein Leben rennt, und er hätte mich fast umgerissen. Anscheinend wurde er verfolgt. Bei mir angelangt, bog der Fliehende quer über die Straße, blieb mit einem Ruck vor meinem Hause stehen und zog einen Schlüssel aus der Tasche. Neugierig ging ich ihm nach und erkannte zu meinem Erstaunen meinen Mieter, Herrn Granard. Im gleichen Moment erkannte auch er mich. Nie, Mr. Jenkins, habe ich im Gesicht eines Menschen solche Bestürzung gesehen. Er sah mich an, als ob er einen Geist vor sich sähe und fand erst nach einigen Augenblicken die Sprache wieder. ‚Was wollen Sie?', schrie er. ‚Was wollen Sie von mir? Was spionieren Sie hier herum?' Ich suchte ihn zu besänftigen und erklärte ihm, ich käme hier zufällig vorbei. Aber er hörte nicht darauf. ,Was spionieren sie hier?', schrie er noch lauter. ,Bin ich Ihnen etwas schuldig? Sie haben doch Ihre Miete bekommen!' In diesem Moment drehte er den Schlüssel herum und war mit einem Satz im Hause, das er von innen wieder abschloß. Im gleichen Augenblick waren seine Verfolger angelangt. Sie sahen mich einen Augenblick prüfend an und stürmten weiter."

„Was taten Sie darauf?", fragte Mr. Jenkins.

„Ich ging kopfschüttelnd nach Hause. Das Geschehene und Gehörte hatte mich, wie ich offen gestehen muß, nachdenklich gemacht. Ich beschloß, auf alle Fälle das Haus in der Rue Miramare ein wenig zu beobachten. Einige Male ging ich abends daran vorbei. Die Laden waren stets geschlossen, indessen sah ich durch die Spalten Licht schimmern.

Es war einen Monat nach dem Vermietungstage, also am 1. März, als Herr Granard mich morgens aufsuchte. Er erklärte mir, er habe sich entschlossen das Haus zu kaufen, wenn ich ihm einen annehmbaren Preis dafür machen würde, und wir einigten uns schließlich auf 96000 Franken. Herr Granard bemerkte, er erledige grundsätzlich alles auf der Stelle und zahlte mir den Kaufpreis von 96000 Franken sofort aus. Und nun kommt das Unbegreifliche. Heute früh, also drei Tage später erschien Herr Granard abermals bei mir und teilte mir mit, daß er in einer Erbschaftsangelegenheit nach Kanada reisen müsse. Daher sei er gezwungen, sein Vermögen zu liquidieren und auch sein Haus wieder zu verkaufen und ob ich es zurückkaufen wolle?"

„Ich antwortete Herrn Granard natürlich, ich könne mich hierzu nicht entschließen. Ich gestand ihm, ich sei sehr froh gewesen einen Käufer gefunden zu haben und ein Haus losgeworden zu sein, das nur noch den Grundwert habe. ‚Nun', erwiderte Herr Granard darauf, ‚ich will Sie nicht übervorteilen. Wieviel beträgt nach Ihrer Meinung der Grundwert?'

‚38000 Franken', sagte ich aufs Geratewohl.

‚Gut', sagte Herr Granard, ‚ich bin damit zufrieden.'

„Was sollte ich tun? Das Haus hat einen Grundwert von mindestens 50000 Franken, dafür kann ich es jeden Tag an die Stadt Paris verkaufen. Es wunderte mich, offen gestanden, daß Herr Granard, der einen sehr geschäftstüchtigen Eindruck macht, hieran nicht gedacht hatte. Nun, mir konnte es schließlich recht sein. Ich zahlte also Herrn Granard seine 38000 Franken aus und das Haus gehörte wieder mir."

„Zahlten Sie Herrn Granard das Geld auf der Stelle aus?"

„Ja. Ich wollte ihm zuerst Papiergeld geben, indessen meinte er, es sei ihm nicht lieb, soviel Bargeld in der Tasche zu haben. Ich möchte ihm einen Scheck geben."

„Taten Sie dies?"

„Ja. Dann sagte Herr Granard: ‚Noch eins. Ich lasse in Ihrem Hause eine Anzahl Teppiche zurück, die ich bei der Kürze der Zeit zu einem regulären Preise nicht mehr verkaufen kann. Wollen Sie sie mir abnehmen? Ich lasse sie Ihnen billig, für 500 Franken.' Ich wollte erst nicht recht darauf eingehen, entschloß mich indessen auf sein Zureden, die Teppiche zu kaufen und gab Herrn Granard einen Scheck über 38500 Franken auf mein Konto beim Crédit Lyonnais. Dann ging ich in mein Haus hinüber, um mir mein wiedererlangtes Eigentum anzusehen. Und da sah ich etwas, was mich in ratloses Erstaunen versetzte. Wie mir Herr Granard richtig gesagt hatte, war das ganze Haus von oben bis unten mit Teppichen ausgelegt. Wie ich nun auf den ersten Blick erkannte, waren es echte Perserteppiche, deren Wert in gar keinem Verhältnis zu dem geforderten Preise von 500 Franken stand. Ich traute meinen Augen kaum. Schließlich kam ich zu der Überzeugung, es müßten doch wohl geschickte Imitationen sein, bis ich irgendwo, wo wohl zuvor ein Papierkorb gestanden hatte, ein zerknittertes Papier fand. Ich faltete es auseinander und erkannte, daß es eine Rechnung der Teppichfirma Montholon frères war. Sie lautete über neun Perserteppiche im Gesamtwerte von 25000 Franken und war ordnungsgemäß quittiert. Nachdenklich schritt ich durch die Zimmer und trat ans Fenster. Und da entdeckte ich etwas, was mich vollends in Bestürzung versetzte. Die Hülle des Heizkörpers hatte sich etwas verschoben. Ich wollte sie zurechtrücken. Es gab einen Widerstand. Irgendein Gegenstand mußte dazwischen sein. Ich nahm die Hülle ab, um das Hindernis zu entfernen, und fand eine Brieftasche mit 33000 Franken, dem Kaufpreise, den ich Herrn Granard für das Haus bezahlt hatte. Und nach dieser Entdeckung war es mir klar: Hier geht etwas nicht mit rechten Dingen zu. Die Sache stimmt nicht; irgend etwas ist geschehen oder wird geschehen; wahrscheinlich ein Verbrechen. Und darum komme ich zu Ihnen, Mr. Jenkins. Ich habe viel von Ihnen gehört; man hat mir gesagt, Sie wären der scharfsinnigste Mann in Europa. Sagen Sie mir, Mr. Jenkins, was hat das Ganz zu bedeuten?"

Der Detektiv sah eine Zeitlang vor sich her; seine Brauen waren gerunzelt, die Augen halb geschlossen. „Zunächst eine Frage", begann er endlich, „hat Herr Granard Ihren Scheck schon präsentiert?"

„Nein. Er verließ mich um 4 Uhr, und um diese Zeit schließt meine Bank."

„Gut! Er wird also morgen früh um 9 Uhr da sein. Oder vielmehr, er wird einen Boten schicken und in der

Nähe warten. Sie sprachen von einer gefundenen Brieftasche. Haben Sie sie bei sich?"

„Hier ist sie." Der Besucher zog ein altes schwarzes Portefeuille aus der Tasche, das er dem Detektiv übergab.

„Sie haben an dem Inhalt nichts geändert? Nichts fortgenommen, nicht hinzugelegt?"

„Nichts."

„Sie haben Ihre Sache gut gemacht." Der Detektiv öffnete die Brieftasche und überzählte flüchtig den Inhalt, der aus Tausendfrankbillets bestand. „Und nun die Hauptsache. Herr Granard hat Ihnen vor drei Tagen 96000 Franken bezahlt. Wo haben Sie das Geld? Haben Sie es schon zur Bank gebracht?"

„Nein! Ich pflege jeden Sonnabend auf meine Bank zu gehen. Wir haben heute Freitag; morgen wollte ich das Geld zur Bank bringen."

„Sie haben es also noch im Hause?"

„Ja!"

„Fühlen Sie sich frisch genug, um mich nach Ihrem Hause in der Rue Miramare zu begleiten?"

„Noch jetzt? In der Nacht?"

„Auf der Stelle. Die Sache duldet keinen Aufschub."

„Und was versprechen Sie sich von dem nächtlichen Besuch?"

„Nun", sagte Mr. Jenkins lächelnd, „ich denke, Herr Granard wird in diesem Moment in jenem Hause sein. Es dürfte ihm daran liegen, die verlorene Brieftasche zu holen. Bei dieser Gelegenheit möchte ich ein Wörtchen mit ihm reden. Kommen Sie mit?"

„Ich bin vollständig munter."

Mr. Jenkins entnahm seinem Schreibtisch einen Browning, und der Besucher sah, daß er das Magazin neu füllte. Hierauf rief er telephonisch eine Nummer an und unterhielt sich mit jemandem in englischer Sprache, die der Besucher nicht verstand.

„Wir nehmen jetzt ein Auto", sagte Mr. Jenkins, als die beiden unten angelangt waren. Er rief ein vorüberfahrendes Automobil an und ließ an der Rue Montmartre halten. Er setzte mit seinem Begleiter den Rest des Weges zu Fuß fort. An der Ecke der Rue Miramare bemerkte der Hausbesitzer, als er sich zufällig umdrehte, daß in einer Entfernung von zwanzig Schritt ihnen zwei Gestalten folgten. Ein wenig ängstlich, machte er den Detektiv darauf aufmerksam. „Keine Sorge", sagte dieser lächelnd, „es sind meine Assistenten. Ich habe sie telephonisch bestellt. Wenn nicht alles täuscht, werden wir heute nacht noch Arbeit bekommen. Welche Nummer hat Ihr Haus in der Rue Miramare?"

„Nr. 84."

„Hier ist 72. Liegt es auf dieser Seite?"

„Ja!"

„Gehen wir also auf die andere."

Das Haus Nr. 84 lag im tiefsten Dunkel. Die verwitterte Fassade hatte in der Tat etwas Unheimliches und mochte den Beinamen: „Das Haus im Schatten" wohl rechtfertigen. Die Fenster waren halb erblindet, man sah dem Gebäude an, daß es unbewohnt war. Die beiden blieben stehen.

„Sehen Sie etwas?", flüsterte der Detektiv.

„Nein!"

„Betrachten Sie die Fenster der zweiten Etage!"

Der Hausbesitzer sah angestrengt hinauf. Plötzlich stieß er einen Ruf der Überraschung aus. „Ich sehe Licht am Mittelfenster."

„Ist es das Treppenhaus?"

„Ja!"

„Also kommen Sie!"

Der Detektiv packte seinen Klienten am Arm und zog ihn in das Dunkel des gegenüberliegenden Hauseinganges zurück. Der Haus-besitzer starrte hinüber und bemerkte einen Lichtschein, der nacheinander im ersten Stockwerk und im Parterre aufleuchtete. Auf einmal war alles dunkel. Ein knackendes Geräusch ließ ihn sich zur Seite wenden. Neben ihm stand Joe Jenkins, in der Hand den schußbereiten Revolver.

Nach einer Weile ging langsam die Tür des gegenüberliegenden Hauses auf und heraus trat ein alter Mann mit weißem Bart in gebückter Haltung. Er schaute aufmerksam nach links und rechts und wollte eben den Weg in der Richtung nach der Rue Montmartre einschlagen, als plötzlich ein Pfiff ertönte. Joe Jenkins hatte ihn ausgestoßen. Im gleichen Moment sprangen von rechts und links zwei Männer – es waren die Assistenten des Detektivs – auf den Mann zu und packten ihn am Arm.

„Kommen Sie", sagte Mr. Jenkins halblaut. „Es war die höchste Zeit."

Er lief mit einigen Sätzen über die Straße und fragte den Hausbesitzer, der ihm unmittelbar gefolgt war:

„Erkennen Sie diesen Mann?"

Der Angeredete sah den weißbärtigen Mann verwundert an und sagte dann:

„Nein!"

„Einen Augenblick." Der Detektiv drückte auf den Knopf seiner Taschenlaterne, leuchtete dem Mann ins Gesicht und riß ihm mit einem einzigen Ruck den Bart herunter.

„Kennen Sie ihn jetzt?"

Der Hausbesitzer stand einen Augenblick wie erstarrt. Er sah dem Mann ins Gesicht und sagte dann mit zitternder Stimme: „Ja, ich erkenne ihn. Es ist mein Mieter, Herr Granard."

„Guten Abend, Herr Michalowski", ertönte in diesem Moment die Stimme des Detektivs. „Es tut mir leid, Sie so unvermittelt stören zu müssen. Allein: es ist mein Geschäft, wie Sie wissen. Dieser brave Herr, den Sie so elegant mit 38500 Franken hineingelegt haben, hat mich beauftragt, seine Interessen zu vertreten. Und da konnte ich natürlich nichts anderes tun, als seinen Auftrag ausführen."

Der Angeredete sah dem Detektiv ins Gesicht, stieß einen Wutschrei aus und wollte in die Tasche fassen. „Hände hoch", schrie Mr. Jenkins. Im gleichen Moment zog er seinen Revolver und legte ihn auf Herrn Granard an, der dem Befehl augenblicklich nachkam.

„Sie müssen nämlich wissen", fuhr Mr. Jenkins fort, „daß Herr Michalowski und ich alte Bekannte sind. Wir haben uns dreimal getroffen: einmal vor sechs Jahren in Marseille, einmal vor zwei Jahren bei dem großen Prozeß in Pondicherry, und zum drittenmal heute in Paris. Ich war von vorherein überzeugt, es mit Herrn Michalowski zu tun zu haben. Es gibt nämlich keinen Menschen in Europa, der so geschickt wie er in seinem Fache ist. Nämlich, Herr Michalowski ist von Beruf Falschmünzer. Spezialität: Tausendfrankennoten. Sie haben wohl die Güte, Herr Michalowski, meinem Klienten, den Sie in so geschickter Weise hineingelegt haben, sein Eigentum zurückzugeben. Sie haben ihm 96000 Franken ausgezahlt, und haben dagegen 38500 Franken erhalten. Das wäre soweit ganz schön, aber leider sind die 96000 Franken falsch. Ja", fuhr er fort, zu dem Hausbesitzer gewendet, der zitternd daneben stand, „leider kann ich es Ihnen nicht verhehlen: das Geld, das Ihnen dieser Herr gegeben hat – dies Geld hat er selbst gemacht. Ebenso wie die 38000 Franken, die in der Brieftasche steckten, die Sie gefunden haben und die zufällig den gleichen

Betrag aufweisen, den Sie Herrn Granard für den Rückkauf Ihres Hauses bezahlt haben. Falsch waren auch die 25000 Franken, die Herr Michalowski alias Granard der Teppichfirma Montholon frères bezahlt hat."

Der Hausbesitzer blickte abwechselnd auf den Detektiv und auf seine Mieter. „Aber wozu das alles?", fragte er schließlich.

„Wozu?", antwortete Mr. Jenkins, „die Sache ist einfach genug. Es war diesem Herrn von vornherein nur darum zu tun, von Ihnen die 38500 Franken in gutem Gelde zu erhalten. Daher der ganze Schwindel mit dem Hauskauf. Er traute sich mit seinen Tausendfrankennoten nicht so recht an die Öffentlichkeit, weil er wußte, daß man ihm auf der Spur war. Daher dieser Umweg mit dem Hauskauf. Dann: die Erwerbung der Teppiche. Herr Michalowski hat sie gekauft und mit fünfundzwanzig falschen Tausendfrankenscheinen bezahlt, offenbar in der Absicht, sie nach einiger Zeit der Teppichfirma zum Rückkauf wieder anzubieten. Inzwischen wird er vermutlich erfahren haben, daß man das gefälschte Geld erkannte hatte. Stimmt es, Herr Michalowski?"

„Ja!", sagte dieser kleinlaut.

„Nun sehen Sie wohl. Also man hatte die Fälschung erkannt und Herr Michalowski mochte fürchten, daß man ihm auf der Spur war. Daher überließ er Ihnen die Teppiche für ein paar hundert Franken. Auch aus sonstigen Gründen mag ihm der Boden hier zu heiß geworden sein. Er beabsichtigte deshalb, sich morgen früh auf Ihren Scheck 38500 Franken zu holen und damit in die weite Welt zu gehen. Die Firma Montholon frères würde wahrscheinlich in einigen Tagen den Verbleib ihrer Teppiche aufgefunden haben, und Sie hätten alsdann das Vergnügen gehabt, diese wieder herauszugeben."

„Es ist unglaublich", murmelte der Hausbesitzer.

„Leider muß ich Ihnen Ihre Kreise stören, Herr Michalowski", fuhr Mr. Jenkins fort. „Sie haben wohl die Güte, den Scheck auf 38500 Franken, den Ihnen dieser Herr gegeben hat, augenblicklich herauszugeben, falls Sie nicht auf der Stelle verhaftet werden wollen."

Der Falschmünzer murmelte ein paar unverständliche Worte, faßte dann in die Brusttasche und brachte ein zusammengefaltetes Stück Papier zum Vorschein, das er dem Detektiv übergab.

„Ist dies Ihr Scheck?", fragte dieser den Hausbesitzer.

„Ja!", antwortete der Gefragte.

„Hier gebe ich Ihnen Ihr Eigentum zurück", fuhr Mr. Jenkins fort. „Und nun zu Ihnen, Herr Michalowski. Ich denke, Sie haben einige Ursache, den kommenden Morgen nicht in Paris zu verleben. An der Ecke steht ein Auto. Meine beiden Assistenten werden sich ein Vergnügen daraus machen, Sie ohne Aufenthalt an die Gare du Nord zu begleiten. Dort wollen Sie freundlichst ein Billett lösen, das Sie auf direktem Wege nach Rußland befördert, woher Sie gekommen sind. Was Ihre Teppiche betrifft, so werden wir sie morgen der Firma Montholon frères wieder zustellen. Und nun gute Nacht, Herr Michalowski. Es ist ½ 6. Um 6.15 geht ein sehr guter Zug nach Deutschland, der direkten Anschluß an den Zug nach St. Petersburg hat. Meine Assistenten werden dafür sorgen, daß Sie diesen Zug noch rechtzeitig erreichen. Ich selbst werde die Ehre haben, Sie zum Auto zu führen."

Der Schlag des Automobils flog krachend zu und Mr. Jenkins wandte sich an seinen Klienten, der neben ihm stand und kein Wort hervorbrachte. „Ich denke, wir gehen ebenfalls schlafen", meinte er. „Ich erwarte Sie morgen früh um 10 Uhr in meiner Wohnung, damit wir den kleinen Rest der Angelegenheit in Ruhe besprechen können."

ABENTEUER VII

Das Logenbillett

(LONDON)

$\mathcal{D}$er Boy hatte die junge distinguierte Dame in das Arbeitszimmer geführt und sich mit einer kurzen Verbeugung zurückgezogen. „Mr. Joe Jenkins wird sofort erscheinen", sagte er im Abgehen.

Die Dame ließ einen neugierigen Blick durch das Zimmer gleiten. Nichts in diesem Raume verriet, daß er die Behausung eines Mannes bildete, dessen Scharfsinn weit über Europa hinaus bekannt und gefürchtet war. An den Wänden hingen ein paar alte englische Kupferstiche, auf dem Tisch lagen in wahlloser Unordnung eine Anzahl Bücher und Magazine. In diesem Augenblick öffnete sich die Tür und vor der Besucherin stand Mr. Joe Jenkins.

„Ich bin erstaunt, gnädige Frau", sagte der Detektiv lächelnd, „daß Sie schon von meiner Reise nach London erfahren haben."

„Ich hörte zufällig gestern abend", versetzte die junge Dame, „daß Sie von Paris aus einen Abstecher nach London gemacht hätten. Es war im Foyer des St. James-Theaters, wo man davon sprach. Und ich gestehe Ihnen offen, Mr. Jenkins: ich bin sehr froh darüber. Denn ich bin in einer wichtigen Angelegenheit zu Ihnen gekommen."

„Nun", sagte Mr. Jenkins lächelnd, „wenn eine junge, schöne und reiche Frau der Londoner Gesellschaft morgens früh um 11 Uhr bei mir erscheint, so liegt die Vermutung nahe, daß etwas Außergewöhnliches der Grund ist."

„In der Tat", sagte die junge Dame. „Und ich muß Ihnen gestehen: Mein Mann weiß noch nicht einmal, daß ich bei Ihnen bin. Ich selbst wußte es vor zwei Stunden, ja, vor einer Stunde noch nicht. Der Gedanke ist mir erst eben gekommen. Aber ich bin überzeugt, daß mein Mann meinen Schritt freudig begrüßen wird. Zumal er es ist, an dem das Verbrechen verübt worden ist."

„Sie erlauben wohl", sagte Mr. Jenkins, „daß ich Platz nehme, gnädige Frau. Und nun erzählen Sie bitte ausführlich."

„Ich nehme an, Mr. Jenkins", begann die Dame und lehnte sich ein wenig in dem Ledersessel zurück, „ich nehme an, daß Ihnen mein Name, den Sie auf meiner Karte gelesen haben, nicht unbekannt ist."

„Natürlich nicht, gnädige Frau", pflichtete Joe Jenkins bei. „Ich habe auch in Paris, wo ich bis vorgestern war, täglich die Londoner Zeitungen gelesen. Daher habe ich auch die ausführlichen Berichte über die Hochzeit der jungen, schönen, einzigen Tochter des honorable Mr. Sutherland mit dem bekannten Juwelenhändler Mr. James Wimbledon mit Vergnügen verfolgt."

„Ja", sagte die junge Frau und ein flüchtiges Lächeln lief über ihr Gesicht. „Diese Heirat bildet seit Jahren einen Wunsch meiner Eltern. Sie wissen vielleicht, daß mein Vater ein reicher Mann ist. Und auch Mr. Wimbledon, mein Gatte, ist der Erbe der reichen und bekannten Juwelengroßfirma Wimbledon Brothers."

„Er ist der alleinige Inhaber?"

„Ja. Sein Vater starb vor sechs Jahren, und seither hat James die Umsätze des Geschäfts mehr als verdoppelt. Seine großzügigen Spekulationen in Amsterdam und Paris waren eine Zeitlang das Tagesgespräch … Ich war bei Mr. Wimbledon von vornherein sicher, nicht meines Geldes wegen geheiratet zu werden – in dieser Furcht müssen wir reichen Mädchen ja sonst stets leben. Trotzdem kam meinem Gatten meine Mitgift natürlich nicht unerwünscht. Denn früher oder später konnte er das Geld vielleicht bei seinen großen Transaktionen nutzbringend mit verwerten."

„Sie haben", fragte Mr. Jenkins zögernd, „eine

größere Mitgift von Ihrem Herrn Vater erhalten, Mrs. Wimbledon?"

„25000 £ Sterling", erwiderte die junge Dame.

„Eine halbe Million Schilling!", sagte Mr. Jenkins anerkennend. „Eine schöne Summe!"

„Unsere Hochzeit wurde, wie Sie sich vielleicht erinnern werden, Anfang April in Claridges Hotel mit großem Glanz gefeiert. Dann fuhren wir auf einen Monat nach den Kanarischen Inseln und wollten am 10. Mai zurück sein. Inzwischen hatte mein Vater uns ein Haus in Kensington Gore gekauft und es vollständig möbliert. Meine Mutter, die sehr umsichtig ist und sehr an mir hängt, hatte eine Anzahl Dienstboten engagiert, die die Weisung erhielten, am 10. Mai ihren Dienst in unserem Heim anzutreten."

„Aber", fiel Mr. Jenkins ein und warf einen Blick auf den Kalender, „wir schreiben heute erst den 6. Mai, gnädige Frau ..."

„Ganz richtig", versetzte die junge Dame lächelnd. „Und den Grund sollen Sie sofort erfahren ... Meinem Mann wurde das untätige Leben in Teneriffa allmählich unerträglich. Er, der gewohnt ist, jeden Tag von 9 – 5 Uhr zu arbeiten, hatte jetzt nichts weiter zu tun, als abwechselnd zu baden und zu segeln und dazwischen zu essen. Anfang Mai erklärte er mir, er könne dieses Leben nicht länger führen. Und so entschlossen wir uns, schon vor der Zeit nach London zurückzukehren. Wir stellten uns das ganz romantisch vor: so gewissermaßen inkognito in London zu sein und ein paar Tage ganz für uns allein in unserem neuen Heim in Kensington Gore zu leben. Und so geschah es. Auch meine Eltern haben wir nicht von unserer Rückkehr benachrichtigt. Nur einige Geschäftsfreunde, mit denen James gleich nach seiner Rückkehr zu konferieren hatte."

„Und die Dienstboten?", warf Mr. Jenkins ein.

„Auch die Dienstboten", antwortete die junge Dame lächelnd, „haben wir nicht behelligt. Wir stellten es uns keineswegs schrecklich vor, ein paar Tage ganz allein zu hausen und unser Diner in einem Restaurant einzunehmen. In den letzten Tagen habe ich sogar selbst gekocht; denn ich habe in Lausanne Kochen gelernt. Und ich darf wohl sagen; es hat uns beiden recht gut geschmeckt."

„Ich bin überzeugt davon, gnädige Frau", sagte Mr. Jenkins mit höflichem Lächeln. „Und darf ich fragen …"

„Sofort, Mr. Jenkins", fiel die Dame ein. „Entschuldigen Sie, wenn ich etwas weitschweifig von dem Glück meiner jungen Ehe rede. Aber diese Einleitung war, wie Sie gleich sehen werden notwendig … So saßen wir auch gestern um halb sieben beim Diner, als es plötzlich klingelte. Das ist an und für sich eine Seltenheit, da doch so gut wie niemand von unserer Anwesenheit weiß. Einigermaßen betroffen, ging mein Mann zur Tür. Es war ein Telegraphenjunge, der einen Rohrpostbrief brachte. In diesem Rohrpostbrief lag ein Billett auf eine Loge im St. James-Theater. Und dabei lag ein Zettel mit den Worten:

‚Ratet einmal, wer euch diese Loge schickt?'

Nun, wir haben uns nicht lange den Kopf zerbrochen. Das Billett mochte von Mr. Atkinson, dem langjährigen Geschäftsfreunde meines Mannes, kommen, der uns schon häufig kleine Aufmerksamkeiten während unseres Verlöbnisses erwiesen hatte. Vielleicht auch war es eine Überraschung von einer Freundin, die ich gestern früh in Oxford Street traf. Jedenfalls: Wir hatten die Loge und entschlossen uns, sie zu benutzen. Zumal man Bernard Shaw spielte, meinem Lieblingsschriftsteller. Wir nahmen also ein Auto und fuhren ins Theater.

Und nun kommt das Unerhörte. Als wir um halb zwölf wieder zu Hause anlangten, paßte der Schlüssel nicht. Schließlich gelang es uns doch, mit einiger Mühe die Tür zu öffnen. Nichts Gutes ahnend, schritten wir die Treppe hinauf. Da sah ich, daß die Tür zu meines Mannes Arbeitszimmer offen stand; ich wußte genau, daß ich sie abgeschlossen hatte. Ich schaltete das Licht ein, und unser erster Blick fiel auf den Geldschrank, der erbrochen war. Erbrochen und beraubt; die Kassette, die meine ganze Mitgift und außerdem einen großen Teil des Vermögens meines Mannes enthielt, war verschwunden."

Mr. Jenkins zog nachdenklich die Stirn in Falten und fragte: „Wie kommt es, Mrs. Wimbledon, daß Sie so viel bares Geld im Hause hatten?" – „Das erklärt sich leicht", antwortete die junge Dame. „Mein Mann beabsichtigte, heute einen größeren Einkauf zu machen. Zu diesem Zwecke hatte er sich mit barem Gelde versehen. Zumal heute Bankfeiertag ist."

„Die beiden Logenbilletts haben sich für ihren Spender rentiert", sagte Mr. Jenkins nach einer Pause mit finsterem Lächeln.

„Wir gingen noch in der Nacht zur Polizei. Sie nahm in der üblichen Weise den Tatbestand auf und versicherte uns, wir würden weiteres hören … daß wir in der Nacht nicht viel geschlafen haben, werden Sie sich denken können. Mr. Jenkins. Heute früh, als ich zu einer Besorgung in die City fuhr, kam mir plötzlich der Gedanke an Sie, Mr. Jenkins. Und kurz entschlossen nahm ich ein Cab und fuhr zu Ihnen nach Brixton hinaus."

„Nun", sagte Mr. Jenkins, „es wird mich freuen, Mrs. Wimbledon, wenn ich Ihnen dienlich sein kann. Sagen Sie mir bitte eins: haben Sie einen Verdacht?"

Die junge Frau dachte einen Augenblick nach und sagte dann: „Nein. Nicht den geringsten."

„Was enthielt der Geldschrank außer der gestohlenen Kassette?"

„Geschäftspapiere und Geschäftsbücher."

„Sind diese vollzählig vorhanden?"

„Außer dem Gelde fehlt nichts."

„Wieviel Leute wissen, daß Sie in London sind?"

„Fünf oder sechs."

Jenkins zog die Uhr. „Wo befindet sich Mr. Wimbledon zurzeit?"

„In seinem Bureau in Philpot Lane."

„Und wann kommt er nach Hause?"

„Um 6 Uhr."

„Erwarten Sie mich bitte um 5 Uhr, und fertigen Sie mir bis dahin eine Liste derjenigen Personen an, die von Ihrem Aufenthalt in London unterrichtet sind."

Als Mr. Jenkins um 5 Uhr am Hause Nr. 11, Kensington Gore, klingelte, öffnete ihm Mrs. Wimbledon persönlich.

„Hat sich irgend etwas ereignet?", fragte der Detektiv.

„Nichts, Mr. Jenkins."

„Darf ich Sie also bitten, mich zu dem erbrochenen Geldschrank zu führen." Wenige Minuten später stand Mr. Jenkins sinnend vor dem stählernen Ungetüm, aus dessen ausgerissenen Eingeweiden Ströme von Kieselgur zu Boden gerieselt waren, die den unteren Teil des Geldschrankes und den Fußboden mit grauweißlichem Schimmer bedeckten.

„Haben Sie den Schlüssel?", fragte Mr. Jenkins.

„Hier ist er."

Der Detektiv schloß auf, betrachtete abwechselnd die Außen- und Innenseite des Schrankes und schüttelte den Kopf. Dann fiel sein Blick auf die Bücher. „Sie haben wohl nichts dagegen", wandte er sich an Mrs. Wimbledon, „wenn ich einen Blick in diese Bücher werfe. Wer weiß, vielleicht hat der Einbrecher auch an diesen Büchern seine Kunst probiert. Lassen Sie sich inzwischen in Ihrer häuslichen Tätigkeit nicht stören, gnädige Frau ... Dies ist, wie ich vermute, der Schreibtisch Ihres Herrn Gemahls?"

„Ja."

„Vielleicht geben Sie mir auch hierfür den Schlüssel? Womöglich finden sich auch darin Spuren eines Einbruchs!"

„Ich danke Ihnen für Ihr Interesse, Mr. Jenkins", sagte Mrs. Wimbledon lächelnd. „Indessen befinden sich in diesem Schrank, soviel ich weiß, nur wertlose Papiere. Im übrigen besitze ich keinen Schlüssel dazu; mein Mann hat ihn bei sich. Und nun entschuldigen Sie mich bitte auf eine halbe Stunde."

Es war kurz nach 6 Uhr, als Mr. Wimbledon nach Hause kam. Er kam nicht allein. Inspektor Wood von Scotland Yard hatte ihn im Bureau aufgesucht und war mit ihm zusammen nach dem Westen hinausgefahren, um hier höchstpersönlich den Stand der Dinge aufzunehmen.

„Und haben Sie unter Ihren Bekannten", fragte Inspektor Wood, als die beiden die Treppe heraufstiegen, „wegen der gespendeten Billetts Nachfrage gehalten?"

„Ich hatte heute Gelegenheit", war die Antwort Wimbledons, „Mr. Atkinson zu sprechen und Mr. Dawson, einen anderen Geschäftsfreund. Beide kommen als Spender nicht in Betracht. Überhaupt ein Freund von mir kann's wohl nicht gut sein. Denn Freunde, die nachts einbrechen, habe ich nicht."

„Und doch", antwortete Inspektor Wood beharrlich, „und doch muß es jemand sein, der von Ihrem Hiersein weiß. Dies ist die Tür? Danke, ja, ich werde vorangehen. Ja, es kann natürlich nur – halloh – was ist das – das ist ja Mr. Joe Jenkins! – Tag, Jenkins", ... er trat auf den berühmten Detektiv zu und schüttelte ihm die Hand. „Wieder in England, Mr. Jenkins? ... ja, ich hörte schon davon, ... und gleich einen so schwierigen Fall? ... Ich glaube, Mr. Wimbledon", wandte er sich an diesen, „es war ziemlich überflüssig, daß Sie Mr. Jenkins herbeiholten. Denn ich meine: Was er kann, das können wir auch. Oder vielmehr: Ebensowenig wie wir, kann er Licht in diese verzwickte Geschichte bringen!"

„Ich habe Mr. Jenkins nicht geholt", erwiderte Wimbledon kühl.

„Ich war es, der Mr. Jenkins geholt hat. Ich habe ihn gebeten, uns seine Erfahrung zur Verfügung zu stellen." Es war Mrs. Wimbledon, die soeben eingetreten war. „Und ich hoffe, es ist dir recht, James?"

„Natürlich Liebling", antwortete Mr. Wimbledon und begrüßte seine Frau zärtlich. „Ich fürchte nur das eine, Liebling, Mr. Jenkins wird uns nicht viel nützen können. Du hast selbst gehört, was ein so erfahrener Beamter wie Inspektor Wood soeben gesagt hat."

„Ja", pflichtete Inspektor Wood bei, „ich fürchte, Jenkins, hier versagt auch Ihre Kunst. Ein erbrochener Geldschrank, nichts weiter. Keine Spur, gar nichts. Nichts, das einem etwas sagen könnte."

„Nun", antwortete Mr. Jenkins mit gelassenem Lächeln, „etwas sagt mir dieser Geldschrank immerhin."

Inspektor Wood sah den Detektiv mit verständnislosem Lächeln an.

„Ist Ihnen an diesem Geldschrank nichts aufgefallen,

Wood?", wandte sich dieser lächelnd nach dem Inspektor um.

Der Gefragte sah dem Detektiv ins Gesicht und sagte dann kopfschüttelnd:

„Nein."

„Betrachten Sie die Tür des Geldschranks."

Wood warf einen prüfenden Blick auf die Tür und schüttelte abermals den Kopf.

„Ich meine", fuhr Jenkins fort, „Sie sollen sie von innen betrachten."

Inspektor Wood und Mr. Wimbledon traten neugierig näher und betrachteten die Innenseite der Geldschranktür. Auch Mrs. Wimbledon war näher getreten.

„Fällt Ihnen nichts daran auf?"

„Nein", sagte Wood nach einer Pause, und auch Mr. Wimbledon blickte achselzuckend auf den Detektiv.

„Nun", fuhr dieser fort, „Sie sehen, daß diese Tür aufgemeißelt worden ist."

„Ja, das sehen wir", sagte Inspektor Wood mit breitem Lachen. „Daß diese Tür zuerst angeschmolzen und dann aufgemeißelt worden ist, das sehen wir allerdings."

„Was Sie aber anscheinend nicht gesehen haben", fuhr Jenkins in ruhigem Tone fort, „das ist die Tatsache, daß diese Tür nicht von außen nach innen aufgemeißelt worden ist, sondern von innen nach außen!"

Der Inspektor starrte den Detektiv mit großen Augen an. „Das beweist …", fragte er atemlos.

„Das beweist", fuhr Jenkins gelassen fort, „daß jemand, der den richtigen Schlüssel besaß, es also gar nicht nötig hatte, diesen Schrank in aller Ruhe aufgeschlossen und ihn dann absichtlich demoliert hat. Absichtlich demoliert hat, um …"

„Um …" wiederholte Inspektor Wood mit vor Erregung zitternden Lippen.

„Um einen Einbruch vorzutäuschen."

„Und haben Sie eine Ahnung", fragte Mr. Wimbledon mit heiserer Stimme, „wer diesen fingierten Einbruch ausgeführt haben könnte?"

Der Detektiv sah den Edelsteinhändler eine Sekunde ruhig an. Dann sagte er langsam: „Sie, Mr. Wimbledon!"

In diesem Augenblick geschah etwas Unerwartetes. Mit einem einzigen Satze war Mr. Wimbledon an der Tür angelangt, hatte sie aufgerissen und sie im nächsten Moment von draußen abgeschlossen. Dann hörte man ihn mit drei Sätzen die Treppe hinunterstürmen und gleich darauf das Haus verlassen. So blitzschnell war dies alles geschehen, daß niemand den Enteilenden gehindert hatte.

„Ich habe erwartet", sagte Mr. Jenkins mit traurigem Lächeln, „ich habe erwartet, daß Mr. Wimbledon diesen Weg wählen würde. Es tut mir leid, gnädige Frau, daß ich Ihnen eine so traurige Wahrheit habe verkünden müssen. Aber, ich denke", fuhr er in tröstendem Tone fort, als Mrs. Wimbledon, die Hände vor die Augen gepreßt, in einen Sessel sank, „eine schlimme Wahrheit ist immer noch besser als eine schöne Lüge. Und Lüge war alles, was Mr. Wimbledon bisher getan und gesagt hat.

„Mir waren", fuhr Jenkins erklärend fort, „sofort Zweifel gekommen, als Sie, gnädige Frau, mir von dem plötzlichen Wunsche Ihres Gatten erzählten, vor der Zeit nach London zurückzukehren. Noch dazu in ein Haus ohne Dienstboten. Sie erklärten mir, Sie beide hätten dies sehr romantisch gefunden. Nun – eine junge Dame mag es romantisch finden – einem Mann wird es nicht anders als unbehaglich erscheinen. Mir kam sofort der Verdacht, daß Mr. Wimbledon mit diesem dienstbotenlosen Hause eine besondere Absicht verfolge. Als ich nun den von innen nach außen erbrochenen Geldschrank sah, da wußte ich es ziemlich genau, daß ein Abgesandter des Herrn Wimbledon hier in der letzten Nacht gearbeitet hatte – und mein Verdacht wurde zur Gewißheit, als ich *dieses* fand." Er hielt ein gelbliches Heft in die Höhe. „Diese Fahrkarte nach Amerika fand ich in dem Schreibtische Ihres Mannes. Sie lautet auf den Namen Jack Warren und ist ausgestellt für den Dampfer Aquitania, der morgen Southampton verläßt. Betrachten Sie den Namen Jack Warren: er hat die gleichen Anfangsbuchstaben wie der Name Ihres Gatten: James Wimbledon. Mr. Wimbledon hat ein geschicktes Pseudonym gewählt: so konnten auch die Monogramme in seiner Wäsche ihn nicht verraten!"

Mrs. Wimbledon hatte mit Mühe den Kopf erhoben und starrte den Detektiv an.

„Aber – warum das alles?", frage sie endlich tonlos.

„Auch das will ich Ihnen erklären, gnädige Frau", fuhr Jenkins fort. „Es ist leider kein Zweifel: Ihr Gatte hatte die Absicht, morgen abend mit Ihrer Mitgift die Flucht nach Amerika zu ergreifen. Denn, obwohl er aus den Geschäftsbüchern die wichtigsten Seiten herausgerissen hat, so habe ich doch feststellen können, daß sich Mr. Wimbledon in den letzten Jahren durch seine unsinnigen Spekulationen vollkommen ruiniert hat. Der Ansturm der Gläubiger war zu erwarten, sobald seine Anwesenheit in London bekannt wurde. Deshalb entschloß er sich zur Flucht – mit Ihrem Gelde."

„Aber", warf Mrs. Wimbledon ein – „mein Mann hatte doch meine Mitgift bereits in Händen! Er hätte sie doch einfach nehmen können und abreisen! Wozu denn diese ganze Komödie mit dem fingierten Einbruch?"

„Nun, gnädige Frau", erwiderte Mr. Jenkins, „auch das kann ich Ihnen aufklären. Wäre die Flucht mit Ihrer Mitgift bekanntgeworden – und die ganze City

141

hätte sie übermorgen früh gewußt – so hätte Mr. Wimbledon mit dem Gelde wohl kaum eine ruhige Minute gehabt. Wahrscheinlich hätte er Amerika überhaupt nicht erreicht, ohne daß man ihn verhaftet oder das Geld zum mindesten marconitelegraphisch beschlagnahmt haben würde. Das würde wahrscheinlich schon Ihr Herr Vater getan haben, gnädige Frau. Daher mußte Herr Wimbledon die Nachricht verbreiten, das Geld sei ihm gestohlen worden. Sie hätten dann mit ziemlicher Sicherheit übermorgen früh einen herzzerreißenden Brief von Ihrem Gemahl erhalten, worin er Ihnen mitgeteilt haben würde, er könne den Verlust des ihm anvertrauten Gutes nicht überwinden, und er habe sich daher in diesem Augenblick bereits das Leben genommen. Und während Sie seinen Tod beweint hätten, hätte er mit Ihrem Gelde in Amerika ein angenehmes Leben geführt."

„Mein Gott!", schluchzte die junge Frau.

„Es wird Herrn Wimbledon", so fuhr Mr. Jenkins fort, „nicht schwer fallen, unter dem Vorwande, er habe sein Billett verloren, ein Duplikat zu erhalten. Sollten Sie es also wünschen, gnädige Frau, so sind Sie in der Lage, morgen abend durch Inspektor Wood Hand auf Ihren Gatten, oder auf Ihr Geld, zu legen, in dem Moment, in dem er in Southampton an Bord der ‚Aquitania' geht. Und nun gestatten Sie mir, mich zu verabschieden und Ihnen mein herzliches Beileid auszusprechen."

ABENTEUER VIII

Rauch im Westwind!

(STOCKHOLM)

*D*er herbe Hauch des Meeres wehte frisch und salzig herüber zu den beiden Männern, die seit zwei Stunden den langen Küstenweg entlang schritten, der von Saltsjöbaden zur Stadt führte. Jenseits, im Westen, standen die gewaltigen Linien der Türme von Stockholm gegen den verschleierten Horizont, und fern drüben, hinter jenem gluterfüllten Wolken, tauchte der feurige Sonnenball in die unergründlichen Fluten des Mälarsees.

Die beiden Männer standen schweigend und blickten gedankenverloren auf das majestätische Schauspiel. Eben nahm der größere von beiden den Hut ab und ließ den frischen Wind um die erhitzte Stirn spielen.

„Der Wind war nicht stärker als heute, Mr. Jenkins", nahm der kleinere von beiden das Wort. „Eher noch schwächer. Und deshalb ist es ein Rätsel, daß dieses furchtbare Unglück passieren konnte. Bei unseren erprobten Aviatikern!"

Joe Jenkins nickte. „Ich muss gestehen: Der Fall ist einer der rätselhaftesten, die mir je begegnet sind. Und Sie sind fest überzeugt, Herr Bark, daß es nicht atmosphärische Störungen sind, die diese seltsamen Unglücksfälle verursacht haben?"

Der Ministerialrat schüttelte lebhaft den Kopf. „Nein, Mr. Jenkins. Wir haben auf der Stelle unsere ersten Gelehrten von Stockholm und Upsala befragt. Sie haben eingehend und gewissenhaft alles geprüft und Sie sind übereinstimmend zu dem Ergebnis gelangt, daß das Wetter und die Natur keine Schuld haben an diesen unerhörten Vorkommnissen. Nie hat man über dem Hafen von Stockholm derartige Wirbelwinde beobachtet. Bedenken Sie, Mr. Jenkins: vollkommen ruhige Luft – klar und durchsichtig wie Kristall. Ja, einmal, vor vierzehn Tagen, da war es überhaupt ganz windstill. Hier, wo wir stehen, und drüben, und dort ... überall ... standen sie, um unsere kühnen Flieger zu sehen. Eben kommt der erste und schnellste von ihnen herübergesurrt. Da ... auf einmal ... ein Schrei ... man sieht, wie eine Böe den Apparat erfaßt ... der Flieger saust ein Stückchen steil abwärts und erlangt einen Augenblick das Gleichgewicht wieder. Deutlich hört man das nahe Rattern des Motors ... eben will der Flieger sich wieder in die verlorene Höhe hinaufschrauben ... da ... plötzlich ... wirbelt der Apparat um seine eigene Achse wie ein Schiff, das in den Maelstrom geraten ist ... ein entsetzter Aufschrei aus zwei Millionen Kehlen ... und drei Minuten später liegt der Flieger mit zerschmetterten Gliedern zu unseren Füßen."

Der Detektiv schüttelte den Kopf. „Zunächst glaubten Sie an einen Zufall?"

Ministerialrat Bark nickte. „Ja. Wir glaubten an atmosphärische Störungen ... an einen Zusammenhang mit Erschütterungen, die gerade aus Mitteldeutschland und aus der Schweiz gemeldet wurden. Drei Tage später stieg einer unserer besten Flieger auf.

Wieder war das Wetter fast windstill. Auf einmal überschlägt sich der Apparat, sichtlich von einem Wirbel erfaßt ... und dabei war es in dem Moment vollkommen ruhig. Ich sah zufällig, wie sich gerade ein Mann neben mir eine Pfeife anzündete – und zu gleicher Zeit dort oben ... dieser Zyklon ... noch heute liegt es wie ein entsetzlicher Druck auf mir, wenn ich an den Anblick zurückdenke ... im nächsten Moment ziehen wir einen gräßlich verstümmelten Toten unter seinem Apparat hervor ...

Noch in derselben Nacht lief ein dunkles Gerücht durch Stockholm, daß hier ein unbegreifliches, unerklärliches Verbrechen vorliege ... unerhörte, wahnwitzige Kommentare tauchten auf ...

Am nächsten Sonntag stieg Olaf Söderström auf ... Olaf Söderström ... unser Stolz und unsere Hoffnung ... Schwedens bester Pilot ... ein Mann mit Nerven von Stahl ... der Liebling der Frauen ... der Kühnste unserer Helden. Alle Vorsichtsmaßregeln, die Menschen ersinnen können, waren getroffen. Der Hangar des Aeroplans war Tag und Nacht von einer Abteilung Soldaten bewacht; sogar das Dach des Hangars wurde observiert. Söderström selbst schlief bei seinem Apparat...

Es war ein strahlender Frühherbstsonntag, als Olaf Söderström aufstieg. Alle Schiffe im Hafen hatten geflaggt; vom Turm der Riddarholmskirche ertönte der Posaunenchor ...

Eine halbe Stunde später stürzte er mit seinem Apparat ins Wasser; der furchtbare Aufprall auf die Oberfläche des Norrströms hatte seinen Körper auseinandergerissen und seine Glieder hundertfach gebrochen ...

Nun legte sich ein eisiges Grauen über unser Land. Nun zweifelte kein Mensch mehr, daß hinter allen diesen Unbegreiflichkeiten das Verbrechen stand. Das Verbrechen!

Aber ... welcher Mensch von Fleisch und Blut wäre imstande, Wind und Wetter zu gebieten? Welcher Mensch vermochte dem Sturm zu befehlen: Rase! Welcher Irdische hätte die Macht, sich zum Herrn der Lüfte aufzuwerfen? ... Unser Volk ist ein Seemannsvolk, Mr. Jenkins ... und Seeleute sind abergläubisch. Und so raunte und flüsterte man bald: Der Satan selbst habe seine Hand im Spiel gehabt ...

Aber selbst den Gebildeten ging es nicht viel besser: Je mehr man forschte und grübelte, desto toller und abenteuerlicher wurden die Hypothesen und die Kombinationen.

Da fiel von einer hohen Stelle ein Name: Joe Jenkins!

Am nächsten Tage schon beschlossen wir in geheimer Sitzung, Sie nach Stockholm zu bitten. Wir haben gehört, Mr. Jenkins, daß ein Problem erst da anfängt Sie zu interessieren, wo andere es als unlösbar beiseite schieben. Nun wohl ... wenn je eine Aufgabe Ihrer würdig war, Mr. Jenkins, so ist es diese! ... Helfen Sie uns ... Sie sind die Hoffnung eines ganzen Landes!"

Der Detektiv zog aus der Tasche seines Raglans eine Zeitung und faltete sie auseinander. „Trotz aller dieser Ereignisse sehe ich, daß morgen früh ein neuer Schauflug stattfinden wird?"

„Ja, Mr. Jenkins. Unsere Flieger fürchten nicht den Tod. Morgen früh werden drei unserer besten Aviatiker aufsteigen!"

Joe Jenkins knüpfte den Mantel fester zu, wandte sich langsam herum und ließ seine scharfen Augen über die See gleiten, auf der schon die Schatten der Dämmerung lagen.

Der Detektiv nickte: „All right. Übrigens legt, wie ich sehe, unsere Schaluppe dort unten an. Ich habe noch einiges in Stockholm zu tun – darum wäre es mir erwünscht, wenn wir zurückkehren würden."

Der kleine Dampfer, der schaukelnd an der Sutthofsbro lag, schoß wie ein Pfeil davon, nachdem die beiden Herren eingestiegen waren.

Ministerialrat Bark blickte gedankenvoll in das Wasser, das schäumend am Bug aufspritzte. „Wie heißen Sie im Grand-Hotel, Mr. Jenkins?" fragte er leise. „Ich bin gemeldet unter dem Namen Ralph Thompson, Kaufmann aus New York."

„Der Bootsführer ist da, Mr. Thompson."

Joe Jenkins schob die Mokkatasse, die den Schluß seines einfachen Soupers gebildet hatte, zurück, knipste behaglich eine Zigarre ab und sagte, indem er sie umständlich entzündete: „Ich komme, Portier."

Der alte Bootsführer mit dem struppigen Seemannsbart lüftete leicht die Mütze, als Joe Jekins, in seinen langen Mackintosh gehüllt, auf den nächtlichen S. Blasiehhamnen hinaustrat.

Gegenüber dem Marktplatz Karls des Zwölften lag schon die kleine Motorschaluppe ratternd an der Schiffsbrücke. Der Heizer, der den beiden ungeduldig entgegengesehen hatte, schnellte mit einem geschickten Griff das dicke Tau von dem Duc d'Alben herunter, und schlingernd und stampfend begann das Boot sich in die Fluten zu bohren.

Über dem Hafen von Stockholm lag eine sternenhelle Frühherbstnacht. An den Docks wuchteten stumm und drohend die schwärzlichen Leiber der Überseedampfer, die hier von Sturm und Gefahr ausruhten. Ihre weißen, grünen und roten Lichter, die an den Masten schaukelten, warfen ihre zitternden Reflexe in die dunklen Wellen, die klatschend an das Ufer rollten.

„Der Wind ist umgesprungen, Herr", begann der Bootsführer zögernd.

Joe Jenkins nickte und sah nachdenklich zum Himmel. „Heute nachmittag blies es von Norden", bestätigte er; „und jetzt geht der Rauch der Dampfer in der Richtung auf die Salzsee zu."

Der Bootsführer nickte. „Westwind, Herr."

Aus vielen Hunderten von Schornsteinen kamen wie aus ebenso vielen unruhigen Kratern dunkle, sich ballende und wieder auseinanderstiebende Rauchschwaden, die in langen parallelen Linien von Westen nach Osten zogen. „Das deutet wohl auf Regen?", fragte der Detektiv lächelnd.

Der Bootsführer warf einen Blick auf den sternenklaren Horizont. „Wenn's so bleibt, Herr, dann haben wir in zwei Tagen Sturm und Regen. Haben Sie gesehen, wie der Himmel blutig war, als die Sonne unterging?"

Die Fahrt ging an Skeppsholmen vorüber; das Boot näherte sich allmählich der Kastellinsel. Starke Wellen hoben es plötzlich empor; ein paar einfahrende Schiffe dampften langsam und vorsichtig vorüber. Bebend und schlank wie ein Windspiel nahm die kleine Schaluppe den Weg zwischen ihnen hindurch. Die offene See tauchte auf, und nach und nach verlor sich das Ufer immer mehr vor den Blicken.

Sie fuhren an ein paar stilliegenden Schiffen vorbei. Ein paar grüßende Scherzworte hallten durch die Nacht; die Antwort schallte dumpf und rollend über die Wasser.

An den Piers der Kastellinsel lagen drei weiße Jachten unter Dampf. Joe Jenkins ließ seine forschenden Augen über die dunkle Wasserfläche gleiten; und plötzlich sagte er mit einer seltsam heiseren Stimme:

„Stop!"

Ein kurzer Zuruf an den Heizer. Das Zittern der Schiffsschraube verstummte augenblicklich, und geräuschlos glitt das Boot vorwärts.

Joe Jenkins stand unbeweglich, die Hände tief in die Taschen seines Mackintoshs vergraben, und starrte hinüber zu den drei weißen Jachten dort drüben an den Piers der Insel. Er zog kopfschüttelnd das Fernglas und setzte es an die Augen. Klar und scharf trat das Bild der drei Jachten vor das Objektiv.

Nein – es war keine Täuschung. Die Rauchfahnen der beiden äußeren Schiffe gingen scharf und gerade nach Osten. Der Rauch, der aus dem Schornstein des mittleren Schiffes kam – quirlend, flockig, schwärzlich ... der Rauch aus dem dritten Dampfer ging nach Norden ... Nach Norden ...

Eine Hand rührte Joe Jenkins am Arm. Er wandte sich zur Seite; neben ihm stand der Bootsmann. „Haben Sie es gesehen, Herr?", fragte er mit einer Stimme, aus der eine geheime Angst zu zittern schien. „Haben Sie es gesehen?"

Joe Jenkins nickte.

„Es ist das zweite Mal, daß ich es beobachte", fuhr der Alte fort. „Das erste Mal ... das war vor acht Tagen. Ich kam von Djurgardsstaden; es war spät nachts, und ich hatte mit meinem Kameraden ein wenig gekneipt – beim alten Hilverssum, müssen Sie wissen. Da sah ich es zum ersten Mal ...

Wir hatten Nordwind; aus allen Schiffen ging der Rauch schnurgerade nach Süden. Dieses Schiff ... das dort in der Mitte ... dieses Schiff schickte seinen Rauch nach Westen ... Erst glaubte ich, ich wäre benebelt, Herr. Ich rief meinen Heizer; der schaute auch hinüber. Und als er sich zu mir herumdrehte, war er totenblaß; nein, ich hatte mich nicht geirrt. Noch in derselben Nacht ist der Heizer gestorben; am Herzschlag, sagt der Doktor; aber ich mache mir meine eigenen Gedanken darüber."

„Was ist das für ein Schiff?", fragte Joe Jenkins.

„Ich weiß es nicht, Herr ..." Er sah sich scheu um, und dann fuhr er zögernd fort: „Ich möchte sagen: Ich will es gar nicht wissen ... ich hab' mich nicht herangetraut an das Schiff. Und von hier kann man, auch am Tage, den Namen nicht lesen."

Joe Jenkins lächelte. „Fahren Sie an die Jacht heran."

Der Alte sah einen Augenblick schweigend zu Boden.

Dann nahm er die Mütze ab, kratzte sich am Kopf und sagte in festem Ton: „Nein, Herr. Ich tue es nicht."

„Ich werde Ihnen zwanzig Kronen extra geben."

„Nein, Herr. Und wenn Sie mir hundert Kronen gäben; ich tät' es nicht. Ich hab' Frau und Kinder zu Hause ... lassen Sie uns heimfahren, Herr! Glauben Sie mir: Man soll den Himmel nicht versuchen!"

Joe Jenkins sah unschlüssig zu Boden. Das Rattern einer Schiffsschraube kam dumpf und klatschend durch die Nacht.

„Dort drüben fährt eine Zollbarkasse", begann der Alte. „Vielleicht weiß der Führer den Namen. Soll ich ihn fragen?" – „Ja", sagte Joe Jenkins.

Der Propeller begann zu arbeiten, der Bug des Schiffes wandte sich nach Süden, und nach zehn Minuten lag die Schaluppe an der Seite der kleinen Zollbarkasse. Ein paar Rufe hinüber und herüber, die der Detektiv nicht verstand; dann pflügten die beiden flinken Boote auseinander ... „Es ist die Jacht ‚Hurricane'", sagte der Bootsführer.

„Nationalität?", fragte Joe Jenkins.

„Unbekannt. Scheinen Sportsleute zu sein, denn sie haben den Schauflügen beigewohnt", sagte der Zollbarkassenführer. „Es kommen ja jetzt viele von solchen ausländischen Gästen."

„Sie liegen unter Dampf ...?"

„Vermutlich wollen sie mit Tagesanbruch nach dem Start der Hydroplane dampfen."

Die dumpfen Töne einer Kirchturmuhr zitterten über das Wasser.

„Halb elf!", sagte Joe Jenkins. „Wir wollen nach Hause fahren."

Es war nach Mitternacht, als der Detektiv wieder im Grand-Hotel anlangte.

„Ein Herr wartet auf Sie, Mr. Thompson", meldete der Portier und überreichte dem Gast einen Zettel.

„Ein Herr …", Joe Jenkins warf einen Blick auf das Blatt Papier: „Wo ist er?"

„Nebenan im Gand-Café. Sie können durch diese kleine Tür gehen."

Der Detektiv öffnete die Tür, die zu dem menschenerfüllten Raum führte. Er blieb stehen und sah sich suchend um.

Von einem der Tische erhob sich ein Herr und ging auf Joe Jenkins zu.

Es war Ministerialrat Bark. „Gott sei Dank!", sagte er leise.

Der Detektiv warf einen schnellen Blick über die Erscheinung Barks. Erst jetzt sah er, daß sein Gesicht erdfahl war, und daß seine Hände zitterten.

„Ist etwas geschehen?", fragte Jenkins kurz.

Der andere sah sich vorsichtig um und nickte.

„Kommen Sie mit mir auf mein Zimmer."

„Nun?" Der Besucher hatte sich in einen Stuhl niedergelassen und saß zusammengekauert und mit dem Gesichtsausdruck eines Mannes da, dem irgend etwas Unbegreifliches widerfahren sein mochte. Seine Stimme, die am Nachmittag klar und hell geklungen hatte, schrillte heiser und kaum verständlich durch den Raum. „Ich habe Ihnen", begann der Besucher mit zitternder Stimme, „heute nachmittag ein Ereignis verschwiegen, und zwar aus dem Grunde, weil ich es für unwesentlich gehalten habe. Inzwischen bin ich anderer Meinung geworden … ich sehe jetzt ein: ich habe unrecht daran getan, Ihnen nicht alles zu sagen … um es gerade heraus zu sagen: Ich werde voraussichtlich diese Nacht sterben …"

Joe Jenkins hob langsam seinen Blick und ließ die Augen über den Mann gleiten, der bleich und zitternd vor ihm saß. „Und diese Todesgefahr – hängt sie … zusammen mit … den Aeroplanabstürzen?", fragte er.

„Ja, Mr. Jenkins. Ich will Ihnen erzählen. Es war vor drei Tagen, als ich mitten in der Nacht, kurz vor zwei Uhr, plötzlich davon erwachte, daß laut und schrill das Telephon anschlug. Ich stand auf, eilte an den Apparat und meldete mich.

Eine unbekannte Stimme sagte: ‚Herr Bark … Sie haben eine gefährliche Mission auf sich geladen … Sie spüren den Ursachen der Aeroplanabstürze nach. Eine Kommission, deren Obmann ich bin, hat Ihren Tod beschlossen, wenn Sie nicht innerhalb drei Tagen von Ihrem Posten zurücktreten. Sollten wir nicht in drei Tagen von heute ab in den Morgenblättern Ihre Demission lesen, so wird sich Ihr Schicksal vollziehen!'

Ich stellte zitternd eine Gegenfrage – das Telephon blieb stumm. Der Sprecher war verschwunden."

„Haben Sie bei der Telephonzentrale recherchiert?"

„Natürlich. Der Anruf war von einer öffentlichen Telephonstation aus geschehen; Sie wissen wohl, daß diese Zellen bei uns die ganze Nacht geöffnet sind."

„Was taten Sie nun?"

„Sie werden sich denken können, Mr. Jenkins, daß mich diese Drohung außerordentlich erschreckt hat. Aber als dann allmählich der junge Tag anbrach … als die Sonne hell und freundlich ins Zimmer schien … da verschwand meine Angst mehr und mehr. Endlich habe ich über die Drohung gelächelt – ja … ich habe sie für einen üblen Scherz gehalten … und schließlich habe ich darüber gelacht … gelacht … bis heute …"

„… Bis heute …?", wiederholte Joe Jenkins …

„Ja. Als ich Sie heute verließ, Mr. Jenkins … da merkte

ich, daß mir jemand folgte ... auf Schritt und Tritt ... Ich blieb stehen; er verschwand in einer Seitengasse. Ich ging weiter; mein Verfolger war auf einmal wieder da ... Kein Zweifel: Die Aufmerksamkeit dieses Mannes galt mir ...

Ich wohne am Berzeliipark. Als ich mein Arbeitszimmer betrat, drängte sich mir plötzlich das Gefühl auf, daß eben ein Fremder in diesem Raum gewesen sein mußte. Ich untersuchte das Zimmer ... ja ... das Schloß meines Schreibtisches war verbogen; wichtige Papier fehlten. Zufällig blicke ich, als ich die Rouleaux herunterlassen will, zum Fenster hinaus. Da sehe ich plötzlich, daß mich von der anderen Seite zwei Männer beobachten ... zwei elegant gekleidete Männer. Und plötzlich fällt es mir ein: Heute ist der dritte Tag!

Je mehr die Nacht hereingesunken ist, desto mehr hat sich in mir die Überzeugung festgesetzt; dies wird meine letzte Nacht sein! Und darum bin ich zu Ihnen geflüchtet, Mr. Jenkins."

Joe Jenkins streifte die Asche von seiner Zigarre und sagte leise, indem er einen seltsamen Blick auf sein Gegenüber heftete:

„Nun wohl, Herr Bark. Teilen Sie diese Nacht mein Zimmer mit mir!"

Sophus Bark lächelte ein wenig. „Das geht leider nicht, Mr. Jenkins. So gern ich es täte: Die meteorologischen Bureaux von Stockholm, Upsala und Gotenburg werden mich während dieser ganzen Nacht telephonisch über die Wetterverhältnisse auf dem Laufenden halten. Ich muss in meinem Hause bleiben, will ich nicht meiner Mission untreu werden."

„Welchen Vorschlag wollten Sie mir also machen?", fragte Joe Jenkins.

„Ich möchte Sie bitten: kommen Sie mit mir! Beschützen Sie mich und meine Villa – der Berzeliipark ist kaum eine Viertelstunde von hier entfernt."

Der Detektiv stand auf und ging mit schweren Schritten im Zimmer auf und ab.

„Es ist ein großes Opfer, das ich Ihnen da bringen soll, Herr Bark!", sagte er endlich. „Aber ich will es tun! ... Gestatten Sie mir, meinem Sekretär einige Anweisungen zu geben ..." Er drückte auf den Knopf des Telephons und gab jemandem ein paar Befehle, die der Besucher nicht verstand. –

Joe Jenkins legte den Hörer auf die Gabel zurück und stand auf. „Wir können gehen", sagte er, indem er den Hut aufsetzte. –

Die kleine Villa am Berzeliipark lag tief und schweigend hinter hohen Ulmen. Das kleine saubere Häuschen war über und über mit wildem Wein besponnen ...

Der Himmel hatte sich bezogen. Ein feuchter Hauch strich durch die Bäume wie ein zitterndes Flüstern, das sich scheu erhob und jäh wieder verstummte.

Eine spärliche Gaslaterne flackerte und ihr Widerschein zuckte seltsam flimmernd auf in den dunklen Fenstern des kleinen Hauses. Sophus Bark schloß auf.

Der Fußboden des langen Korridors hallte laut und dumpf wider von den Tritten der beiden. „Dieses Haus hat große Gewölbe?", fragte der Detektiv.

Der andere nickte. „Es ist ein altes Haus aus der Zeit Gustav Adolfs, Mr. Jenkins." Er stieß die Tür zum Arbeitszimmer auf und knipste das Licht an.

Der mittelgroße Raum war geschmackvoll und komfortabel eingerichtet. An der linken Seitenwand und zwischen den Fenstern zog sich die große Bibliothek entlang. Den ganzen Fußboden bedeckte ein weicher Smyrna. Die Fenster waren vergittert. In die rechte

Wand war eine Glastür eingelassen, durch die man in ein kleines Zimmer blickte.

„Es ist mein Schlafzimmer", erklärte Sophus Bark. Er warf einen sehnsüchtigen Blick auf das weißschimmernde Bett. „Wenn Sie nichts dagegen haben, so möchte ich eine Stunde schlafen. Sie finden hier im Arbeitszimmer alles: Importe, Whisky und eine reichhaltige Bibliothek."

„Ich werde mir schon die Zeit vertreiben ... übrigens möchte ich mir schnell Ihr Haus ansehen ... sind die Zimmer offen?"

„Alle, Mr. Jenkins."

„Ich bin in fünf Minuten zurück."

Die Tür schloß sich hinter dem Detektiv. Der Ministerialrat setzte sich in den Klubsessel und blätterte in einem Journal. Ein paar Türen schlugen im Hause; unten im Keller tönte ein leiser Schritt – Joe Jenkins war an der Arbeit!

Ein paar Minuten später trat der Detektiv wieder ein.

Sophus Bark legte die Hand vor den Mund und gähnte diskret. Dann winkte er noch einmal dem Detektiv zu und ging in sein Schlafzimmer.

Im Schlafzimmer wandte sich Bark noch einmal um. Dort im Arbeitszimmer saß vor dem Schreibtisch Joe Jenkins; deutlich zeichnete sich sein scharfes Profil von der dunklen Tapete ab. Eben stand der Detektiv auf und ging mit leisen Schritten im Zimmer auf und ab.

Einen Augenblick schien es dem beobachtenden Blick Sophus Barks, als sei die Gestalt des Detektivs kleiner und gedrungener als vorhin. Dann verwarf er den Gedanken mit innerlichem Lachen als eine Ausgeburt seiner aufgeregten Phantasie. Er ging mit zwei unhörbaren Schritten an einen Schalter in der Nähe des Fensters und drehte den Hebel ...

Rasselnd und polternd sausten zwei eiserne Jalousien vor die beiden Türen des Arbeitszimmers. Der Detektiv war gefangen …

Der Mann im Schlafzimmer lachte kurz und höhnisch auf. Dann ging er an den Kleiderschrank, nahm eine schottische Mütze heraus und schlüpfte in einen langen Ulster.

Er öffnete das Fenster, dessen geölte Angeln sich lautlos drehten, und schlüpfte geräuschlos in den Garten hinaus. Ein paar Sekunden später stand er auf dem menschenleeren Platz.

Der Nybrohamnen lag dunkel und schweigend vor ihm. Dort drüben, im Osten, tat sich die unendliche weiße Linie des Strandweges auf.

Bark blieb stehen und lauschte. Aus der Ferne kam ein seltsam dumpfer Ton, wie das verworrene Gemisch von Menschenstimmen, unter das sich der Ton rollender Wagen, das Trappen von Pferden und das Rattern von Automobilen mischte. Stockholm machte sich auf, seine Flieger zu begrüßen!

Er schlug eine hastige Gangart ein, und in einer halben Stunde leuchtete die Grefbron vor ihm auf. Ein leiser Pfiff … aus dem Dunkel tauchte ein Boot auf. Klirrend fiel eine Kette – dann schoß das Boot im Dunkel der Nacht durch die Wellen, die sich zischend aufbäumten, in der Richtung nach Südosten davon.

✧✦❧✦✧

Vor dem Grand-Hotel harrte eine unabsehbare Reihe von Automobilen.

Noch lag die dunkle Nacht über der Stadt Stockholm – in den weiten, lichtdurchfluteten Räumen des Hotels war fieberndes Leben. Die meisten der Gäste, die mit

Sonnenaufgang am Start der Aeroplane sein wollten, hatten diese Nacht wachend verbracht, in der großen Halle, im Café oder in den Restaurants des großen Welthauses. Eine zitternde Erwartung lag über allen diesen Menschen. In aller Nerven zuckte und wühlte die Erinnerung an die Todesstürze der letzten Zeit; Furcht, Sensationsgier und die ganze Wollust eines geheimen Grauens malte sich auf den bleichen Gesichtern. Hier und da wurden Wetten mit halblauter Stimme abgeschlossen.

Eben trat mit hastigen Schritten ein Herr in das Vestibül und ging mit leichtem Gruß auf den Nacht-portier zu. „Kann ich Mr. Thompson noch sprechen?"

Der Portier warf einen erstaunten Blick auf den Ankömmling und sagte in diskretem Ton:

„Nein, Herr Ministerialrat. Seitdem Mr. Thompson mit Ihnen zusammen fortgegangen ist, hat er das Hotel nicht wieder betreten."

Der Ankömmling sah dem Sprecher erstaunt ins Gesicht. Dann sagte er kopfschüttelnd: „Seitdem ich ... mit Mr. Thompson ... ich war heute den ganzen Tag noch nicht in Ihrem Hotel ... ich komme direkt aus einer Sitzung."

Der Portier lächelte ein wenig ungeduldig. „Sie selbst haben mir heute abend Ihre Karte gegeben, die ich Mr. Thompson bei seiner Rückkehr ausgehändigt habe. Ich entsinne mich noch ganz genau."

„Meine Karte?", wiederholte der Ankömmling nach-denklich, „... meine Karte ... Was stand auf dieser Karte, die ich Ihnen gegeben haben soll?"

„Es war keine eigentliche Karte", verbesserte sich der Portier. „Es war ein Blatt Papier; darauf stand mit Tinte – Sie haben es vor meinen eigenen Augen geschrieben: Ministerialrat Sophus Bark erwartet Mr. Thompson im Hotelcafé."

Der Besucher blickte einen Augenblick bestürzt vor sich nieder. Seine Stimme zitterte, als er zögernd sagte:

„Ja ... der Ministerialrat Sophus Bark ... der bin ich. Aber ich wiederhole Ihnen ...", und indem er sich plötzlich mit der Hand vor die Stirn schlug, rief er – und alle Farbe war aus seinen Wangen gewichen:

„Dahinter steckt etwas Furchtbares. Wo ist Mr. Jen ... Mr. Thompson ... Können Sie erfahren, wohin er gegangen ist?"

Der Portier, dessen Gesicht gleichfalls ernst geworden war, wandte sich zur Seite und warf einen prüfenden Blick über das große Glasfach, dessen einzelne nummerierte Abteilungen ebenso vielen Hotelzimmern entsprachen.

„Ich hatte inzwischen zwei Stunden frei", sagte er.

„Ich bin erst vor einer Viertelstunde zurückgekommen. Vielleicht, daß hier ...", er nahm einen Zettel aus dem Fach Nr. 124 und faltete ihn auseinander. „Sie haben Glück, Herr Bark", sagte er nickend. „Hier liegt eine telephonische Meldung, die in meiner Abwesenheit eingelaufen sein muß. Mr. Thompson ist nach dem Berzeliipark Nr. 11 gefahren, um dort diese Nacht über zu bleiben. Dort sollen wir Nachrichten abgeben, die etwa während dieser Zeit für ihn einlaufen."

Der Besucher drehte sich hastig herum und ging mit eilenden Schritten auf die Straße hinaus. Draußen wartete noch sein Automobil. Er schwang sich hinein:

„Berzeliipark Nr. 11!"

Der Portier blickte ihm kopfschüttelnd nach.

Die elektrische Klingel schrillte gebieterisch durch das weinbewachsene Haus am Berzeliipark. Ein Licht flammte auf; im nächsten Augenblick ging ein Fenster auf und zwischen den Gitterstäben erschien das Gesicht Joe Jenkins'.

„Sagen Sie, Mr. Jenkins", begann Sophus Bark mit atemloser, zitternder Stimme, „was bedeutet das? Ich höre in Ihrem Hotel, daß ein Herr Sie abgeholt hat, der genau ausgesehen hat wie ich und der meinen Namen ..."

In diesem Augenblick unterbrach er sich und starrte den am Fenster Stehenden mit weitgeöffneten Augen an. „Aber ... Sie sind ja gar nicht Mr. Jenkins!", sagte er bebend und trat einen Schritt zurück.

Der andere lachte leise und nickte. „Sie haben recht. Ich bin nicht Mr. Jenkins; ich bin nur Ralph Stanley, sein Assistent und Sekretär. Ich vertrete meinen Herrn hier ... und ich bin hier gefangen ..."

Der andere blickte den vor ihm Stehenden noch immer voller Bestürzung an. „Was bedeutet das alles?", sagte er endlich, und seine Stimme klang wie ein scheues Flüstern. „Was bedeutet das? Wo ist Mr. Jenkins? Er ist nicht hier ... er ist nicht im Hotel ... sein Assistent ist gefangen ... in einer halben Stunde geht die Sonne auf. Dann beginnt der Schauflug ... und ... und ... Mr. Jenkins ..."

Der Assistent hob langsam den Kopf. Und indem in sein Gesicht ein ernstes, fast feierliches Lächeln trat, sagte er leise: „Mr. Jenkins ist auf seinem Posten, Herr Bark!"

⚜

Dort drüben, hinter der schimmernden Salzsee, schoß eine feurige Flammengarde zum Himmel empor. Wie von einer unsichtbaren Hand zerrissen, teilte sich der Nebel, und lächelnd und sieghaft stieg fern drüben der feurige Sonnenball aus den Wassern. Ein Raunen und Murmeln kam durch die Luft und wurde stärker und stärker. Ein Schuß durchschnitt den Morgenwind.

Das ferne Rattern der Propeller setzte ein. Ein einziger vieltausendstimmiger Jubelruf begrüßte die ersten Flieger, deren schlanke Apparate am Horizont sichtbar wurden.

Die fiebernde Erregung wuchs von Sekunde zu Sekunde. So stolz und so siegesgewiß waren vor Tagen auch jene aufgestiegen, die nach wenigen Minuten tot und verstümmelt auf der Erde gelegen hatten. Sollte diese kühnen Piloten das gleiche Schicksal treffen?

Die Apparate kamen ratternd näher. Schon konnte man deutlich jede Linie ihrer feinen Gliederung erkennen. Die Schaluppe, die den Doppelgänger Sophus Barks trug, legte eben sanft gleitend am Fallreep an, das zu der Jacht ,Hurricane' emporführte. Ein kurzer Pfiff von unten; ein gleicher Pfiff von oben antwortete. Dann kletterte der Ankömmling mit ein paar behenden Bewegungen empor und schwang sich über die Reeling.

„Guten Tag, Herr Omelianowitsch!", sagte eine joviale Stimme.

Der Ankömmling drehte sich mit einem unterdrückten Ausruf herum. Vor ihm stand Joe Jenkins.

„Nicht wahr, Herr Omelianowitsch", sagte der Detektiv lächelnd, „das hätten Sie wohl nicht gedacht, daß ich Sie an Bord Ihrer eigenen Jacht erwarten würde?"

Der Angekommene stierte noch immer fassungslos den Sprecher an. Dann wandte er langsam seine Blicke nach rechts und nach links, wo ein Dutzend unbekannter Männer stand, die ihn interessiert betrachteten.

„Ich verstehe nicht", stammelte er endlich. „Mr. Jenkins ... eben waren Sie doch noch ... in meiner Villa am Berzeliipark ..."

„Ein kleiner Irrtum, Herr Omelianowitsch", verbesserte der Detektiv. „Nämlich, als ich hinausging, angeblich um mir Ihr Haus anzusehen, da war ich es nicht mehr; da ist in Wirklichkeit mein Assistent für mich eingesprungen – in meiner Maske, versteht sich, während ich selbst, so schnell ich konnte, mit einem Dutzend Polizeibeamten nach der Jacht ‚Hurricane' fuhr. Denn die Erscheinung einer Rauchwolke, die bei Westwind nach Norden ging, wollte mir nicht aus dem Kopf. Im Übrigen mein Kompliment, Herr Omelianowitsch! Die Druckluftanlage auf Ihrem Schiffe, die die menschenfreundliche Bestimmung hat, einen Luftwirbel zu erzeugen, der die in seinen Bannkreis geratenen Aeroplane zum Absturz bringt – alle Hochachtung! – sie ist einfach genial erdacht. Ihre Regierung wird Ihnen diese Erfindung nicht schlecht bezahlt haben.

Rauch im Westwind, der nach Norden ging … Als ich das sah, da wußte ich sofort: Nur eine Kompressorenanlage von unerhörter Stärke konnte dieses Phänomen erzeugt haben; und während ich grübelnd die Erscheinung betrachtete und mir den Kopf zerbrach, da fuhr es mir plötzlich durch den Sinn: eine Generalprobe zu dem Schauflug des kommenden Morgens! – Eine Generalprobe, jawohl, nichts anderes. Durch meinen Assistenten ließ ich inzwischen Erkundigungen bei der Polizei einholen. Da erfuhr ich, daß der Besitzer der Jacht ‚Hurricane' ein Mann mit einem seltsam harten russischen Akzent sei, der sich zwar Lornsen nenne, der aber identisch sein soll mit einem gewissen Omelianowitsch.

Da begann mein Interesse für Sie zu wachsen. Und als Sie mir nun gar das Vergnügen Ihres Besuches machten und in der – übrigens ziemlich durchsichtigen – Maske des Ministerialrates Bark erschienen – kein schlechter Gedanke übrigens … da wußte ich es genau, daß Sie mich

für diese Nacht unschädlich zu machen beabsichtigten ...
warum ... das war nicht schwer zu erraten, wenn ich an
den Schauflug dachte, der mit Sonnenaufgang beginnen
sollte ..."

Der Ertappte machte eine blitzschnelle Wendung zur
Seite und setzte den Fuß auf die Reeling. „Nicht doch",
sagte Joe Jenkins gelassen und zog Omelianowitsch
sanft zurück; „das Wasser ist recht kalt des Morgens;
wie leicht könnten Sie sich eine Influenza zuziehen ...
schließen Sie sich lieber diesen Herren an, die sich eine
Ehre daraus machen werden, Sie ungefährdet nach dem
sicheren Kungsholmen zu geleiten!"

Ein lautes Rattern unterbrach ihn. Alles richtete den
Blick empor. Mit der ruhigen Majestät eines Adlers
zog der erste den Aeroplane seine Kreise über dem
weißen Schiff. Joe Jenkins nahm lächelnd seine Mütze
ab und schwenkte sie grüßend empor. „Gute Fahrt, alter
Junge ... dich wird kein Wirbelwind herunterholen!"

Er winkte dem Schaluppenführer. „Ich werde mit
Ihnen nach Stockholm zurückfahren." Und indem er den
Beamten zum Abschied zuwinkte, sagte er erklärend:
„Ich denke, ich fahre zunächst nach dem Berzeliipark
Nr. 11. Denn ich würde mich sehr wundern, wenn nicht
mein Assistent, freiwillig oder unfreiwillig, noch dort zu
finden wäre ..."

Wie auf ein gegebenes Zeichen stieg an den Schiffen
rings im weiten Hafen der Flaggensalut empor. Ein
ferner, fremder Klang zitterte durch die salzige Morgen-
luft: Das jubelnde Geläut der Kirchenglocken bot den
kühnen Fliegern den Gruß der Stadt Stockholm.

ABENTEUER IX

Der Similischmuck

(BERLIN)

*D*er dunkle Seidenvorhang schloß sich rauschend über der Leinwand. In den bronzenen Schalen, hinter den buntfarbigen Deckenmedaillons, in den hohen Girandolen flammte das Licht auf. Durch die Ränge des großen Lichtspielhauses ging es wie ein Aufatmen. Hier und da schimmerte ein Batisttüchlein, zerdrückten scheue Finger verstohlen ein glitzerndes Tränchen.

Am Proszenium glühte die nächste Nummer auf. Knisternd wendeten sich Programme; die Lichtfülle schrumpfte ruckweise zusammen und glitt allmählich in ein tiefes Dunkel über, und auf der Leinwand schimmerte es in violetten Schriftzeichen:

„WOCHENCHRONIK."

Das Orchester setzte mit einer Marschmelodie ein, und surrend glitt es vorüber: Bilder vom Kriegsschauplatz ... Sprengversuche in einem Flußbett ... ein Defilé vor einem fremden Monarchen, dann kam ein Bild:

„ANKUNFT DES BERÜHMTEN
SCHWEDISCHEN FORSCHERS
SVEN HEDIN IN BERLIN."

Die Halle des Lehrter Bahnhofs tauchte flimmernd auf der Leinwand auf; ein paar Herren im Frack stellten sich in Positur; der reservierte Wagen des D-Zuges öffnete sich; lächelnd und grüßend trat der berühmte Forscher auf den Bahnsteig. Ein paar Reisende, die mit dem gleichen Zuge gekommen sein mochten, blieben neugierig und lachend stehen.

In diesem Augenblick gellte ein entsetzter Aufschrei durch das Theater.

In diesem kreischenden Ton zitterte eine so unverkennbare Todesangst, daß ein Teil des Publikums bebend und verstört von den Bänken aufsprang. Ein Scharren von Füßen, ein Stimmengewirr, das immer mehr anschwoll, ging durch das Haus. Der Film brach ab; die Musik schwieg und das Licht flammte auf. Aller Augen richteten sich auf den Platz, von dem der Schrei gekommen war.

Vorn in der ersten Bankreihe bemühte sich ein Mann um eine Frau, die bewegungslos in seinen Armen lag. Ein paar Herren eilten hinzu und boten ihre Hilfe an; mitleidig näherten sich einige Frauen der Gruppe, unschlüssig und ratlos, was hier zu tun sei.

Zwei Theaterdiener hoben die anscheinend Erkrankte sanft empor und trugen sie behutsam in den Vorraum, um sie dort auf eine Chaiselongue niederzulegen.

Der Herr, der in offensichtlicher Teilnahme der kleinen Gruppe gefolgt war, zog schweigend ein kleines Kristallfläschchen. „Einen Augenblick!"

Die Diener, die einen Arzt vermuten mochten, traten respektvoll zurück. Der Fremde rieb mit dem Inhalt des Fläschchens der Bewußtlosen die Schläfe. Nach einigen Sekunden schlug sie verwirrt die Augen auf.

Der Fremde wandte sich herum und winkte einem der Diener: „Einen Wagen!" Der Diener sprang davon.

Der Ehemann der Erkrankten machte den Eindruck eines gutsituierten Handwerkers. Er ging auf den Fremden zu und reichte ihm die Hand. „Ich danke Ihnen. Sie haben meiner Frau eine große Wohltat erwiesen … Sie sind Arzt, vermute ich …" Bevor noch der andere etwas erwidern konnte, fuhr der Sprechende, noch immer verwirrt und erregt, fort: „Ich hätte eine Bitte, Herr Doktor … würden Sie mit uns nach Hause fahren?"

Als der Gefragte zögerte, fuhr er in dringlichem, fast

bittendem Tone fort: „Bitte … kommen Sie mit uns. Um es Ihnen offen zu sagen … ich fürchte mich, mit meiner Frau jetzt allein zu bleiben …"

Der Fremde ließ einen fragenden Blick von der Erkrankten zu ihrem Gatten hinübergleiten und schwieg. „Ich muß Ihnen sagen", fuhr der Ehemann fort, „ich habe alle diese Tage erwartet und gefürchtet, daß ein Anfall oder eine andere Katastrophe eintreten würde …"

„So war Ihre Frau krank?"

„Nein. Krank war sie nicht … aber, irgend etwas anderes muß mit ihr vorgegangen sein … etwas, was ich bis heute nicht verstehe … nicht fasse … es ist auch kein Zufall, daß wir heute in dieses Lichtspieltheater gefahren sind … meine Frau hat mich gezwungen, mit ihr hereinzugehen … sie muß gewußt haben, daß irgend etwas sie hier erwarte … und von all den unbegreiflichen Dingen, die in diesen Tagen in meinem Hause vorgegangen sind, ist dieser Unfall nur das letzte."

Der Fremde warf einen forschenden Blick auf die Frau, die allmählich zu sich kam, dann sagte er mit ruhiger Stimme:

„Gut. Ich werde mitkommen."

Der Diener kam zurück. „Ein Auto war nicht zu haben", meldete er. „Aber ich habe eine Droschke erwischt. Sie wartet vor der Tür."

Der Fremde nickte. „Also gehen wir."

Auf dem regenfeuchten Asphalt der endlosen Straßen des Berliner Westens spiegelten sich in hundertfachen Reflexen die elektrischen Lichter. Während die Droschke gemächlich dahintrottete, war der Ehemann zärtlich um seine Frau besorgt, die noch bleich und matt neben ihm in den Polstern lehnte. Allmählich sank ihr Kopf schwer gegen seine Schulter; die beiden Männer betrachteten stumm das junge, hübsche Gesicht, über das von

Zeit zu Zeit die zitternden Strahlen der Straßenlaternen huschten. Noch jetzt, selbst im Halbschlaf, trug das junge Gesicht den unverkennbaren Ausdruck der Angst und des Entsetzens, und tiefe melancholische Schatten lagen um die Augen. Ein schwerer schmerzlicher Zug war um den leichtgeöffneten Mund eingegraben, und noch immer schien es wie ein Zittern durch ihre Gestalt zu gehen.

Während die beiden Männer teilnehmend die junge Frau anblickten, schien es, als ob die Spannung in ihren Zügen allmählich wiche; der gequälte Ausdruck ging langsam in ein friedliches, selbstvergessenes Lächeln über, und mit einem leichten Ruck glitt ihr Kopf an die Schulter ihres Gatten. Er beugte sich zärtlich über sie; und während er ihren tiefen, langsamen Atemzügen lauschte, sagte er lächelnd:

„Sie schläft!"

Der Fremde, der schweigend dem Paar gegenübergesessen hatte, nickte. „Ja, sie schläft tief und fest."

Der Ehemann stieß einen tiefen Seufzer aus. „Zunächst, Herr Doktor …"

„Ich bin kein Arzt", erwiderte der andere. „Mein Name ist Joe Jenkins …"

Es war, als ob dem andren der Atem stockte.

„Wie …", begann er endlich mit bebender Stimme, „Mr. Joe Jenkins, der berühmte Detektiv?"

„Derselbe."

„Nun, Mr. Jenkins …", er haschte nach der Hand des andern und drückte sie fest, „Sie glauben nicht, wie mich das freut … daß ist, als ob eine höhere Fügung Sie mir gerade in diesem Moment geschickt hätte … denn ich kann Sie versichern: Was ich Ihnen zu berichten habe, dürfte zu dem Seltsamsten gehören, was jemals einen Detektiv beschäftigt hat!"

„Nun", sagte Joe Jenkins lächelnd, „ich hatte von vornherein das Gefühl, daß hier etwas zugrunde liegt, was in mein Ressort schlägt."

Die Schlafende machte plötzlich eine zuckende Bewegung. Jenkins legte den Finger auf den Mund.

Die Droschke hatte das brausende Gewühl der Hauptverkehrsstraßen hinter sich gelassen und bog in die stillen Gartenstraßen der Vorstadt ein. Das Licht der Laternen in diesen dunklen Alleen wurde spärlicher und trüber, und immer mehr wichen die Häuser hinter den tiefen, schweigenden Gärten zurück.

Durch ihre veränderte Lage hatte sich der Mantel der jungen Frau ein wenig verschoben. Einmal warf ein vorüberrasendes Automobil einen grellen Lichtstrahl über ihre Gestalt; in diesem Augenblick sah Mr. Joe Jenkins einen großen Brillantschmuck von seltsamer Form in dem zuckenden Lichte aufglänzen. Die Augen des Detektivs hefteten sich erstaunt auf das blitzende Geschmeide, das in seltsamem Kontrast stand zu der einfachen Erscheinung seiner Trägerin. Ihr Mann, der den fragenden Blick aufgefangen haben mochte, lächelte ein wenig. „Der Schmuck ist unecht, Mr. Jenkins", sagte er. „Ich habe ihn meiner Frau vor etwa vier Wochen von einem Hausierer für zwölf Mark gekauft."

Der Detektiv nickte, und wieder glitt sein Auge über diesen blitzenden Schmuck, dessen unwahrscheinlich große Steine die Unechtheit auf den ersten Blick vermuten ließen. Joe Jenkins beugte sich lauschend über die Schlafende, dann sagte er: „Ich denke, Sie können jetzt mit Ihrem Bericht beginnen."

Der andere nickte. „Mein Name ist Michaelis. Oskar Michaelis. Wir sind jetzt etwas über zwei Jahre verheiratet. Ich bin Holzbildhauer. Wir haben uns in Perlitz, einem westlichen Vorort von Berlin, ein Häuschen gekauft, und ich habe mir darin ein kleines, schmuckes Atelier eingerichtet. Mein Kundenkreis ist noch klein, und die Aufträge gehen darum ziemlich spärlich ein; aber ich habe mir in meinen früheren Stellungen ein paar Tausend Mark gespart, und auch meine Frau hat etwas Vermögen. Sie war früher in mehreren vornehmen Häusern Kammerzofe. Viel brauchen wir ohnehin nicht, denn wir sind sehr solide und sparsam und verbringen unsere Abende größtenteils in unseren vier Pfählen, und so können wir schon abwarten, bis die Zeiten besser werden. Freundschaftlichen Verkehr unterhalten wir fast gar nicht – höchstens, daß hier und da ein Nachbar bei uns vorspricht.

Es ist jetzt ungefähr vier Wochen her, – wir saßen gerade bei Tisch –, da klingelte es. Meine Frau geht hinaus, um nachzusehen. Es vergehen ein paar Minuten – sie kommt nicht zurück. Ungeduldig, ein wenig ärgerlich, gehe ich auf den Flur, um nachzusehen, wer da ist. In der Tür steht meine Frau in eifriger Unterhaltung mit einem Hausierer. Ich trete näher, da sehe ich in der Hand meiner Frau ein großes Brillantkollier – eben das, das Sie hier an ihrem Halse sehen. Zu meinem leisen Befremden ist meine Frau anscheinend ganz entzückt von dem Schmuck und betrachtet mit begehrlichen Augen die Steine …

,Aber Kind', sage ich, halb lachend, halb ärgerlich, ,du denkst doch nicht im Ernst daran … diese entsetzlich großen Steine, denen man die Unechtheit auf fünfzig Schritt ansieht … du bist doch keine Marktfrau! Das ist ja ein fürchterlicher Talmi!"

Meine Frau starrt noch immer wie verzückt auf das Halsband. Endlich sagt sie in fast trotzigem Ton: ,Und ich wünsche, daß du mir diesen Schmuck kaufst, Oskar!'

Ich zucke resigniert die Achseln und wende mich an den Hausierer. ‚Was soll er kosten?', frage ich.

Er streift mich mit einem scheuen Blick. ‚Zwölf Mark!', sagt er endlich.

Langsam wendet meine Frau den Kopf zu mir herum und sieht mich mit einem Blick an, von dem sie aus Erfahrung weiß, daß ich ihm nicht widerstehen kann.

Also, um es kurz zu machen, Mr. Jenkins: ich habe den Schmuck gekauft. Widerwillig, ärgerlich … immer in der Hoffnung, meine Frau werde den unechten Schmuck nicht tragen. Und sie hat ihn auch kaum getragen. Höchstens hat sie ihn mal abends auf ein Stündchen angelegt, und ich habe sie lächelnd beobachtet, wie sie sich über das Glitzern der Similis freute. Sie werden mich vielleicht für schwach halten, Mr. Jenkins … aber, du lieber Gott, das Bedürfnis sich zu schmücken, ist nun einmal den Frauen mitgegeben.

Eines abends, als ich aus der Stadt komme, treffe ich wieder den Hausierer in unserer Straße, nicht weit von meinem Hause. Er sieht mir mit einem scheuen Blick ins Gesicht, lüftet leicht den Hut und geht weiter. Ich blieb stehen und sah ihm lange nach, wie seine schmale, ein wenig gebückte Gestalt allmählich im Abendnebel verschwand. Und, ich weiß selbst nicht wie, Mr. Jenkins: Während ich ihm nachblickte, drängte sich mir das Gefühl auf, als ob diese Begegnung der Vorbote eines Unheils sein.

Ich komme nach Hause; sonst empfängt mich meine Frau immer an der Tür. Heute ist die Diele leer. Ein wenig beunruhigt gehe ich durch den Korridor; plötzlich höre ich ein seltsames Geräusch. Und im nächsten Augenblick weiß ich es: Jemand weint. Eine Frau – meine Frau. Ich gehe dem Tone nach und finde

Fanny endlich im Wohnzimmer. Einen Augenblick bleibe ich vor der Tür stehen, mit klopfendem, angsterfülltem Herzen; noch nie habe ich ein so trostloses, fürchterliches Weinen gehört. Ich trete ein; Sie springt verwirrt auf und fährt sich mit dem Tuch über die Augen, die rot und geschwollen waren – aber, so viel ich sie auch gefragt habe, Mr. Jenkins, sie hat mir nie gesagt, warum sie geweint hat.

Am nächsten Morgen erhielt ich einen größeren Auftrag: Ein angesehener Berliner Juwelier bestellte bei mir sechs Ebenholztruhen mit reicher Schnitzerei, bestimmt zur Aufnahme von Schmuck. Daher habe ich die ganze Woche mein Haus nicht verlassen.

Vorgestern abend nun, etwa um sieben Uhr, klingelt es an der Haustür. Ich eile herzu und öffne; niemand ist da. Im nächsten Moment schimmert etwas Weißes auf dem Boden. – Ein Buch, das jemand durch den Spalt des Briefeinwurfs geworfen haben mußte. Ich hebe es auf; es ist der ‚Modenkalender'. Irgendein Kolporteur mochte ihn zur Ansicht hereingeworfen haben. Ich beschließe, nach Feierabend darin zu lesen und stecke das Buch in die Tasche.

Müde, wie ich von der Arbeit war, vergaß ich, meiner Frau von dem Kalender zu sagen. An diesem Abend hatte ich lange in der Werkstatt zu arbeiten; erst um halb zwölf kam ich dazu, mich zur Ruhe zu legen. Meine Frau schlief schon.

Wir haben elektrisches Licht. Ich schalte die kleine Lampe auf meinem Nachttischchen ein und blätterte in dem Kalender – für mich das beste Schlafmittel, dieses Lesen unmittelbar vor dem Einschlafen. Allmählich fühle ich, wie mir die Augen zufallen; mit einer halb unbewußten Bewegung lege ich das Buch auf die Marmorplatte des Nachttisches und schlafe ein.

Mitten in der Nacht wache ich davon auf, daß etwas an meiner Bettdecke zerrt und gleich darauf an meiner Hand kratzt. Ich reibe mir den Schlaf aus den Augen; das Zimmer ist hell erleuchtet; ich habe vergessen, die Lampe auszuknipsen. Im nächsten Augenblick erkenne ich die Ursache der Störung: Puck, der kleine Hund meiner Frau, ist es, der fortwährend an meiner Hand kratzt, die großen Augen mit einem deutlich erkennbaren Ausdruck des Entsetzens auf die Marmorplatte des Nachttisches gerichtet. Das Tier zittert am ganzen Leibe, und seine Haare sind borstenartig gesträubt. Ich folge seinem Blick und im nächsten Augenblick sehe ich etwas Seltsames: etwas, was ich selbst nicht glauben würde, wenn ich es nicht mit meinen eigenen Augen gesehen hätte: langsam, wie von einer unsichtbaren Hand bewegt, öffnet sich das Buch auf dem Nachttisch; die Seiten gehen knisternd auseinander, und offen bleibt das Buch liegen. Ich springe aus dem Bett und stülpe die Karaffe über meinem Kopfe aus: nein, ich war wach. Das war kein Traum. Ich stürze auf das Buch zu, und meine Blicke irren verständnislos über das bedruckte Papier …"

„Einen Augenblick."

Der Detektiv sah mit unverhohlener Spannung auf den Sprechenden. „Haben Sie sich die Seiten gemerkt, die obenauf lagen?"

Der andere dachte einen Augenblick nach. „Es war eine Hamburger Geschichte: ‚Der Kapitän der Kattrepel'. Ich würde sie sofort wiederfinden. Ich habe das Buch zu Hause … In dieser Nacht habe ich, das werden Sie begreifen, Mr. Jenkins, kaum mehr ein Auge zugetan. Immer wieder schreckte ich aus dem leichten Halbschlummer auf und meine Augen irrten zu dem Buch hinüber, zu diesem merkwürdigen, seltsamen Buch. Ich hörte die Uhr drei schlagen, vier ... endlich verfiel ich gegen morgen in einen leichten Schlaf."

„Drehten Sie die Lampe aus?"

„Ja. Am andern Morgen lag das Buch geschlossen auf der Marmorplatte des Tischchens."

„Eine Frage. Erzählten Sie Ihrer Frau von dem Erlebnis dieser Nacht?"

„Nein, Mr. Jenkins."

„Warum nicht?"

„Wenn ich Ihnen das erklären sollte, Mr. Jenkins ... ich vermöchte es nicht. Irgend etwas hat mich davon zurückgehalten. Sei es der Gedanke, meine Frau die Aufregung zu ersparen, sei es irgendein anderer Grund, über den ich mir selbst nicht recht klar bin – ich habe ihr nichts erzählt."

„Wo ist das Buch?", fragte der Detektiv leichthin.

„Ich habe es in meinen Schreibtisch eingeschlossen."

„Sehr gut. Was geschah weiter?"

„Es war zwei Tage später, als ich frühmorgens einen kleinen Gang in Perlitz selbst zu erledigen hatte; ich mußte die Anlage eines Blitzableiters, die ich beschlossen hatte, auf dem Gemeindeamt anmelden. Schon nach einer halben Stunde etwa kehre ich zurück. Der kleine Puck, das Hündchen meiner Frau, begleitete mich. Eben biege ich in unsere Straße ein, als mir plötzlich das Benehmen des Tieres auffällt; es beginnt auf einmal heftig zu bellen, zornig, wütend, wie ich es sonst überhaupt nicht an ihm kenne, und rennt wie besessen voraus. Ich folge dem Tier mit den Blicken, und plötzlich sehe ich den Grund der Aufregung meines Hundes: Am Gittertor meines Hauses steht der Hausierer.

Ich beschleunige meine Schritte. Der Hund fährt wie besessen auf den Fremden los, der ängstlich ein paar Schritt zurückweicht. Das Tier hat gegen diesen Mann

das gleiche unerklärliche Mißtrauen wie ich selbst ...
Eben nähere ich mich meinem Hause, als ich sehe,
daß meine Frau eilends den Kiesweg herabgeschritten
kommt. Schon vor ihr bin ich zur Stelle.

Der Hausierer zieht ein kleines weißes Kuvert und
sagt lächelnd zu meiner Frau: ‚Heute will ich Ihnen
nichts verkaufen, gnädige Frau. Heute möchte ich Ihnen
etwas *schenken* ...‘ Ich sehe ihn erstaunt von oben bis
unten an. Er entnimmt dem Kuvert zwei längliche
Karten. ‚Dies sind zwei Billetts für den Lichtspielpalast‘,
sagt er geschäftig. ‚Sie gelten nur für heute abend.
Bitte sehr, gnädige Frau ...‘ Damit übergibt er meiner
Frau die beiden Karten, die sie zögernd annimmt, ‚und
ich bitte Sie ... *gehen Sie hin*!‘ Ein wenig erstaunt über
den befremdlichen Tonfall, blicke ich meine Frau an,
die wie geistesabwesend auf die beiden Karten starrt.
‚Willst du, daß wir hinfahren?‘, beginne ich. ‚Ich muß
gestehen, ich habe wenig Lust.‘ Damit drehe ich mich zu
dem Hausierer herum. Zu meinem Erstaunen bemerke
ich erst jetzt, daß er verschwunden ist. Ich blicke stumm
die Straße hinunter, dann, nach einer Weile, sage ich,
indem ich mich zu meiner Frau herumwende:

‚Gib her!‘ und streckte die Hand nach den Karten aus. –

Mit einem Ruck zieht Fanny ihre Hand zurück. So,
als ob sie ihren Inhalt meinem Griff entziehen will.
Und dann sagt sie in einem Ton, so energisch ... nein
... feindselig ... so wie ich ihn noch nie an ihr gehört
habe:

‚Ich werde in den Lichtspielpalast fahren. Wenn du
nicht mit willst, so fahre ich allein.‘ Damit wendet sie sich
herum und geht mit seltsam schweren Schritten auf das
Haus zu.

Was blieb mir übrig? Noch nie habe ich meine Frau
allein ausgehen lassen. Darum habe ich mich umgezo-

gen, wohl oder übel, und bin mit meiner Frau in den Lichtspielpalast gefahren.

Das Weitere kennen Sie, Mr. Jenkins. Das erste was wir sahen, war ein humoristischer Kinderfilm. Dann der große Schlager ‚Die Mumie'. Dann kam die Wochenschau … und dann … bei einem der Bilder … ich muß Ihnen gestehen: Ich erinnere mich überhaupt nicht mehr, was auf der Leinwand vorging … als meine Frau plötzlich mit einem entsetzten Schrei aufsprang und mit der Rechten zitternd auf das flimmernde Bild vor uns wies."

„Es war der Film ‚Sven Hedin in Berlin'", erwiderte Joe Jenkins ruhig.

Der Wagen rollte in langsamem Trab durch die nächtliche Landstraße, die sich in endloser Monotonie verlor bis in die letzten Ausläufer des dunklen Kiefernwaldes. Joe Jenkins blickte schweigend in die reglose Nacht hinaus.

„Wäre es möglich", begann er nach einer langen Pause, „daß Ihrer Frau eine der Personen auf dem Sven-Hedin-Film bekanntgewesen wäre?"

Der Holzbildhauer schüttelte lächelnd den Kopf.

„Ausgeschlossen, Mr. Jenkins."

„Hm … Sie kennen die Vergangenheit Ihrer Frau genau?"

„Ganz genau. Sie war Zofe in mehreren vornehmen Häusern. Ihre Zeugnisse sind geradezu vorbildlich; überall war man außerordentlich mit ihr zufrieden."

„Ihre Papiere sind lückenlos?"

„Absolut. Nicht einen Tag war sie in den vier Jahren außer Stellung."

Jenkins zog die Uhr. „Ich höre ein Automobil uns entgegenkommen. Sollte es frei sein … so könnte ich noch zur rechten Zeit anlangen…" Ein kurzer Zuruf, und mit einem Ruck hielt das Automobil ratternd an der Seite der Droschke. Der Detektiv zog eine Visitkarte. „Hier … meine Adresse … sollte sich etwas Neues ereignen … und ich bin sicher, daß sich etwas ereignen wird … so rufen Sie mich telephonisch im Hotel an."

„Ich werde es sofort tun, Mr. Jenkins … lieb wäre es mir gewesen, wenn Sie mit mir …"

Das Automobil zog fauchend und knatternd an. „Wohin?", fragte der Chauffeur dienstbeflissen, offenbar froh, in dieser entlegenen Gegend einen Fahrgast zu erhalten.

Der Detektiv warf einen Blick auf die weite Landschaft. Dort vorn, im Osten, lag ein feuriger, rötlicher Schein über dem Horizont: das nächtliche Berlin, das seine ruhelosen, strahlenden Reflexe bis zu den Wolken hinanwarf! Jenkins horchte einen Moment auf das gleichmäßige Rollen der enteilenden Droschke, dann sagte er leise:

„Nach dem Lichtspielpalast!"

Das Telephon auf dem hellen Jalousie-Schreibtisch schlug an. Mr. Joe Jenkins, der eben vom ersten Frühstück auf sein Zimmer zurückgekehrt war, hob den Hörer ab. Eine aufgeregte männliche Stimme sagte hastig und atemlos:

„Mr. Jenkins, ich bin es … Michaelis … etwas Unbegreifliches, Mr. Jenkins … bitte bleiben Sie zu Hause … ich komme unverzüglich …"

Jenkins sah auf die Uhr: halb zehn. „Wann können Sie hier im Hotel sein, Herr Michaelis?"

„In einer guten Stunde."

„Well. Ich erwarte Sie." Der Detektiv nahm die kurze

Briar-Pfeife vom Kaminsims, entzündete sie umständlich und gewissenhaft und ging dann gemächlich die Treppe hinunter in die unteren Räume des Hotels, in denen das Lesezimmer lag. Hier, auf ungeheuren grünbespannten Tischen, lagen Zeitungen aller Sprachen. Jenkins setzte sich behaglich in einen der tiefen weichen Klubsessel und vertiefte sich in die Chicago Daily News.

„Mr. Jenkins!"

Der Portier öffnete die Tür. „Ein Herr ist das, der Sie sprechen möchte!"

Der Ankömmling trat mit raschen Schritten ein. Eine tödliche Spannung lag auf seinem Gesicht, aus dem der letzte Blutstropfen gewichen war. Die Augen lagen tief eingesunken in ihren Höhlen, wie bei einem Schwerkranken, und in den großen Pupillen schimmerte ein fiebriger Glanz. Joe Jenkins reichte dem Besucher die Hand: Die Rechte des andern lag einen Augenblick zitternd in der Seinen. „Sie haben mir etwas Besonderes zu melden, Herr Michaelis?", fragte er mit ruhiger Stimme.

„Ja, Mr. Jenkins." Der Besucher sank, halb unwillkürlich, in einen Sessel. „Sie entschuldigen wohl", sagte er mit müder Stimme, „aber ... ich habe das Gefühl, als ob ich in der nächsten Minute einen Herzschlag bekommen soll, Mr. Jenkins."

Der Detektiv ließ einen schnellen Blick durch das Lesezimmer gleiten. „Wir sind allein", sagte er. „Erzählen Sie mir alles, was Sie auf dem Herzen haben. Und denken Sie daran: Die Dinge sind nie so schlimm wie sie auf den ersten Blick scheinen."

„Es ist", begann der Holzbildhauer nach einer langen Pause, „es ist etwas Unerklärliches, was ich Ihnen zu sagen habe. Etwas, was nicht in meinen Kopf hineinwill. Ich erzählte Ihnen schon, Mr. Jenkins: Um den Wunsch meiner Frau, den Lichtspielpalast mit ihr zu besuchen, erfüllen zu können, war ich gezwungen, eine eilige Arbeit zu unterbrechen, eben die sechs Truhen für den Juwelier Stevenbrink. Hätte ich gestern etwa bis zwei Uhr in der Nacht ununterbrochen daran weiterarbeiten können, so wäre ich wohl damit fertig geworden, wie es mit meinem Kunden vereinbart war. Nun, der eigensinnige Einfall meiner Frau ist mir dazwischen gekommen, und ich konnte die Truhen nicht wie verabredet heute um acht Uhr früh abliefern.

Heute früh um halb zehn klingelt es an meiner Tür. Ich öffne; vor mir steht Herr Stevenbrink, der Besitzer des großen Juweliergeschäftes, in eigener Person; in ziemlich schroffem Ton stellt er mich zur Rede. Ich, ein wenig verlegen, führe meinen Auftraggeber höflich ins Wohnzimmer und versichere ihm: Bis heute abend um sieben Uhr würden alle sechs Truhen geliefert sein. Um ihm vor Augen zu führen, daß die Arbeit bis auf eine Kleinigkeit vollendet sei, hole ich die fünf fertigen Truhen herbei. Ich öffne eine von ihnen und mache Herrn Stevenbrink darauf aufmerksam, wie herrlich sich auf diesem dunklen, mattschimmernden Holz ein funkelnder Schmuck ausnehmen müsse. Dabei kommt mir der Einfall, den Similischmuck meiner Frau – denselben, den Sie gestern abend an ihrem Halse gesehen haben – aus ihrem Toilettentischchen herbeizuholen und ihn zur Unterstützung meiner Worte in die Truhe zu legen …

Herr Stevenbrink tritt interessiert näher und wirft einen Blick auf das Halsband. Im nächsten Augenblick fragt er erstaunt:

‚Herr Michaelis … wie kommen Sie zu diesem kostbaren Schmuck?'

Ich antworte lächelnd: ‚Es freut mich, daß er Ihnen gefällt, Herr Stevenbrink … aber leider ist er unecht …

meine Frau hat ihn für zwölf Mark von einem Hausierer gekauft.'

Mein Kunde sieht mich mit einem erstaunten Blick an. , Gestatten Sie', sagt er und nimmt den Schmuck in die Hand. Er zieht ein Vergrößerungsglas aus der Tasche und läßt den Schmuck langsam durch die Finger gleiten. Nachdem er fast jeden Stein eingehend betrachtet hat, wendet er sich zu mir herum und sagt:

,Dieser Schmuck ist echt, Herr Michaelis. Ja ... und nicht nur echt ... diese Steine sind von einer ganz außerordentlich seltenen Reinheit ... Was, sagten Sie, haben Sie dafür bezahlt?'

,Zwölf Mark', stammele ich.

,Für diesen Schmuck', sagt er und sieht mir unverwandt ins Gesicht ..., für diesen Schmuck zahle ich Ihnen auf der Stelle hundertsechzigtausend Mark auf den Tisch.'

Ich trete taumelnd einen Schritt zurück und starre meinen Besucher an, der mich unablässig betrachtet. Und da sehe ich, wie in seinen Augen der Argwohn aufglimmt. Ich fühle, wie mir das Blut aus dem Herzen tritt; ein Zittern geht durch meinen Körper, ich umklammere krampfhaft die Lehne meines Stuhls ... Was bedeutet das alles, Mr. Jenkins? Tausend Gedanken schießen mir durch das Hirn. Wie kommt der Hausierer zu diesem Schmuck, der ein Vermögen bedeutet? Und ... warum verkauft er ihn uns für ein paar Mark? Wußte er um die Echtheit des Schmuckes? Sagte der Juwelier die Wahrheit? Irrte er sich?"

Zufällig sehe ich in den Spiegel. Ich fange einen Blick des Juweliers auf, der mißtrauisch von dem Schmuck zu mir, von mir zu dem Schmuck hin und her gleitet. Und plötzlich fühle ich's: Du mußt irgend etwas zur Erklärung sagen ... er darf nicht fortgehen mit einem so furchtbaren Verdacht im Herzen ... ein Wort von ihm, und das Verderben bricht vielleicht herein ... und indem ich mich zusammenraffe, sage ich mit einem schwachen Versuch, einen scherzenden Ton anzuschlagen: ,Ich wollte Sie nur ein bißchen auf die Probe stellen, Herr Stevenbrink ... natürlich ist der Schmuck echt ... er ist von Goudstikker in Paris ... ich habe ein Etui dafür anzufertigen für einen holländischen Großkaufmann.'

Herr Stevenbrink nickt lächelnd. Indem er mir noch einen seltsam zweifelnden Blick zuwirft, geht er schließlich fort. Mein erster Weg war ans Telephon, Mr. Jenkins: Wie danke ich Gott, daß Sie da sind, mir zu raten und – vielleicht – zu helfen!"

Der Detektiv trat ans Fenster und blickte eine Weile gedankenverloren auf die Linden hinab. Das Menschengewimmel hatte um diese Zeit seinen Höhepunkt erreicht: an der Kreuzung der Friedrichstraße brandete die Flut der Automobile und der Equipagen widerwillig zurück, um den Strom vorbeizulassen, der sich brausend in der Richtung zum Bahnhof ergoß.

„Sie erzählten mir", Joe Jenkins wandte sich herum, „von einem Buch. Einem Buch, das sich in der Mitte der Nacht von selber öffnete. Haben Sie es bei sich?"

Der Holzbildhauer nickte und legte ein broschiertes Heft auf den Tisch.

„Und der Schmuck? Ich nehme an, Sie haben auch diesen mitgebracht?"

„Ja, Mr. Jenkins ..." Aus einer Aktentasche nahm der Besucher ein schwarzes Etui und stellte es auf den Tisch.

„Welche Seiten des Buches lagen obenauf?"

„Seite 30 und 31." Michaelis öffnete das Buch, blätterte ein wenig darin herum und überreichte es dem Detektiv. Dieser nahm den Kalender interessiert in die Hand und ließ einen aufmerksamen Blick über die Blätter gleiten. „Gut", er legte das Buch in die Schublade seines Schreibtisches, „ich möchte mich ein paar Tage damit beschäftigen … Nun zu Ihrem Schmuck. Sie sind überzeugt, daß Ihr Juwelier … gleichwohl", unterbrach er sich. „Kommen Sie. Wir werden uns das Gutachten Ihres Kunden auf alle Fälle von einem zweiten Juwelier bestätigen lassen."

Die beiden gingen die Treppe hinunter und traten ein paar Sekunden später auf die sonnenbeschienene, menschenerfüllte Straße hinaus.

Der Inhaber des großen Juweliergeschäfts kam den beiden mit einer tiefen Verbeugung entgegen: „Wir möchten nichts kaufen", sagte Mr. Jenkins lächelnd. „Wir haben lediglich die Absicht, Sie um ein Sachverständigen-Gutachten zu bitten." Damit klappte er das schwarze Etui auf und überreichte es dem Juwelier. „Haben Sie die Güte, dieses Kollier auf seinen Wert zu taxieren."

Der Aufgeforderte schaltete die Nernstlampe ein, deren Strahlen sich blendend über die funkelnden Steine ergossen. „Ein seltenes Stück!", sagte er, fast zu sich selbst. Und während er, die Lupe vor dem Auge auf das Geschmeide blickte, nahm sein Gesicht allmählich einen fast andächtigen Ausdruck an. „Dieses Halsband", sagte er endlich fast verzückt, „ist eine Arbeit, wie ich sie so wundervoll bis heute kaum gesehen habe. Wenn Sie mich nach ihrem Wert fragen: nun … ich selbst würde auf der Stelle für dieses Schmuckstück zweimalhunderttausend Mark zahlen … und dabei noch gut verdienen …!

Joe Jenkins warf einen schnellen Blick auf seinen Begleiter, der bleich und mit starren Augen die Bewegungen des Juweliers verfolgte. „Ich danke Ihnen. Das genügt uns. Ihre Rechnung, wenn ich bitten darf."

„Und nun, Herr Michaelis", brach Joe Jenkins das Schweigen, nachdem die beiden langsam die Budapester Straße hinabgeschritten waren, „tun Sie, was ich Ihnen sage: fahren Sie unverzüglich nach Hause ... lassen Sie ihre Frau nicht aus den Augen ... den Schmuck brauche ich auf vierundzwanzig Stunden; Sie müssen ihn mir schon lassen."

„Nicht mehr als gern, Mr. Jenkins", antwortete der Holzbildhauer. „Denn Sie werden es mir glauben: Dieses unheilvolle Halsband brennt mir in den Händen!"

Die beiden Männer drückten sich die Hand. „Erwarten Sie meinen Besuch", sagte Jenkins. „Ich komme: Wenn ich nötig bin, werde ich zur Stelle sein!"

Michaelis ging eilig über den Potsdamer Platz auf die andere Seite, an der irgendwo die Bahn nach Perlitz abfuhr. Und während der Detektiv ihm schweigend nachblickte, schien es ihm, als ob der Gang des Davon-schreitenden mit jedem Schritt schwerer und langsamer wurde ... wie der eines alten Mannes, der stumm und traurig eine schwere Last durch das Leben zu tragen hatte ...

Jenkins wandte ich und ging mit schnellen Schritten die Leipziger Straße hinunter.

Der Hotelportier faßte grüßend an die Mütze. „Ein Telegramm, Mr. Jenkins!" Der Detektiv nickte und riß das zusammengefaltete Blatt auf. Es lautete:

„Gräfin Ankarström heute abend Gartenfest schwedi-sche Gesandtschaft."

Joe Jenkins las die wenigen Worte zwei-, dreimal und stieg in den Lift. Und während er hinauffuhr, erhellte sich sein Gesicht mehr und mehr, und seine Lippen spitzten sich zu einem lustigen Ragtime.

Der Garten der Gesandtschaft, der sich weit und schattig hinter dem Palais hinzog, strahlte im Lichte der Tausenden von Lampions. Durch das Grün der Bosketts schimmerten farbige Lichter; von einer verdeckten Estrade rieselten die Klänge eines brasilianischen Reigens auf die erlesene Gästeschar nieder, die lachend und plaudern unter den uralten Bäumen lustwandelte.

An einem der kleinen Tische hielt eine der gefeiertsten Schönheiten der internationalen Gesellschaft, die Gräfin Ankarström, förmlichen Cercle. Eben schweiften ihre lächelnden Blicke hinüber zu dem schlanken amerikanischen Attaché, der ihr einen Strauß Orchideen überreicht hatte. Plötzlich machte sie eine erschreckte Bewegung nach ihrem Halse, und im nächsten Augenblick fiel das kostbare Brillantkollier, das ihren Nacken schmückte, klirrend zu Boden. Sie wandte sich um. Ein Fremder Herr stand vor ihr.

Bevor sich die Gräfin bücken konnte – niemand aus ihrer Gesellschaft hatte das kleine Mißgeschick beachtet – beugte sich der fremde Herr, der zufällig vorübergehen mochte, nieder und gab der Dame mit einer Verbeugung ihr Eigentum zurück. Sie dankte lächelnd und legte den Schmuck wieder um den Hals. Als sie sich wieder zu dem Fremden herumdrehte, hatte ihn das Gewühl schon verschlungen. „Was haben Sie, Mr. Taylor?", fragte die Gräfin lachend den Attaché, der nachdenklich, fast bestürzt in der Richtung starrte, in der der dienstbereite Unbekannte verschwunden war. „Was haben Sie, Mr. Taylor?", wiederholte die Gräfin fragend.

Der Attaché wandte verwirrt den Kopf. Auf seinem Gesicht lag noch immer der Ausdruck eines grenzenlosen Befremdens, als er zögernd sagte, wie zur Entschuldigung:

„Der Herr, der Ihnen eben das Halsband aufgehoben hat ... der Herr ...“

„Nun, mein lieber Attaché ... was ist mit diesem Herrn?“

„Dieser Herr“, sagte der Amerikaner fast atemlos, „dieser Herr war kein anderer als mein berühmter Landsmann Mr. Joe Jenkins ...“

Das Automobil, das ratternd und fauchend vorwärts raste, hatte die letzten Ausläufer der großen Stadt verlassen und bog in die schweigende Pappelallee ein, die langgestreckt und düster auf die kleine Villenkolonie Perlitz zulief. Am Horizont drüben stand drohend die schwärzliche Silhouette des nächtlichen Nadelwaldes. Ein feuchter Südwest strich seufzend durch die Bäume. Drüben, über dem Walde, brach einen Augenblick der Mond zwischen den geballten Wolken hervor, und seine zitternden Strahlen flimmerten seltsam auf den Erlenbüschen, die den moorigen See umsäumten. Fern bellte ein Hund – ein Zeichen des Lebens in dieser Totenstille.

Ein paar Lichter blitzten auf und ertranken wieder in den schweren Schatten. Ruhiger glitt der Wagen dahin: Die Kiesstraße hatte ihn aufgenommen. Ein kurzes Signal; der Wagen hielt vor einem dunklen Hause.

Einen Moment schien es, als ob hinter einem der Bäume jenseits der Straßenkurve eine menschliche Gestalt auftauche; ein leises Knirschen wie von eilenden Tritten, dann zerfloß der Schatten im Dunkel der Bäume.

Joe Jenkins klinkte die Gittertür auf und ging mit festen Schritten um das Haus herum. Dort hinten blitzte ein Licht auf. Der Detektiv klopfte an das Fenster der hellerleuchteten Werkstätte.

„Mr. Jenkins!" Auf das Gesicht des Holzbildhauers trat ein Ausdruck der Freude, als er den Gast eintreten ließ.

„Ja, Herr Michaelis", die Stimme des Detektivs klang ernst ... „Sie werden erstaunt sein über die späte Stunde meines Besuches. Indessen – ich komme nicht ganz mit leeren Händen ..."

„Ich bin Ihnen dankbar, daß Sie gekommen sind, Mr. Jenkins", antwortete der Holzbildhauer mit einem tiefen Atemzug. Ich habe die letzte Nacht keinen Schlaf gefunden. Und so wäre es wohl alle diese Nächte gegangen ..."

Der Detektiv warf einen schnellen Blick in den nächtlichen Garten hinaus. Ein kaum merkliches Lächeln zuckte um seinen Mund – knirschte da draußen nicht ein leiser Tritt? „Hier bringe ich Ihnen den Schmuck zurück", er knipste den Deckel des schwarzen Kästchens auf; der andere warf einen kurzen Blick darauf und nickte. Jenkins stellte das Etui auf das kleine Seitentischchen, das unweit des Fensters in einer Ecke stand. „Übrigens ... eine schauderhafte Hitze hier ... gestatten Sie?" Und ohne eine Antwort abzuwarten, riß er einen Flügel des kleinen Fensters auf. Die frische, feuchtwarme Nachtluft drang in duftschweren Wellen herein.

„Um mit dem Nächstliegenden anzufangen, Herr Michaelis", begann Joe Jenkins, „so will ich Ihnen zunächst einiges über das Similihalsband erzählen, das Sie für zwölf Mark gekauft haben, und das sich plötzlich als ein echter Schmuck im Werte von 200000 Mark erwiesen hat ... Ist es Ihnen bekannt, daß die letzte Stellung Ihrer Frau die einer Kammerzofe bei der Gräfin Ankarström war?"

Ein wenig überrascht wandte sich der Holzbildhauer

herum. „Gewiß, Mr. Jenkins … sie war zwei und ein Vierteljahr bei der Gräfin Ankarström."

„Wissen Sie auch, daß Ihre Frau zu jener Zeit so gut wie verlobt gewesen ist … verlobt mit dem Kammerdiener des Grafen?"

Der Gefragte fuhr zurück. „Verlobt … mit dem Kammerdiener?" wiederholte er stammelnd. „Nein … das wußte ich nicht … das ist … das ist ja …"

„Machen Sie sich darüber keine Gedanken", wehrte der Detektiv lächelnd ab. „Ihre jetzige Frau hat das Verlöbnis aufgegeben, nachdem sie Sie kennengelernt hat – sie hat in jeder Hinsicht korrekt und anständig gehandelt. Und um Ihnen auch zu sagen, warum Ihre Frau das Verlöbnis mit jenem aufgehoben hat: Sie entdeckte eines Tages, daß er ein Dieb war."

Der Künstler schüttelte traurig den Kopf. „Und von alledem hat sie mir niemals ein Wort gesagt!"

„Und sie hat recht daran getan!", sagte Joe Jenkins nickend. „Denn wozu sollte sie Ihnen unnötig den Kopf schwer machen? Sie hat allein genug daran zu tragen gehabt … denn wenn nicht alles täuscht, hat sie ihn sehr lieb gehabt!"

Unwillig hob Michaelis den Kopf. „Woraus schließen Sie das?", fragte er in trotzigem Tone.

„Sie werden es gleich hören … im übrigen: kein Grund zur Eifersucht auf den armen Schelm! … Eines Tages, während die Gräfin verreist war, entdeckte Felix, der Kammerdiener, plötzlich, daß die junge Witwe seines verstorbenen Herrn – denn er war schon unter dem Grafen Ankarström in seiner Stellung gewesen – nun, daß seine Herrin ihn kostbares Brillantkollier versehentlich zu Hause hatte liegen lassen. Die gräfliche Familie wohnte damals auf einer Besitzung in der Nähe von Glücksburg, und die Gräfin war in Erbschaftsangelegenheiten auf drei Wochen nach Gothenburg gefahren.

Felix, der Kammerdiener, sah das Kollier, das einen ungeheuren Wert repräsentierte, und ihm kam ein Gedanke ... drei Wochen hatte er Zeit ... drei Wochen ... das genügte, um eine genaue Kopie dieses herrlichen Schmucks anfertigen zu lassen. Das kostete ihn zwar fast seine gesamten Ersparnisse ... indessen ... lohnend genug blieb das Geschäft immer noch. Und als die Gräfin nach drei Wochen zurückkehrte und zum ersten Male den Schmuck wieder anlegte, da ahnte sie nicht, daß sie eine Sammlung von wertlosem Glas um den Hals trug ... Eins mag zur Entschuldigung gelten: Felix war in diesem männerlosen Haushalt gekündigt worden; am nächsten Fünfzehnten sollte er das Haus verlassen ... Die Mißstimmung über diese Entlassung, die er für unbegründet und überflüssig hielt, mag ihn mitbestimmt haben.

Nun begann eine Periode der Enttäuschungen für Felix, der sich schon als reicher Mann fühlte. Gerade der hohe Wert dieser auffallend großen und seltenen Steine, ihr unerhört eigenartiger Schliff, waren ihm überall im Wege; überall drohte die Seltenheit der Steine zum Verräter zu werden. Endlich, nach vielen vergeblichen Bemühungen, war es dem Kammerdiener klar: in Europa war an einen Verkauf der Steine nicht zu denken. Er entschloß sich, nach Amerika zu fahren und machte seiner damaligen Braut den Vorschlag, mitzugehen. Notgedrungen mußte er sich entschließen – eben um ihr die Vorteile einer gemeinsamen Auswanderung vor Augen zu führen – ihr zu offenbaren, was er getan hatte ... und welches Vermögen in seinen Händen lag. Er hoffte wohl, sie durch den Glanz des Reichtums zu blenden. Er hatte sich verrechnet. Voll Abscheu wandte sie sich von ihm.

Lange hat dann Ihre Frau nichts von ihm gehört. Inzwischen hat sie Sie kennengelernt und hat Sie bald darauf geheiratet. Da … eines Tages … erhält sie in Ihrer Abwesenheit den Besuch ihres früheren Verlobten, der Gott weiß wie ihren Aufenthalt ausfindig gemacht hat. Er berichtet ihr, daß er sich verfolgt glaube … wahrscheinlich eine Nerventäuschung, wie man sie häufig an Leuten mit einem schlechten Gewissen beobachtet – und bittet sie, den Schmuck in Verwahrung zu nehmen, bis bessere Zeiten einträten. Sie lehnt ab, entrüstet … was soll ihr Gatte davon denken? Aber auch darauf hat er eine Antwort: Er wird ihr in der Maske eines Hausierers in Gegenwart ihres Gatten den Schmuck als unecht verkaufen … sei es unter dem Einfluß seiner Persönlichkeit, die ihr manche glückliche Stunden in die Erinnerung zurückgerufen haben mag … sei es, daß auch die weibliche Eitelkeit dabei erwachte … sie sagte endlich ja.

Da, plötzlich, sieht er eines Tages in einer Wochenchronik im Film, der die Ankunft Sven Hedins zeigt, eine andere Person, deren Anblick seinen Herzschlag stocken macht: die Gräfin Ankarström auf dem Lehrter Bahnhof in Berlin. Sein erster Gedanke ist: Ihre Anwesenheit gilt ihrem Schmuck … gilt dir! Alles ist verloren …

Er will seiner früheren Braut einen Wink geben … eine Warnung … sie hat ja den Schmuck und man wird sie für mitschuldig halten; aber, da Sie Ihre Frau acht Tage lang nicht aus den Augen ließen, ist es ihm unmöglich, an sie heranzugelangen. Endlich kommt er auf einen rettenden Gedanken und bringt … das Buch."

„Das Buch?", fragte Michaelis zitternd und atemlos.

„Ja … den Modenkalender. Sehen Sie her." Joe Jenkins zog das Buch aus der Brusttasche, entzündete ein Taschenfeuerzeug und hielt den Kalender über die Flamme. Langsam tat sich das Buch auf.

„Betrachten Sie die Nummer!"

Der Holzbildhauer beugte sich über den Kalender, von dem ein leichter, grauer Dampf aufzusteigen schien. „Es sind die Seiten 30 und 31", sagte er leise.

„Jawohl. Die Sache ist nicht sehr kompliziert. Der Rücken dieses Buches und diese beiden Blätter, die die Nummern 30 und 31 tragen, sind mit einer Flüssigkeit bestrichen worden – und zwar, soviel ich konstatieren kann, mit dem Saft der japanischen Pflanze *Rhus vernicifera*, des Sumachstrauchs. Dieser Saft, der auch in der Firnisfabrikation verwendet wird, hat die Eigenschaft, sich unter dem Einfluß der Wärme auszudehnen und beim Erkalten sich zusammenzuziehen. Sie legten das Buch in jener Nacht auf die Marmorplatte des Nachttisches und vergaßen, wie Sie mir erzählten, die Lampe auszudrehen. Nun, die wärmenden Strahlen der Glühlampe genügten, um die expandierende Wirkung des Lacks auszulösen; das Buch ging auf. Am nächsten Morgen hatte es sich wieder geschlossen – denn Sie hatten in der Nacht die Lampe ausgedreht."

Der andere stand eine Weile mit gesenktem Kopf.

„Und die Botschaft?", fragte er endlich.

„Sehen Sie her." Joe Jenkins hielt die Seite 31 gegen das Licht der Lampe. Zu seiner Überraschung erblickte Michaelis unter einigen der Textworte feine Nadelstriche. Die betreffenden Sätze lauteten:

> „Der Lotse sah <u>sie</u> lächelnd an.
> ,Was <u>ist</u> das für ein Schiff <u>hier</u>?',
> fragte er kopfschüttelnd.
> ,Wollen <u>wir</u> pünktlich in Uleaborg sein,
> so <u>werden</u> wir verhindern müssen,
> daß man uns als verdächtig <u>verfolgt</u>!
> Das ist <u>alles</u>, was ich raten kann.

Es <u>ist</u> die einzige Taktik ... oder
wir sind alle <u>verloren</u>!'"

Ratlos sah der Lesende auf. „Lesen Sie die mit der
Nadel unterstrichenen Worte hintereinander", befahl der
Detektiv.
Und mit stockendem Atem las Michaelis:

> *„Sie ist hier.*
> *Wir werden verfolgt.*
> *Alles ist verloren!"*

Der Detektiv nickte. „Diese Botschaft ist nicht an ihre
Ehegattin gelangt", fuhr er fort, „denn Sie nahmen das
Buch an sich. Halb verzweifelt irrte der Kammerdiener
nun um Ihr Haus herum – vergeblich – es gelang ihm
nicht, Ihre Frau zu sprechen. Da, endlich, kam ihm der
Einfall, wieder unter der Maske des Hausierers Ihrer
Frau die beiden Kinobilletts zu schenken. Sie wußte
natürlich auf der Stelle, daß es eine besondere Bewandt-
nis mit diesem Lichtspielpalast haben müsse, und war
sofort entschlossen, um jeden Preis hinzugehen.
Hier, in der Wochenschau, sieht Ihre Frau plötzlich
die Gräfin, ihre frühere Herrin ... in Berlin ... die
Beraubte auf der Spur des Diebes ... sie selbst als
Hehlerin ... als Mitschuldige ... ihre Todesangst löst
sich in einem gellenden Schrei und in einer tiefen Ohn-
macht.
Ich habe mir gleich am selben Abend die betreffende
Szene der Filmwochenschau nochmals angesehen.
Mit Hilfe der schwedischen Gesandtschaft war es mir
nicht schwer, die meisten der Personen dieses Bildes zu
rekognoszieren – war es doch ein Extrazug aus Schweden
mit verhältnismäßig wenig Passagieren."

Die schweren Atemzüge des Künstlers gingen keuchend durch den Raum. „Und ... was soll nun werden, Mr. Jenkins", fragte er endlich, fast flüsternd, „aus meiner Frau ... aus mir ... wie soll der Schmuck der Gräfin ...", in diesem Augenblick erweiterten sich seine Augen wie im Fieber, und indem er mit der zitternden Hand nach dem kleinen Seitentischchen deutete, schrie er:

„Allmächtiger Gott ... der Schmuck ... Mr. Jenkins ... der Schmuck ... Jemand hat ihn soeben gestohlen!"

Der Detektiv wandte sich gelassen herum. Und indem er in den nächtlichen Garten hinausblickte, trat allmählich ein behagliches Lächeln auf seine Züge. „So ungefähr habe ich's mir gedacht", sagte er nickend.

„Der Schmuck ... Mr. Jenkins ... jetzt ist alles verloren!"

„Im Gegenteil", antwortete der Detektiv ruhig und nahm eine Zigarette aus dem Etui. „Alles ist gut. Ich habe mir nämlich das Vergnügen gemacht, einen kleinen Umtausch vorzunehmen. Der echte Schmuck prangt bereits seit drei Stunden wieder auf dem Nacken seiner rechtmäßigen Besitzerin – die übrigens noch heute keine Ahnung davon hat, daß sie zwei Jahre lang eine Imitation mit sich herumgetragen hat ... Das andere Halsband aber ... das, mit dem Herr Felix vermutlich in diesem Augenblick hoffnungsfreudig durch die Pappelallee stürmt ... dieses andere Halsband ist nichts anderes als dieselbe Imitation, die Herr Felix selbst vor zwei Jahren hat herstellen lassen ... ich habe nach dem Spruche gehandelt: „Jedem das Seine! ... und nun ... ich höre schon die mißtrauischen Hupensignale meines Droschkenchauffeurs ... gute Nacht ... grüßen Sie Ihre Frau von mir! ... und noch eins ... geben Sie mir ein bißchen Feuer für meine Zigarette."

ABENTEUER X

Die Amati

(BERLIN)

*e*ine Dame, die Mr. Joe Jenkins und seinen Scharfsinn seit langem bewundert, hat den sehnlichen Wunsch, ihn persönlich kennenzulernen.

Sie wird heute nachmittag um 6 Uhr vor dem Restaurant der Rennbahn Grunewald sein, und sie würde sich glücklich schätzen, wenn sie Mr. Joe Jenkins dort begegnen würde. Sie ist weder alt noch häßlich."

Dieser Brief lag seit fast einer Stunde auf dem Schreibtisch des Hotelzimmers; ein Bote hatte ihn abgegeben und sich gleich darauf wieder entfernt. Mr. Jenkins, der eben vom Nachmittagstee zurückkehrte, öffnete das Kuvert langsam und las die wenigen Zeilen zweimal aufmerksam. Dann gab er den Brief seinem Begleiter, der gleich hinter ihm das Zimmer betreten hatte, einem älteren, vornehm aussehenden Herrn mit weißem Haar. „Lesen Sie, Mr. Kelly!"

Der Aufgeforderte überflog die Zeilen, stutzte ein wenig und drohte lächelnd mit dem Finger: „Also Sie haben schon galante Abenteuer in Berlin, Mr. Jenkins! … hm … um 6 Uhr … nun … wenn's Ihnen recht ist, so fahre ich mit Ihnen hinaus und trenne mich von Ihnen, sobald es an der Zeit ist; ich möchte mir bei dieser Gelegenheit das Stadion ansehen."

Jenkins schüttelte lächelnd den Kopf.

„Sie brauchen sich nicht zu genieren, Mr. Jenkins. Ich habe keinen weiteren Bekannten in Berlin – und da ich schon morgen früh weiterreise …"

„Sie werden allein nach dem Stadion fahren müssen. Denn nach diesem Briefe werde ich zu Hause bleiben."

„Und warum?" fragte der andere erstaunt. „Sind Sie ein solcher Frauenfeind?"

„Durchaus nicht. Wenn dieser Brief von einer Dame wäre …"

„Wenn er … von einer Dame … So ist er nicht von einer Dame?"

Jenkins schüttelte den Kopf. „Betrachten Sie die einzelnen Buchstaben. Achten Sie auf die Stellung der i-Punkte; richten Sie Ihr Augenmerk auf die energischen, ja, eigensinnigen Anstriche … das ist die verstellte Handschrift eines Mannes!"

„So glauben Sie, daß man Sie fortlocken will …?"

„Zweifellos."

„Um ein Attentat an Ihnen zu begehen?"

„Nein; denn man wird natürlich wissen, daß ich auf derartiges immer vorbereitet bin."

„Aber Sie erklären eben, man wolle Sie aus dem Hause locken."

„Ja, und zwar aus einem anderen Grunde." Er blickte auf die Uhr. „Es ist halb sechs. Ich müßte also ein Auto nehmen, um pünktlich an Ort und Stelle zu sein. Sehen Sie, da haben wir's: Der Schreiber wünscht, daß ich um die Zeit zwischen sagen wir halb sechs und halb sieben nicht im Hotel sei."

„Und warum nicht?", fragte der Besucher kopfschüttelnd.

„Wahrscheinlich, weil in dieser Zeit jemand kommen wird, um meinen Rat einzuholen, und weil der Schreiber dieses Briefes ein Interesse daran hat, diese Konsultation zu verhindern."

Von den teppichbelegten Gängen drang gedämpft der Rhythmus des ruhelosen Lebens herüber, das dieses große Hotel Tag und Nacht fiebernd durchflutete. Leise Klingelzeichen schnitten durch die Luft; Türen klappten; aus den Teeräumen des Parterres drang ferne Musik: das Menuett aus „Don Juan".

Das kleine Telephon auf dem Schreibtisch schrillte. Mr. Jenkins hob den Hörer. Und während er die Meldung des Portiers entgegennahm, nickte er leicht, und ein Lächeln ging über sein Gesicht. „All right. Führen Sie den Herrn herauf!" Dann, indem er den Hörer zurücklegte, richtete er seine grauen Augen auf den Besucher und zwinkerte lachend.

„Herein!"

Die Tür öffnete sich. Aus dem Dämmer des Korridors leuchtete die goldbetreßte Mütze des Liftboys. Durch die halbgeöffnete Tür trat ein elegant gekleideter Herr ein, der in der Mitte der Dreißiger stehen mochte. Das regelmäßige, schmale Gesicht schien das eines Künstlers zu sein. Das dunkle, volle, glatte Haar umwallte scheitellos die hohe Stirn; ein kleiner, sorgfältig geschnittener Spitzbart gab seiner Erscheinung einen leicht fremdartigen Hauch. In seinen großen, dunklen Augen glomm ein fiebriger Glanz, und schwere Schatten lagen um die tiefen Augenhöhlen.

„Mr. Joe Jenkins?", fragte der Fremde mit einer Stimme, die leise zu zittern schien, und zog geräuschlos die Tür hinter sich zu. Er blickte stumm die beiden Herren an, offenbar unschlüssig. Der Detektiv trat einen halben Schritt vor. „Bitte", sagte er höflich.

Der Fremde ließ einen langen Blick über die Züge des Amerikaners gleiten. „Mr. Jenkins", begann er nach einer stummen Pause, „ich muß Sie sprechen, dringend sprechen – und sofort." Und indem er nervös die Uhr zog, setzte er hinzu: „Denn ich habe keine Zeit zu verlieren."

„Ich stehe Ihnen zur Verfügung", erwiderte der Detektiv ruhig. „Eine Frage: weiß irgend jemand, daß Sie um diese Zeit – daß Sie zwischen halb sechs und sechs Uhr die Absicht hatten, mich zu besuchen?"

Der Gefragte richtete seine dunklen Augen fragend und verständnislos auf Mr. Joe Jenkins, der ihn erwartungsvoll betrachtete. „Ob ich … ob jemand weiß …" Er blickte sinnend zu Boden … „Ja … eine Person gibt es, die davon weiß. Aber die kennt mich kaum und hat keinerlei Interesse an mir."

Mr. Kelly erhob sich.

„Adieu, Mr. Jenkins", sagte er. Und leise fuhr er fort: „Wenn nicht alles täuscht, war Ihre Vorhersage richtig."

Mr. Jenkins nahm an seinem Schreibtisch Platz und lud den anderen ein, sich in den Sessel niederzulassen, der zur Rechten stand.

Man sah es diesem Manne an, daß ihn irgend etwas Schweres bedrückte. Er hatte den Kopf gesenkt und starrte unbeweglich, wie geistesabwesend, auf das Muster des weichen Teppichs nieder; und nur die schweren Atemzüge, die keuchend durch den Raum gingen, verrieten die Unruhe, die in ihm war. „Ich bin Musiker", begann er plötzlich, wie mit einem Ruck. „Violinvirtuose. Man kennt meinen Namen in Europa und Amerika, und auch Ihnen wird er nicht unbekannt sein, Mr. Jenkins: Holger Karst."

Der Detektiv nickte. „Selbstverständlich", antwortete er. „Ich habe viel Rühmendes von Ihnen gehört. Von Ihnen und Ihrer berühmten Geige. Denn wenn ich nicht irre, besitzen Sie eine Amati?"

Ein warmes Lächeln ging über die Züge des Künstlers. „Ja", sagte er leise, „sie ist herrlich, meine Amati! Wenn ich sie spiele, dann fühle ich, wie diese reinen Töne, die vom tiefsten Schmerz wie von höchsten Wonnen singen, fieberhaft in die Herzen meiner Zuhörer hineinzittern. Meine Violine hat nur eine einzige Nebenbuhlerin; diese ist in den Händen der Familie Astor."

„Sie sind in Berlin, um hier zu konzertieren, Herr Karst?"

„Ja. Ich habe eben eine Tournee durch die Vereinigten

Staaten beendet und bin erst seit vierzehn Tagen wieder in Europa. Ich habe zwei Konzerte in Stockholm und Kopenhagen gegeben und bin jetzt seit acht Tagen in Berlin. Auch hier bin ich, wie man so sagt, in Mode. Gestern abend erst habe ich in einer Wohltätigkeitsveranstaltung ein Konzert gegeben, und heute abend habe ich mein eigenes großes Galakonzert in der ‚Philharmonie'. Noch gestern habe ich mich auf diesen Abend, der wieder Tausenden meinen Namen und meine Kunst vermitteln wird, gefreut. Und nun … nun hat sich in der letzten Nacht etwas ereignet … etwas, was mich derart erschüttert hat, daß ich fürchte, mit meinen Nerven heute abend mitten im Spiel zusammenzubrechen."

„Ihnen ist ein Mißgeschick passiert?", fragte Mr. Jenkins ruhig.

„Ein Mißgeschick – nein. Nicht einmal etwas Unangenehmes. Ja … ich möchte sagen, mir ist eigentlich überhaupt nichts passiert. Um mich ganz klar auszudrücken: Ich könnte höchstens sagen, daß ich etwas gesehen habe – aber: Was ich gesehen habe in dieser Nacht, beunruhigt mich durch seine Unerklärlichkeit und seine Seltsamkeit fast bis zum Wahnwitz. Doch ich will Ihnen erzählen.

Ich wohne in einem Pensionat in der Hardenbergstraße. Ich bin hier in der Nähe der Stadt und dennoch in einer schönen und vornehmen und stillen Umgebung und in einem ruhigen Hause. Denn der Lärm eines Hotels würde mich bei meinen täglichen Übungen außerordentlich stören. Es ist die alte Villa eines Staatsbeamten, die von der jetzigen Besitzerin vollständig in ein Pensionat umgewandelt worden ist. Die Dame ist selbst vermögend und betreibt die Pension mehr aus einer gewissen Liebhaberei; die vielen interessanten

Menschen aller möglichen Nationen mögen für sie ein anregender Verkehr sein. Sie selbst hat sich die drei schönsten Zimmer des Hauses im ersten Stock reserviert.

Leider hatte ich versäumt, mich schriftlich anzumelden; als ich daher vor acht Tagen Einlaß in das Pensionat der Frau Valentin begehrte, da war bis auf ein kleines Stübchen im Parterre alles besetzt. Schon wollte ich umkehren, als die Besitzerin mir ein selbstloses Anerbieten machte: Sie schlug mir vor, mir für die zwei Wochen meines Berliner Aufenthalts ihre drei Zimmer abzutreten; sie selbst wollte während dieser Zeit mit dem Stübchen fürliebnehmen. Sie schätzt mich sehr, die alte Frau Valentin, und – nun, kurz und gut, ich habe angenommen.

Ich war auf diese Weise glücklicher Eigentümer der drei schönsten und größten Zimmer des Hauses. Das erste dient mir als Empfangszimmer; denn ich erhalte viele Besuche. Im mittleren schlafe ich, und das dritte habe ich mir als Arbeitszimmer eingerichtet.

Eins muß ich noch erwähnen: im Schlafzimmer befindet sich der Hauptschalter für die elektrische Beleuchtung des ganzen Hauses. Frau Valentin, die ein etwas patriarchalisches Regiment führt, hat ihn dort installieren lassen, und pünktlich und unerbittlich, wie sie mir selbst lachend erzählte, stellt sie jede Nacht um zwölf Uhr die Beleuchtung im ganzen Hause ab; denn es ist früher vorgekommen, daß rücksichtslose Gäste während der ganzen Nacht ihre Kronen gebrannt haben, besonders die jungen Studenten und die flotten Ausländer, die die Nacht zum Tage machen. So dreht sie ihnen um Mitternacht sozusagen das Licht vor der Nase aus. Ich erwähne dies ausführlich – wie Sie sehen werden, nicht ohne Grund.

Wie ich Ihnen schon sagte, hatte ich gestern abend

zu spielen, und zwar auf einem Wohltätigkeitskonzert im Reichskanzlerpalais. Mein Violinsolo war sehr spät angesetzt, fast als das letzte. Daher war es fast halb zwölf, als ich meinen Vortrag beendet hatte. Ich habe die Gewohnheit, vor meinem Spiel nichts zu mir zu nehmen; so steuere ich also, eben fertig, hungrig und vergnügt auf das kalte Büfett zu, als mich jemand anruft. Ich wende mich um; es ist der Prinz v. W., den ich vor drei Jahren an der Riviera kennengelernt habe. Er zieht mich an einem Tisch, an dem sich noch mehrere Herren befinden. Bald waren wir in fideler Unterhaltung. Ich blickte noch ein paarmal wehmütig nach den kalten Schüsseln da drüben auf den kleinen Tischen aus – aber die Höflichkeit verbietet mir, die Unterhaltung abzubrechen. Also: Um halb zwei, als die Allerletzten, stehen wir endlich auf und verabschieden uns eilig voneinander. Ich gehe langsam durch die Straßen – kein Auto weit und breit. Mißmutig entschließe ich mich endlich, auf eine überfüllte Straßenbahn zu springen.

Am Zoo muß ich die Bahn verlassen, weil sie links in die Kaiserallee einbiegt. Ich gehe unter der Eisenbahnbrücke durch und bin im Nu aus dem lärmenden Berliner Westen wie in eine andere Welt versetzt.

Schweigend und fast endlos liegt die stille, vornehme Straße vor mir. Ich schreite langsam an diesen dunklen, tiefen Gärten vorüber, in denen sich kein Blatt regt. Alle Fenster in diesen schweigenden Häusern sind dunkel und tot.

War es die Abspannung nach dem anstrengenden Abend … war es der genossene Wein … ich weiß es nicht: allmählich legte sich ein seltsames schweres und drückendes Angstgefühl auf mein Herz. Von einer unerklärlichen Furcht getrieben, verlasse ich das Trottoir und gehe in der Mitte des asphaltierten Fahrdammes dahin. Endlich habe ich die Pension Valentin erreicht. Eben ziehe ich den Schlüssel aus der Tasche. Verloren, halb unbewußt schweifen meine Blicke über das alte, unbewohnte Haus, das unserem Pensionat gegenüberliegt, mit seinem vernachlässigten, dunklen, tiefen Garten. Dieses stille Haus machte in dem flimmernden Schein des Mondes mehr denn je den Eindruck des Verwahrlosten, fast des Unheimlichen. Meine Blicke streifen wie zufällig die Front des Hauses, als ich zu meinem Erstaunen bemerke, daß in der ersten Etage ein Fenster sich öffnet – langsam – sichtlich in dem Bestreben, jedes Geräusch zu vermeiden. Ich trete unwillkürlich zur Seite, um mich hinter einem Baum zu verbergen, und blicke hinauf. Im nächsten Augenblick erblicke ich im Rahmen des geöffneten Fensters ein menschliches Gesicht. Während ich dieses Gesicht sehe, läuft mir plötzlich ein eisiger Schauer über den Rücken – denn ich weiß plötzlich ganz genau, daß ich diese Züge kenne … ganz genau kenne … und doch kann ich mich im Moment nicht erinnern, woher …

Ich trete ein paar Schritte zurück … und plötzlich fühle ich, wie mir das Herz stockt. Mit Mühe unterdrücke ich einen Aufschrei des Entsetzens und greife mit meiner zitternden Hand nach den Stäben des Gitterwerks. Was dort, jetzt vom Schein der Bogenlampe flimmernd beleuchtet, bleich und regungslos wie das Antlitz eines Toten auf die Straße hinausblickt, das ist mein eigenes Gesicht …

Einen Atemzug lang glaubte ich, zuviel getrunken zu haben, glaubte, der Wein habe meinen hungrigen Körper in einen Fieberrausch versetzt. Ich faßte nach meinem Herzen. Nein, es pocht ruhig und gleichmäßig wie nur je. Dann kam mir einen Augenblick der

Gedanke, dies alles sei ein wirrer, ängstlicher Traum. Ich legte eine Hand auf die Spitzen des Gitters und preßte sie krampfhaft – der stechende Schmerz, der mir durch den ganzen Körper fuhr, sagte mir deutlich, daß ich wache und daß alles dieses Wirklichkeit sei …

Wieder wandte ich, scheu und atemlos, den Kopf nach dem Fenster im ersten Stock. Das bleiche Gesicht blickte noch immer regungslos auf die Straße hinab … nein … jetzt sah ich es genauer … es sah unverwandt, starr wie das Antlitz eines Toten, auf die Fenster meines Schlafzimmers, das fast genau gegenüberlag. Zweifelnd, suchend irrten meine Blicke über die Erscheinung – ja: das war mein Haar, mein Bart, in jeder Einzelheit meine Züge – ich erkenne sogar meine Krawatte, deren dunkles Blau metallisch im Lichte des Mondes flimmert.

Nein – das konnte nichts Natürliches sein, was ich hier erlebte. Ich erinnerte mich eines alten Spruches, daß der sterben müsse, der in der Nacht seinen Doppelgänger erblickte. Alle Ängste eines dunklen Aberglaubens, den ich längst überwunden meinte, rasten mir durchs Hirn. Die Mitternacht hatte mir ihr dunkles Tor geöffnet, schweigend und drohend mich einen fiebernden Blick in ihre düsteren Geheimnisse tun lassen.

Wieder spähe ich hinauf. Die Erscheinung ist verschwunden. Das Fenster ist geschlossen.

Zweifelnd und grübelnd taumele ich über die Straße, schließe auf und tappe auf mein Zimmer. Eben will ich mich niederlegen, als sich mit verdoppelter Gewalt der nagende Hunger meldet – er wühlt wie Feuer in meinen Eingeweiden. Und kein Stückchen Brot im Zimmer! Ich blicke auf die Uhr – es ist drei. Um diese Zeit jemanden vom Hause wecken, wäre eine unerhörte Rücksichtslosigkeit. Es bleibt mir nichts anderes übrig, als selbst in die Küche zu gehen, um nach etwas Eßbarem zu suchen.

Ich taste mich also die Treppe hinunter bis in die Küche, die im Keller liegt. Unterwegs versuche ich, auf dem Treppenpodest das Licht anzuknipsen – vergeblich. Frau Valentin hat auch heute pünktlich den Hauptschalter in meinem Schlafzimmer abgedreht ... Nun, meine Kerze genügt einigermaßen, um mir den Weg zu zeigen.

Ich muß mich in der Küche ziemlich ungeschickt angestellt haben; ich glaube auch, mich zu entsinnen, daß mir ein Topfdeckel auf den Steinfußboden gerutscht ist. Kurz und gut: ein paar Minuten später erscheint Frau Valentin, meine Wirtin, halb erstaunt, halb ärgerlich in der Küche. Sie begreift bald, was ich wünsche, und hantiert geschäftig mit Brot und Butter. Eben wendet sie sich zum Küchenschrank, um Messer und Gabeln zu holen, als wir plötzlich im gleichen Moment zurückfahren ... bestürzt ... entsetzt; das elektrische Licht flammt auf ... lautlos, ohne Ursache ... wie von Geisterhand ausgelöst ...

Wir blicken uns an; ich sehe, wie sie zittert. Sie reißt die Küchentür auf, das ganze Treppenhaus ist in ein Lichtmeer gehüllt. Einen Augenblick starrt sie atemlos, wie betäubt, auf die brennenden Lampen ... dann stößt sie hervor: ,Um Gottes willen ... Herr Karst ... Ihr Zimmer' und in diesem Augenblick erlischt das Licht wieder ... tiefe, schwere Dunkelheit liegt über dem ganzen Hause ... und unsere von der Lichtfülle noch geblendeten Augen versagen hilflos vor den undurchdringlichen, schweren Schatten.

,Herr Karst,' beginnt Frau Valentin flüsternd, ,jemand hat den Hauptschalter gedreht ... in Ihrem Zimmer ist jemand ...'

Und da verstehe ich sie plötzlich und stürze die Treppe hinauf. Ja, der Schalter ist gedreht worden; Frau

Valentin, die bebend in der Tür erschien, erkannte es an der Stellung des Hebels. Der Schalter ist gedreht worden – aber niemand ist da ... und nichts fehlt, wie ich gleich darauf feststellte."

„Einen Augenblick", unterbrach Joe Jenkins den Erzählenden. „Hatten Sie das Zimmer verschlossen, als Sie es verließen, um in die Küche hinunterzugehen?"

„Ja."

„Und den Schlüssel abgezogen und mitgenommen?"

„Ja."

„Und Sie fanden die Tür verschlossen, wie Sie sie verlassen hatten?"

„Nichts hatte sich geändert."

„Hatten Sie Schwierigkeiten beim Aufschließen?"

„Nicht die geringsten."

„Es ist gut ... fahren Sie fort."

„Am anderen Morgen rief mich ein Telegramm eines befreundeten Reeders, in dessen Hause ich manchen schönen Abend zugebracht hatte, nach Stettin. ‚In einer dringlichen Angelegenheit', so lautete die Depesche. Ich hatte erst gegen Morgen ein wenig Schlaf gefunden, und so kam es, daß ich erst den Mittagszug benutzte. Als ich in der Villa meines Freundes anlange, empfängt er mich verwundert, und als ich ihm das Telegramm zeige, stellt es sich heraus, daß es eine Fälschung ist.

Wäre mir dies zu einer anderen Zeit passiert – ich würde es für den albernen Scherz eines Kollegen genommen haben. Aber jetzt ... in Verbindung mit den Ereignissen der letzten Nacht ... nein ... als ich auf der Rückfahrt mit meinen Nerven kämpfte, die bis zum Wahnwitz erregt waren, da wußte ich es, daß es nur einen Menschen gibt, der hier Klarheit bringen kann: Sie, Mr. Jenkins!"

Joe Jenkins lächelte und machte eine leichte Verbeugung, als wollte er für diese schmeichelhafte
Anrede danken. Dann aber nahmen seine Züge sofort
wieder den beherrschten, kühl und sachlich beobachtenden Ausdruck an, den sie während der ganzen merkwürdigen Erzählung seines Gegenübers gezeigt hatten.

„Wann sind Sie nach Berlin zurückgekehrt?"

„Ich war um 6 Uhr 14 Minuten auf dem Stettiner
Bahnhof. Dort habe ich mir sofort ein Auto genommen
und bin zu Ihnen gefahren."

Der Detektiv lehnte sich in seinen Sessel zurück und
schloß die Augen. „Haben Sie", begann er nach einer
langen Pause, „in Ihrem Pensionat irgendwelche Bekanntschaft angeknüpft?"

„Nein. Außer mit meiner Wirtin habe ich noch mit
niemandem gesprochen ... halt ... doch ... ich habe
gelegentlich ein paar Worte mit Fräulein Helene Jungmann gewechselt, einer jungen, fleißigen Studentin der
Medizin, die meine Nachbarin ist."

„Sie erzählten mir bei Ihrem Kommen, es gäbe
jemand, der von Ihrer Absicht, zu mir zu fahren, unterrichtet war."

„Ja. Ich habe von der Villa meines Freundes in Stettin
aus meine Wirtin antelephoniert, habe ihr kurz gesagt,
daß ich zu Ihnen fahren wolle."

„War dies der ganze Grund Ihres Telephonierens?"

„Nein. Der Hauptzweck war, meine Wirtin zu
beauftragen, mir meine Geige und meinen Frack in die
Philharmonie zu schicken, denn ich habe keine Zeit
mehr, nach Hause zu fahren."

„Wo befindet sich augenblicklich Ihre Amati?"

„In einer stählernen Kassette, deren Schlüssel ich bei
mir trage."

„Wo ist das Telephon in Ihrem Pensionat angebracht?"

„Auf dem Korridor, unweit meiner Tür."

„Erwähnten Sie im Verlaufe des Telephongesprächs den Zug, mit dem Sie zurückfahren wollten?"

Der Virtuose dachte einen Augenblick nach. „Ja", sagte es endlich.

Joe Jenkins stand auf und ging, die Hände auf den Rücken gelegt, ein paarmal im Zimmer auf und ab. „Steht irgendwo in Ihren Zimmern", begann er, indem er auf seiner Wanderung plötzlich vor seinem Besucher stehenblieb, „ein Bild von Ihnen?"

„Ja", erwiderte der Gefragte, ein wenig verwundert. „Im Empfangszimmer steht ein Kabinettbild von mir auf einem Seitentischchen."

„Wann haben Sie dieses Bild zuletzt gesehen?"

„Ich verstehe Sie nicht."

„Ich meine, wissen Sie genau, daß dieses Bild noch an seinem Platze ist?"

„Ich verstehe noch immer nicht ... warum sollte das Bild nicht mehr da sein?"

„Ich möchte auf alle Fälle wissen, ob es noch vorhanden ist. Ich möchte mit Ihrer Wirtin telephonieren. Welche Nummer hat Ihre Pension?"

„Steinplatz 8145. Es wird am einfachsten sein, wenn ich selbst ..."

„Nein", unterbrach ihn der Detektiv. „Ich werde reden." Er ging an den Apparat.

„... Hallo ... ist dort Pension Valentin? Hier Mr. Joe Jenkins ... ja ... Frau Valentin selbst? ... Sehr gut ... wollen Sie die Güte haben, im Empfangszimmer des Herrn Karst nachzusehen ... dort steht ein Bild von Herrn Karst ... also, nachzusehen, ob es noch jetzt dort steht? ... Gewiß ... ich warte ..." Eine Pause entstand. „Jawohl ... ich bin noch am Apparat ... es ist noch dort? Ich danke, Frau Valentin!"

„Meine Vermutung war unbegründet. Immerhin habe ich etwas anderes festgestellt, was vielleicht nicht ohne Bedeutung ist."

„Und was wäre dies?"

„Ihre Wirtin hat die Gewohnheit, das ihr am Telephon Gesagte laut zu wiederholen. Ich nehme an, daß sie das immer tut."

Der Virtuose legte die Hand über die Stirn. „Ja", sagte er schließlich. „Ich entsinne mich – sie hat diese Angewohnheit. Aber ...", er warf einen erschrockenen Blick auf seine Taschenuhr und sprang auf ... „um Gottes willen ... es ist die höchste Zeit ... ich muß Sie verlassen, Mr. Jenkins."

Der Detektiv nickte. „Ich werde mit Ihnen kommen. Ich möchte auf alle Fälle heute abend in Ihrer Nähe sein. Denn alle Anzeichen sprechen dafür, daß sich noch heute irgend etwas ereignen wird, was meine Anwesenheit wünschenswert erscheinen lassen dürfte."

⚜

Das vornehme Auditorium begrüßte den gefeierten Violinvirtuosen mit freudigem Händeklatschen. Man sah es: er war der Liebling des Publikums. Holger Karst verneigte sich dankend und wandte sich an den Pianisten.

Der Klavierspieler schlug das „A" an. Karst ergriff seine Geige, um sie zu stimmen. Er fuhr prüfend mit dem Bogen über die Saiten, die leise widerklangen. Plötzlich ging es wie ein Schatten der Bestürzung über sein Gesicht ...

Wieder setzte er die Violine ans Kinn. Abermals schlug der Pianist das „A" an. Karst setzte den Bogen auf die Saiten ... ein leiser, fast zärtlicher Strich ... plötzlich erweiterten sich seine Augen ... mit einem Ruck setzte er das Instrument ab, und sein Blick glitt fassungslos über die Saiten. Er wandte sich zum Publikum und öffnete den Mund, als wolle er reden ... im nächsten Augenblick drehte er sich um und lief mit allen Zeichen grenzenloser Bestürzung vom Podium.

Durch das Publikum ging ein Murmeln des Erstaunens. Stimmengewirr schwirrte durch den Saal, das mit jeder Sekunde lauter wurde. Dann trat plötzlich lautlose Stille ein; ein kleiner, untersetzter Herr erschien auf dem Podium: der Impresario.

„Meine Damen und Herren", begann er. „Ich muß Ihnen leider ein unerklärliches Vorkommnis melden. Soeben entdeckt Herr Holger Karst, daß man ihm seine berühmte Amati gestohlen hat, oder vielmehr ... sie mit einem fast wertlosen Instrument, das äußerlich eine gewisse Ähnlichkeit mit seiner Geige besitzt, vertauscht hat. Herr Karst kann leider nicht auftreten. Die Kasse wird die gezahlten Eintrittsgelder zurückerstatten."

Wieder setzte das Stimmengewirr ein. Bedauernde, mitleidige, spöttische Ausrufe schwirrten durch den Raum, dann entstand ein Drängen zum Ausgang.

Im Künstlerzimmer, auf einer Chaiselongue ausgestreckt, lag Holger Karst, vor ihm stand Joe Jenkins.

Der Impresario lief wie ein gefangener Löwe in dem kleinen Raum hin und her: In der Tür stand ein Diener, um den Neugierigen und Mitleidigen und Schadenfrohen den Eintritt zu wehren. „Die ganze Tournee ist zum Teufel", stöhnte der Impresario. „Wo sollen wir eine neue Amati hernehmen in der kurzen Zeit ... ein solches Instrument ..."

Joe Jenkins trat auf den Aufgeregten zu. „Wann ist das nächste Konzert?"

„In acht Tagen, in Wien ... und drei Tage vorher

eine private Einladung zum Grafen Harrenfels in Pötzleinsdorf im Wiener Wald ... auf die sich der Meister so gefreut hat ... alles zum Teufel ... ich muß sofort telegraphieren ... den großen Musikvereinssaal in Wien abbestellen."

Joe Jenkins legte ihm die Hand beschwichtigend auf den Arm. „Bestellen Sie vorläufig nichts ab."

„Nichts?", fragte der Impresario erstaunt.

„Nein. Denn vorläufig liegt kein Grund vor anzunehmen, daß Herr Karst in acht Tagen in Wien nicht spielen wird ..."

„ ... auf seiner Amati ...?"

„Auf seiner Amati ..."

⸎⟡⸏

Es war am nächsten Mittag, als im Pensionat Valentin das Telephon klingelte. Die Besitzerin selbst nahm den Hörer ab. „Ich möchte mich erkundigen, wie es Herrn Karst geht?"

„Wie es Herrn Karst geht? Schlecht, Mr. Jenkins. Er ist völlig gebrochen; er brütet vor sich hin. Seit gestern nacht hat er das Haus nicht verlassen."

„Nicht möglich. Sie irren sich, Frau Valentin."

„Ich mich irren ... wie kommen Sie darauf?"

„Nun ... ich habe Herrn Karst vor zwei Stunden frisch und munter und vergnügt auf der Tauentzienstraße gesehen ... Ich fuhr leider in einem Auto vorüber, deshalb konnte ich ihn nicht anreden."

„Herr Karst ... vor zwei Stunden ... auf der Tauentzienstraße? Das muß eine Verwechslung gewesen sind! Ich versichere Ihnen, er hat das Haus nicht verlassen."

„Nun ... das werden wir gleich feststellen ... ich werde in zehn Minuten dort sein."

„Ich werde Herrn Karst sagen, daß er Sie in zehn Minuten hier erwarten soll."

Das Dienstmädchen begrüßte den Detektiv respektvoll. „Bitte in diesen Salon einzutreten, Mr. Jenkins. Herr Karst wird sofort erscheinen." Damit schlüpfte sie geschäftig hinaus.

Joe Jenkins sah sich aufmerksam in dem großen sonnigen Salon um. Die hohen, breiten Stores, die ein vornehm einfaches Muster zeigten, wallten bis auf das Parkett herab. Ein ungeheurer Perser bedeckte fast den ganzen Boden. Aus hohen Staffeleien, die in den Ecken standen, leuchteten japanische, australische und amerikanische Landschaften. Das mochten Geschenke der Gäste sein, die auf ihren bunten Irrfahrten durch die weite Welt in diesem Hause kurz Halt gemacht hatten; sie gaben diesem Raum einen Hauch von Internationalität.

Die Tür öffnete sich langsam. Holger Karst trat ein. Der Detektiv wandte den Kopf, und ein Ausdruck des Erschreckens trat auf seine Züge. Aus dem jungen, lebensprühenden Künstler war über Nacht ein müder, hohlwangiger, scheuer Mensch geworden, der vor sich hinstierte und bei dem leisesten Geräusch zusammenzuckte. Eben öffnete Joe Jenkins den Mund zu einem Wort des Trostes, als sich zum zweitenmal die Tür öffnete. Eine schlanke, junge Dame trat eilig ein und blieb beim Anblick der beiden Herren verwirrt in der Tür stehen. „Pardon", wandte sie sich an Karst, „ich wollte nur ein Buch holen."

Dann ging sie mit schnellen, lautlosen Schritten auf den Bücherschrank zu und musterte eifrig die darin aufgereihten Bände. Ein feiner Duft von Peau d´Espagne zitterte durch das Zimmer. Sie hielt nachdenklich inne und legte die Hand auf die Stirn. „Diese Bücher sind nach den Namen der Autoren geordnet", sagte sie leise mit einem entschuldigenden Unterton in der Stimme. „Ich suche das Buch ‚Der weiße Elefant'. Es ist von einem Amerikaner. Können Sie mir vielleicht sagen, wie er heißt?"

„Mark Twain", antwortete Joe Jenkins an Stelle des Gefragten.

Die junge Dame richtete ihre dunkelblauen Augen lächelnd auf den Amerikaner und neigte dankend den Kopf. „Wie ich sehe und höre, ein Landsmann dieses wundervollen Humoristen …?"

„Ganz richtig!" erwiderte der Detektiv gleichfalls lächelnd.

„Gestatten Sie", unterbrach ihn Karst mit leiser Stimme: „Mr. Joe Jenkins – Fräulein Helene Jungmann, Studentin der Medizin." Die junge Dame reichte dem Amerikaner mit einer freimütigen Bewegung die Rechte. „Es freut mich, einen so berühmten Mann kennenzulernen, Mr. Jenkins", sagte sie, indem sie seine Hand kräftig schüttelte. „Ich vermute, Sie sind gekommen, um Herrn Karst zu seinem gestohlenen Schatz wiederzuverhelfen. Sie tun ein gutes Werk; denn Herr Karst ist auf dem besten Wege, schwermütig zu werden!" Und indem ein schelmisches Licht in ihre Augen trat, setzte sie hinzu: „Ein Glück nur, daß Herr Karst in seiner Betrübnis noch die Zeit gefunden hat, heute vormittag ein Stündchen auf der Tauentzienstraße zu flanieren!"

„Ich …?", fragte Karst erstaunt. „Ich habe dieses Haus seit gestern nacht nicht verlassen!"

„Da sehen Sie den Heuchler", lachte Joe Jenkins. „Und dabei habe ich ihn mit meinen eigenen Augen gesehen … Ja … hier kann ich es ja sagen: Er war nicht allein … nein! Arm in Arm mit einer schönen, blonden, jungen Dame!" Lachend, scheinbar gelassen wandte

Jenkins sein Gesicht zu dem Virtuosen herum. Im gleichen Moment streifte sein blitzschneller, forschender Blick das Antlitz der Studentin. Aus ihren Zügen war der letzte Blutstropfen gewichen, und ihre erweiterten Pupillen schienen starr ins Leere zu schweifen.

Als die beiden draußen auf dem Korridor standen, flüsterte der Virtuose aufgeregt: „Noch etwas hat sich ereignet: das Bild …" – „Das Bild?"

„Ja … meine Photographie .. sie ist seit gestern nacht verschwunden."

Jenkins sah einen Augenblick zu Boden und reichte dann seinem Mandanten die Hand. „Sie müssen allein auf Ihr Zimmer gehen", sagte er leise. „Verlassen Sie es vorläufig nicht wieder. Ich habe sehr Dringendes außerhalb dieses Hauses zu erledigen." Und schon war er verschwunden.

Zehn Minuten später stieß Joe Jenkins, der hinter einer Anschlagsäule gegenüber dem Pensionat Valentin stand, einen leisen Pfiff der Befriedigung aus. Mit eiligen Schritten kam Helene Jungmann aus dem Hause und rief ein vorüberfahrendes Automobil an. Jenkins nahm ein zweites, geschlossenes, und bedeutete dem Chauffeur, jenem zu folgen.

Die Fahrt ging durch den Berliner Westen und das Zentrum. Eine endlose Wagenreihe schien einem Zentralpunkt zuzustreben. Hier klingelten die Straßenbahnen in endloser Kette, donnerte die Stadtbahn über eine lange Brücke, tuteten unaufhörlich die Hupen der Automobile, dann ratterte das Auto der Studentin an der Berolina vorüber und bog in eine Seitenstraße ein. Endlich hielt es vor einer großen Mietkaserne. Joe Jenkins drückte auf den Gummiball und ließ ebenfalls halten.

Helene Jungmann sprang aus dem Wagen, warf einen schnellen Blick über die Fensterfronten des Gebäudes und stürzte ins Haus. Es mochte kaum mehr als eine Minute vergangen sein, als sie schon wieder auf der Straße erschien. In ihrem Gang, in ihrem hastigen Gebaren drückte sich eine fiebernde Unruhe aus; sie stieg wieder in das Auto und sauste von dannen.

Einen Augenblick später betrat Joe Jenkins das Haus, aus dem Sie gekommen war. Ein kaum wahrnehmbarer Duft von Peau d'Espagne erfüllte noch das Treppenhaus.

Der Detektiv machte im ersten Stockwerk halt. Auch hier wogte noch der leise Duft. Jenkins stieg die Treppe zum zweiten Stock empor. Auch hier zitterte noch das süßlich-herbe Parfüm – seltsam – stärker als unten; hier mochte sie Halt gemacht haben. Der Detektiv wandte sich zur dritten Treppe: nein ... hier versiegte die Duftwelle ... er trat auf den zweiten Treppenflur zurück.

Drei Wohnungstüren flankierten den Korridor. Drei Messingklingelzüge glitzerten neben zahlreichen Namensschildern. Der Detektiv zog den Handschuh aus und tastete leise und vorsichtig auf den ersten der Messingknöpfe. Das Metall lag kalt und unberührt in seiner Hand. Er legte die Hand auf den zweiten Knopf – auch er war glatt und kühl. Er faßte den dritten an und nickte. Von dieser kleinen, gelben Kugel strömte eine leichte, kaum merkliche Wärme aus. Kein Zweifel – eine menschliche Hand hatte eben diese Klingel gezogen. Jenkins läutete: einmal ... zeternd und lärmend schlug die Zugklingel an, niemand kam. Er zog zum zweiten Mal ... zum dritten Mal ... hier war niemand zu Hause.

Auf dem kleinen, sauberen Porzellanschild stand:

„Frau Anna Schmidt".

In der Mitte der Tür war mit zwei Reißnägeln eine Visitenkarte angeheftet, die die Worte trug:

„Ralph Walden, Violinist."

Neben der Türverschalung hingen eine kleine Schiefer-tafel und ein Griffel, und auf der Tafel stand:

„Bitte Amt Zentrum 23645! Ralph."

Joe Jenkins zog seinen Taschenblock und notierte die Nummer. Dann eilte er die Treppe hinunter.

Auf dem nächsten Postamt rief Joe Jenkins die Direktion des Amts Zentrum an und erfuhr, daß die Nummer 23645 der Grammophonfabrik Urania gehöre.

Der Direktor der großen Sprechmaschinenfabrik empfing den Detektiv höflich erstaunt. „Was verschafft mir die Ehre, Mr. Jenkins?"

Der Amerikaner ließ einen Blick über die Erscheinung seines Gegenübers gleiten. „Ist Ihnen der Name Helene Jungmann bekannt?"

„Helene Jungmann ...?", wiederholte der Direktor erstaunt, „ja ... seltsam ... vor zwei Minuten hörte ich diesen Namen zum erstenmal in meinem Leben, und nun fragt man mich schon nach ihm ... ein Fräulein Helene Jungmann war vor zwei Minuten hier in meinem Bureau, und ich persönlich habe ihr tausend Mark ausge-zahlt, die für sie hier hinterlegt waren."

„Wer hat dieses Geld für sie deponiert?"

„Ein berühmter Violinvirtuose. Er hat heute morgen bei uns für eine Grammophonaufnahme konzertiert. Von seinem Honorar haben wir auf seinen Wunsch den Betrag von tausend Mark für Fräulein Jungmann zurückgehalten und ihn ihr ausgezahlt. Er selbst ist gleich darauf abgereist."

Der Detektiv musterte die Reihe der Registratoren in den Regalen und fragte leise: „Und wie ist der Name dieses Virtuosen?"

„Es ist ein berühmter Mann, auf dessen Gewinnung wir stolz sind: Holger Karst."

Die beiden Herren hatten den Zug auf der Station Pötzleinsdorf verlassen und waren zu Fuß die Landstraße heruntergewandert, die unter hohen Buchen gegen den Wald zuführte. Hinter dem kleinen Weiher öffnete sich ein Kiesweg, darüber stand: „Privatstraße zum Schlosse Harrenfels."

Die bläulichen Schatten der ersten Dämmerung legten sich schwer und drohend über das weite Land. Hinter den bewaldeten Hügeln schossen die letzten Feuergarben violett empor. Der Detektiv deutete mit der Hand geradeaus. Dort lag, wie in Flammen eingehüllt, ein weißes Schloß. In seinen hohen Fenstern sprühte der Widerschein der zuckenden Flammen, und dieses ganze Gebäude schien eine Sekunde lang von einer ungeheuren Feuersbrunst zu lohen. „Ein beneidenswerter Sitz!", sagte Joe Jenkins nickend. „Kommen Sie, wir nehmen diesen Feldweg!"

Eine Viertelstunde später standen die beiden an der Hinterfront des großen Jagdschlosses, aus dessen Innern Stimmengewirr und fröhliches Lachen tönten. Ein paar buntbemalte Fenster standen offen. Jenkins deutete darauf und zog seinen Begleiter mit sich fort.

Das Lachen verstummte plötzlich. Ein leises Präludium auf einem Flügel begann tastend. Dann setzte leise und süß der zitternde Ton eine Geige ein, der allmählich anschwoll zu einem jubelnden Crescendo.

Der Detektiv wandte langsam den Kopf und blickte dem Virtuosen ins Gesicht. Mit einem Antlitz, das weiß war wie das eines Toten, stand Holger Karst unbeweglich, die starren Augen emporgerichtet, als ob er die Töne tränke, die aus diesen wuchtigen Fenstern auf ihn herabrieselten. Seine keuchenden Atemzüge gingen schwer und stöhnend durch den dunklen Sommerabend.

„Nun ...?", fragte Joe Jenkins leise.

Der Virtuose öffnete den Mund und schloß ihn lautlos wieder. Seine zitternden Arme breiteten sich plötzlich aus, als wollten sie nach diesen Tönen haschen, die durch die düsterschwere Luft herniederzitterten, und bebend sagte er:

„Meine Amati!"

Das Wort klang durch die Nacht wie der halb schmerzensvolle, halb jubelnde Ruf eines Menschen, der nach langem, kraftlosem Suchen in tiefer Waldesnacht vor seinem verlorenen Kinde steht. Und ehe noch Jenkins es hindern konnte, stürzte er unter den Fenstern entlang und stürmte durch die offene Tür ins Haus.

Die Zuhörer im Musiksaal wandten sich erschreckt und unwillig um, als die Tür krachend aufflog. Auch der Spielende auf dem Podium blickte erstaunt auf. Im nächsten Moment fiel seine Hand schlaff herab. Das Spiel brach ab.

Mit drei Sätzen stürzte Holger Karst auf die kleine Bühne. Die Zuhörer sprangen von ihren Sitzen empor und starrten verständnislos auf das Bild: zwei Männer standen dort, die sich völlig glichen ...

Der Neuangekommene riß dem anderen Geige und Bogen aus der Hand.

„Wer sind Sie?" Der Herr des Hauses war mit drei Schritten an das Podium herangetreten.

„Herr Graf ... kennen Sie mich nicht mehr?"

Der Gefragte blickte bestürzt von dem einen auf den anderen.

Da setzte Karst den Bogen an.

Und nun sprühte es aus der Amati wie jubelnde Sphärenmusik. Wie in der seligen Liebeswonne des

Wiederfindens jauchzte es durch den Raum ... Durch den kleinen Kreis dieser Musikkundigen ging ein Raunen. „Der Meister!", schwirrte es von Mund zu Mund. Die Gräfin erhob sich und ging mit ausgestreckten Armen auf den Spielenden zu. „Holger Karst ... ich erkenne Sie!", sagte sie leise.

„Und wer ist dieser Mann hier?", wandte sich der Graf an den anderen.

„Ein kleiner Spitzbube", antwortete statt seiner Joe Jenkins. „Einer, dem eben sein Streich mißlungen ist. Jawohl, Herr Ralph Walden ... Sie sind erkannt! Ihr Plan war nicht übel: Fräulein Jungmann, Ihre Braut, war töricht genug, auf Ihre Bitten einzugehen, als sie in jener Nacht die Geige für Sie stahl ... Sie mag Ihren Beteuerungen geglaubt haben: daß Ihnen nur eine Künstlergeige fehle, um Sie mit einem Schlage zu einem der ersten Virtuosen der Welt zu machen. Auch die Photographie, die sie Ihnen noch nachträglich beschaffen mußte, haben Sie nicht ohne Talent kopiert –, Ihre Maske ist in der Tat frappierend. Dieser Herr war nichts anderes", so wandte er sich an Karst, „als die nächtliche Erscheinung, die Sie in jener Nacht in Angst und Schrecken versetzt hat. Denn Herr Walden war zu ungeduldig; er wartete auf das Lichtsignal aus dem Fenster seiner Braut und zeigte sich in seiner nervösen Spannung am offenen Fenster. Daß Fräulein Jungmann unbedachterweise bei ihrem Eindringen in Herrn Karsts Schlafzimmer in jener Nacht den Hauptschalter drehte, machte Herrn Karst völlig konfus – was vielleicht ein Glück war, denn dieser Vorfall gab den Ausschlag: Er ist am nächsten Tage zu mir gekommen. So habt ihr beide selbst die Glieder der Kette aneinandergeschmiedet, mit der ihr euch fesseltet.

Offenbar hat Herr Walden damit gerechnet, Herr

Karst werde, seiner Amati beraubt, hoffnungslos und resigniert seine Tournee abbrechen und ihn an seiner Stelle Ruhm und Schätze ernten lassen. Und nun, Herr Walden ...", er zog die Uhr, „nehmen Sie den Zug, der in dreiviertel Stunden von der Station geht, und gehen Sie in die weite Welt, um vielleicht noch auf ehrliche Weise die Karriere zu machen, die auf unehrliche Art mißlungen ist. Und wenn es Ihnen recht ist, Herr Graf, so wird unser Herr Karst – der wirkliche Holger Karst – nunmehr das unterbrochene Konzert fortsetzen."

ABENTEUER XI

Die
Visitenkarte

(HAMBURG)

Über der alten Hansestadt Hamburg lastete regenschwerer Dezemberhimmel, als der Berliner Mittagszug donnernd in die Halle des Hauptbahnhofs einfuhr. Kofferträger stürmten die Trittbretter; ein Gewimmel aussteigender, sich begrüßender, rufender und schwatzender Menschen entstand. Dann quoll es wie eine lebendige Flut die Treppe empor, die aus dem Bahnhofstunnel zum Licht des Tages führte. Hier setzten sich Droschken und Autos in Positur, und in wenigen Minuten stoben die Angekommenen in verschiedenen Richtungen auseinander.

Der hochgewachsene, schlanke Herr von breitschultrigem amerikanischen Typus, der langsam die Treppe emporgestiegen war, sah sich einen Augenblick suchend um. Dann ging er mit festen Schritten auf den vornehmen alten Herrn zu, der seit einiger Zeit an einer Seitenwand Posto gefaßt hatte. „Herr Olsen?", fragte der Amerikaner und streckte dem Wartenden die Hand entgegen. Das Gesicht des alten Herrn hellte sich auf. „Mein Name ist Olsen", sagte er höflich. „Und Sie sind Mr. Joe Jenkins?" – „Allerdings", antwortete der Gefragte lächelnd.

„Wenn es Ihnen recht ist, Mr. Jenkins", begann Herr Olsen, indem er den Angekommenen auf die andere Straßenseite zog, „so fahren wir vorläufig nicht zu mir nach Hause. Ich möchte statt dessen vorschlagen, daß wir ein Restaurant in der Nähe aufsuchen, um dort ein kleines Mittagessen einzunehmen. Dabei werde ich Ihnen ausführlich die Dinge erzählen, wegen derer ich Sie telegraphisch gebeten habe, zu mir nach Hamburg zu kommen."

Die beiden Herren schlugen den Weg ein, der über den Glockengießerwall nach der Alster führt, und nach einer kurzen Wanderung waren sie vor dem Hotel

Atlantic angelangt. „Kommen Sie mit", sagte Herr Olsen auffordernd, „hier bei Pfordte ißt man gut."

Herr Olsen, der hier bekannt zu sein schien, winkte den Geschäftsführer heran. „Wir möchten ein Separée haben."

Nachdem der Kellner die Hors d'oeuvres niedergesetzt und sich mit einer Verbeugung zurückgezogen hatte, blickte sich Olsen forschend in dem kleinen, ganz in Rot gehaltenen Raume um und fragte, indem er sich ein wenig vorbeugte und dem Detektiv ins Gesicht blickte: „Ist es Ihnen recht, wenn ich gleich mit der Sache beginne, die mir, wie Sie sich denken können, sehr am Herzen liegt?"

Der Detektiv hielt eben sein Glas Bordeaux gegen das Licht. Er nahm einen herzhaften Schluck, lehnte sich ein wenig zurück, blickte sein Gegenüber mit einem leichten Lächeln an und sagte nickend: „Ich bitte darum. Erzählen Sie ruhig."

„Was ich erlebt habe, Mr. Jenkins", begann der alte Herr, ein wenig zögernd, „und was ich Ihnen jetzt berichten möchte, ist an sich so unbedeutend, daß ich glaube, ein Durchschnittskriminalist würde mich einfach auslachen. Darum habe ich mich gleich an Sie gewandt, Mr. Jenkins. Ich las, daß Sie durch die kriegerischen Ereignisse in Deutschland zurückgehalten werden, und ich gestehe Ihnen offen, ich habe dies als einen Glücksumstand begrüßt. Ich habe gehört, Mr. Jenkins, daß Sie meist erst da beginnen, sich für einen Fall zu interessieren, wo ein anderer aufhört, wo ein anderer ihn als unlösbar beiseite schiebt."

Der Detektiv griff nach einem Stückchen gerösteten Brotes und nahm die kleine Kaviarschaufel zur Hand.

„Bitte, erzählen Sie", sagte er.

„Ich bin, wie Sie schon wissen, Mr. Jenkins, Groß-kaufmann. Seit fünf Jahren führe ich das Konsulat einer südamerikanischen Republik für die Hansestädte. Ich scheue mich nicht, Ihnen zu gestehen, daß ich mich aus kleinen Verhältnissen heraufgearbeitet habe. Ich habe mich viel in der Welt herumgetrieben, Mr. Jenkins, und bin vor einigen Jahren hier in Hamburg gelandet. Hier, in der freien, großzügigen Atmosphäre dieser kosmopolitischen Stadt habe ich mich vom ersten Augenblick an wohlgefühlt, bin hamburgischer Staatsangehöriger geworden und lebe in angenehmen und geordneten Verhältnissen. Ich weiß, manche nennen mich einen Pedanten. Aber, die Wahrheit ist: Meine Pedanterie hat mich erst zu dem gemacht, was ich geworden bin, und ich bin mit meiner Ordnungsliebe und meiner ‚Kleinlichkeit' immer gut gefahren. Um nun auf das zu kommen, was mir widerfahren ist: es ist möglich, ja, es ist wahrscheinlich, daß es manchen anderen nicht besonders beunruhigen würde, ja, vielleicht hätte er diese Vorfälle überhaupt nicht bemerkt. Ich meinerseits gehöre nun einmal zu den Menschen, die an Ereignissen, für die sie sich keine Erklärung geben können, nicht so ohne weiteres vorübergehen. Selbst, wenn diese Ereignisse vielleiht an sich bedeutungslos sind."

Mr. Jenkins schob seinen Teller zurück und sagte, indem er seine grauen Augen auf den Sprecher richtete: „Ich habe die Erfahrung gemacht, Herr Olsen, daß es bedeutungslose Dinge im Leben kaum gibt."

Der Konsul sah einen Augenblick auf die blütenweiße Tischdecke nieder, fuhr sich mit der Hand über die Stirn und fuhr zögernd fort: „Sie können sich denken, Mr. Jenkins, daß ich in meiner Stellung täglich eine Unmenge Kataloge, Reklamesachen, Geschäftsanpreisungen und ähnliches erhalte. Jeden Morgen bringt mir die Post eine Anzahl derartiger Drucksachen, die ich als gewissenhafter Mann zwar sämtlich flüchtig durchsehe, denen ich aber naturgemäß bei der Fülle der Einsendungen ein näheres Interesse nicht widmen kann. Unter diesen Reklamedrucksachen, die mir auf diese Weise zugehen, fiel mir die Visitenkarte eines Zahnarztes auf. Sie fiel mir dadurch auf, daß sie nicht ein-, sondern mindestens zehnmal einlief. Immer in Zwischenräumen von wenigen Tagen. Nun, daran mag an und für sich nichts Auffallendes sein. Mancher Geschäftsmann mag das System haben, sich dadurch in das Gedächtnis des Publikums einzunisten, daß er ihm seinen Namen unaufhörlich vor Augen führt. Immerhin: Die Adreß-karten kamen so häufig, daß ich schon anfing, mich über sie zu amüsieren. Da ich einen bestimmten Zahn-arzt habe, mit dem ich zufrieden bin, so hatte ich keine Veranlassung, mich zu verändern. Und nun kommt das Merkwürdige. Zufällig war neulich eine Freundin meiner Frau zugegen, als wieder eine solche Visitenkarte einlief. Ich öffne das Kuvert, sehe die Karte und schüttle den Kopf. ‚Schon wieder eine Karte von Dr. Karras‘, sage ich lachend zu meiner Frau und gebe ihr die Karte hinüber. Bei dieser Gelegenheit wirft unsere Besucherin einen neugierigen Blick auf die Drucksache und sagt im nächsten Moment erstaunt: ‚Herr Konsul, schickt Ihnen Dr. Karras selbst diese Karte?‘

‚Allerdings‘, erwiderte ich lächelnd, ‚wer sollte wohl zum Schabernack für einen anderen Reklamekarten verschicken?‘

‚Ja … aber …‘, beginnt sie zögernd.

‚Also, was ist denn dabei so Erstaunliches?‘

‚Nun‘, sagt sie, sichtlich ein wenig verwirrt, ‚auf dieser Visitenkarte steht die Adresse: Große Bleichen 45.‘

‚Nun ja …?‘ – Unsere Besucherin blickt noch immer erstaunt auf die Karte, tut einen tiefen Atemzug und sagt: ‚Der Zahnarzt Dr. Karras ist doch schon vor zwei Jahren gestorben!'

Ich muß Ihnen gestehen, Mr. Jenkins: Mich durchrieselte in diesem Augenblick ein eigentümliches Gefühl. Was konnte das zu bedeuten haben? Dann dachte ich an die Möglichkeit eines Irrtums; auch konnte es schließlich zwei Zahnärzte dieses Namens geben. Ich fuhr am anderen Morgen also persönlich nach den Großen Bleichen und erkundigte mich eingehend. Nein, die Freundin meiner Frau hatte recht gehabt: Dr. Karras war seit zweiundeinviertel Jahren tot, und einen zweiten dieses Namens gab es in ganz Hamburg nicht!

Als ich diesen Bescheid erhalten hatte und langsam die Große Bleichen hinaufschritt, konnte ich mich einer Empfindung der Angst nicht mehr erwehren. Was hatte das zu bedeuten? Wer konnte auf den Gedanken kommen mir regelmäßig Visitenkarten eines Toten zu schicken? War das ein Scherz? Auf den ersten Blick mochte es so aussehen. Aber ich hatte das bestimmte Gefühl, daß dies kein Scherz war.

Nun, im Drange der Geschäfte hatte ich den Vorfall beinahe vergessen. Bis gestern morgen. Gestern morgen lief abermals eine Visitenkarte des Zahnarztes Dr. Karras bei mir ein. Schon wollte ich die Karte nach meiner alten Gewohnheit in den Papierkorb werfen, als ich mich eines anderen besann. Nein, mit dieser Karte hatte es vielleicht, ja wahrscheinlich, irgendeine besondere Bewandtnis. Ich entschloß mich, sie aufzuheben, und legte sie in die rechte Schublade meines Schreibtisches, die ich sorgfältig abschloß. Und nun komme ich zu einem anderen Ereignis, das vielleicht in irgendeiner Weise mit den Dingen zusammenhängt, die ich eben erzählt habe.

In der Nacht, die diesem Tage folgte, hatte ich einen seltsamen Traum. Mir träumte, ich läge am Ufer des Meeres und hörte das Rauschen des Wassers. Melodisch murmelten und plätscherten die Wellen, und nach und nach nahmen sie einen eigentümlichen, leise singenden Ton an.

Allmählich muß ich aus meinem festen Schlaf in einen leichten Halbschlummer hinübergeglitten sein, und plötzlich war ich wach. Plötzlich merkte ich, daß ich nicht geträumt hatte. Aus meinem Arbeitszimmer kam in der Tat ein leiser, singender Ton, etwa so, als wenn eine Maschine liefe. Ich hatte auch das undeutliche Gefühl, daß ich diesen Ton kennen mußte. Dann ging das Singen in menschliche Laute über, und ich hörte deutlich eine Stimme sprechen – und zwar zu meinem Erstaunen in russischer Sprache. Ich verstehe Russisch, denn ich habe mehrere Jahre in Rußland gelebt. Aber die Stimme war doch so leise, daß ich den Sinn der Worte nicht begriff.

Mit beiden Füßen springe ich aus dem Bett, schleiche zur Tür und reiße sie auf. Das Zimmer ist erleuchtet, und mein erster Blick fällt auf mein Grammophon; es steht mitten im Zimmer und läuft leise surrend ab. Jetzt wußte ich, woher das singende Geräusch gekommen war. Dann blickte ich im Zimmer umher, und im nächsten Augenblick sah ich, daß eben jemand in diesem Zimmer gewesen sein mußte: Das Fenster stand sperrweit offen. Ich wußte genau, daß ich es vor dem Schlafengehen wegen der Nachtkühle geschlossen hatte. Ich bemerke hierzu, Mr. Jenkins: Ich bewohne eine kleine Villa an der Rothenbaumchaussee, und mein Arbeitszimmer liegt im Hochparterre.

Es war kein Zweifel: jemand war bei mir eingebrochen. Wo war er geblieben? Ist er in die Wohnung entwichen?

Ich stürze zur Tür. Sie ist verschlossen, der Schlüssel steckt von innen im Schloß. Durch diese Tür konnte der nächtliche Besucher also nicht geflohen sein. Ich ging ans Fenster und blickte in den dunklen Garten hinaus. Es schien mir, als ob ich dort drüben, in der Nähe der Eingangspforte, ein leises Knirschen hörte.

Jetzt durchsuchte ich das Zimmer. Nichts fehlte. Der Geldschrank war unangerührt. Ich zog die Schreibtischschubladen auf. In der rechten hatte ich am Abend zuvor einen kleinen Geldbetrag – sechzehn Mark – bereitgelegt, die mein Zigarrenhändler am anderen Morgen abholen wollte. Das Geld lag unangerührt; da auf einmal, ich weiß selbst nicht wie, fiel mir die Adreßkarte ein. Ich hatte sie in dieselbe Schublade geworfen und die sechzehn Mark später auf diese Karte gelegt. Ich hebe das Geld auf. Die Karte war fort."

Der Detektiv deutete schweigend auf die Tür. Im nächsten Augenblick hörte man die Tritte des näherkommenden Kellners, gleich darauf trat er ein, um den zweiten Gang zu servieren.

„Sie haben", begann Jenkins, „wie ich höre, in Ihrem Arbeitszimmer ein Grammophon stehen. Ein etwas ungewöhnlicher Platz, ein Grammophon im Arbeitszimmer eines so ernsten Mannes! Hat das eine besondere Bewandtnis?"

„Sie sind im Recht, Mr. Jenkins", sagte Konsul Olsen mit einem leisen Lächeln, „wenn Sie es auffallend finden, daß ich in meinem Arbeitszimmer ein Grammophon steht. Ja, ich muß es gestehen: Es ist eine kleine Marotte von mir. Wenn mich bei der Arbeit die Müdigkeit überkommt, so mache ich eine kleine Pause und lasse mir von meinem Grammophon eine altitalienische Arie oder einen flotten Fishwalk vorspielen. Dann fühle ich mich wieder frisch und munter."

Der Detektiv nickte. „Noch eins, Mr. Olsen. Aus wieviel Personen besteht Ihr Haushalt?"

„Außer mir und meiner Frau", sagte der Konsul, „sind noch zwei Dienstmädchen und eine Köchin im Hause. Außerdem ... außerdem ..."

„Nun?", ermunterte Joe Jenkins, „außerdem?"

„Vor einigen Wochen", begann der Konsul zögernd, „habe ich einen alten Jugendfreund bei mir aufgenommen. Er hat früher bessere Tage gesehen, der arme Gregor Dyschnikoff. Dann hat ihn das Leben gezaust und geschüttelt und niedergeworfen. Krankheit, Hunger, Entbehrungen haben ihn alt und elend gemacht. Ich erkannte ihn kaum, als er vor vier Wochen bei mir auftauchte. Ich betrachte es als einen reinen Zufall, Mr. Jenkins, daß das Leben mich emporgetragen hat. Es hätte mir leicht ebenso gehen können wie meinem armen Freund, und ich sehe es als einen Tribut an die Vorsehung an, wenn ich ihn aufgenommen und gespeist habe, meinen alten Weggenossen. Ich beschäftige ihn gelegentlich mit leichteren schriftlichen Arbeiten – mehr, um den kleinen Unterstützungen, die ich ihm zuteil werden lasse, den Charakter des Almosens zu nehmen ... Wenn ich übrigens sagte: ‚ich habe ihn aufgenommen', so ist das nicht ganz richtig. Er hält sich tagsüber bei mir auf, geht aber abends fort und hat irgendwo in der Stadt sein Zimmer."

„Halten Sie ihn für vertrauenswürdig?"

„Unbedingt. Ja, ich möchte sagen, trotz unsrer verschiedenen sozialen Stellung verbindet mich mit diesem klugen, gütigen Menschen eine aufrichtige und herzliche Freundschaft. Um es gleich zu sagen: Sie ist auch von seiner Seite vorhanden. Erst kürzlich händigte mir Dyschnikoff eine kleine Summe ein, die er sich aus den Zuwendungen zusammengespart hatte, die ich ihm zuteil werden lasse, mit der Bitte, sie für ihn auf die Bank zu legen."

Jenkins nickte. „Sie sagen", begann er, „daß Sie schon früher ähnliche Karten empfangen haben. Haben Sie eine davon bei sich?"

„Ja. Hier ist eine der Karten." Der Konsul nahm eine quadratische, große vornehm aussehende Karte aus dickem, weißen Karton aus seinem Portefeuille und übergab sie dem Detektiv, der sie interessiert betrachtete.

Er hob sie gegen das Licht, schüttelte den Kopf und zündete ein Streichholz an, um es langsam an der Karte entlang zu führen, als ob er sie erwärmen wollte, als der Konsul seine Hand auf Jenkins Arm legte. „Was Sie da tun", sagte er und schüttelte den Kopf, „ist zwecklos. Sie denken offenbar an eine geheime Botschaft, die in irgendeiner Weise unsichtbar auf dieser Karte stehen könnte."

„In der Tat", nickte Jenkins. „An etwas Derartiges dachte ich." – „Auch ich habe daran gedacht", sagte Olsen. „Aber, ich kann Ihnen gleich von vornherein versichern: Die Karte enthält nichts. Sie werden sofort erfahren, woher ich das weiß. – Als ich gestern mittag von der Börse komme und zum Essen nach Hause fahren will, begegne ich im Gedränge einem Herrn, dessen Gesicht mir bekannt vorkam. Ich sah ihn nur ganz flüchtig, doch fiel mir sein Gesicht auf, weil es einen unverkennbar russischen Typus aufwies. Im Gedränge des Börsengetriebes streift mich der Fremde; ich fühle ein leises Zerren an meinem Jackett, und im nächsten Augenblick war er verschwunden. Instinktiv greife ich nach meiner Uhr. Dann nach meiner Brieftasche. Beides ist unversehrt vorhanden. Da fühle ich auf einmal, während ich das Portefeuille in die Jackettasche zurückstecke, etwas Hartes in der äußeren Brusttasche. Ich greife hinein und greife ein

Stück Karton. Als ich es mit einiger Mühe herausziehe, ist es …"

„Eine Visitenkarte?", fragte der Detektiv.

„Eine Visitenkarte. Von Dr. Karras, Zahnarzt. Jetzt, Mr. Jenkins, fühlte ich, wie mir das Herz zu klopfen begann und wie mir das Blut in den Kopf stieg. Jetzt begann ich zu begreifen, daß in diesem Wahnsinn Methode war. Das alles mußte einen Zweck haben, eine Bewandtnis … Die Börse liegt am Adolphsplatz. Schräg gegenüber, am Altenwall, unterhält ein Freund von mir ein Laboratorium für analytische Chemie. Ich eile hinauf zu ihm und treffe ihn glücklicherweise zu Hause. Er nahm die Karte an sich und untersuchte sie in meiner Gegenwart. Mein Freund ist einer der tüchtigsten Analytiker unserer Stadt. Ich sah, wie sein Interesse von Minute zu Minute wuchs. Er tat, was ein Chemiker nur tun kann. Er hat die Karte erwärmt, er hat sie kreuz und quer mit chemischen Reagentien liniiert, er hat sie mit Kohlepulver bestreut, endlich hat er ein Stückchen davon verbrannt – nichts. Die Karte reagierte auf keinen der Versuche. Schließlich gab er mir sie wieder zurück. ‚Sie enthält keine Mitteilung', sagte er. ‚Das kann ich beschwören. Wahrscheinlich macht sich jemand mit dir einen Börsenwitz.'

In tiefen Gedanken kam ich zu Hause an. Das Mittagessen wartete schon auf mich. Ich erzähle meiner Frau kurz das Erlebnis mit der Karte. Meiner Frau und Dyschnikoff, denn er ist meist mit uns am Tisch. Ich fasse in die Tasche, um die Karte hervorzuziehen und sie zu zeigen. Die Karte ist verschwunden."

Der Sprechende blickte auf den Detektiv, der stumm vor sich niederblickte.

„In dieser Geschichte stimmt etwas nicht, Mr. Jenkins", fuhr der Konsul mit leiser Stimme fort.

„Welcher Mensch bricht ein, um ein Grammophon
spielen zu lassen? Und um eine Visitenkarte zu stehlen?
Wer kann auf den Gedanken kommen, mir Visitenkarten
eines Mannes, der längst tot ist, mit der Post zu schicken
und in die Brusttasche zu stecken …? Und welcher
Mensch hat ein Interesse daran, sie mir wieder aus
der Tasche zu stehlen…? Nein, Mr. Jenkins, das ist
kein Börsenscherz. Diesen Dingen liegt etwas Tieferes
zugrunde … Ich habe das Gefühl, daß ich in einer
persönlichen Gefahr schwebe … Und darum habe ich
Ihnen telegraphiert."

„Nun", begann der Detektiv, „wenn diese Karte auch
keine Mitteilung enthält, so muß ich Sie dennoch bitten,
sie mir für einige Zeit zu überlassen. Haben Sie noch
mehr von diesen Karten bei sich?" – „Noch vier Stück."

„Geben Sie sie mir." Der Konsul öffnete zögernd seine
Brieftasche und gab dem Detektiv die quadratischen
Kartons, die dieser flüchtig gegen das Licht hielt und
dann einsteckte. „Sie wohnen Rothenbaumchaussee,
Herr Olsen?"

„Ja, Nummer 345."

„Ich werde heute abend zu Ihnen kommen. Inzwischen
habe ich einige kleine Besorgungen zu machen. Hat
Ihre Villa eine Hintertür?"

„Ja."

„Um so besser. Wollen sie mir den Schlüssel geben?"

„Hier ist er."

„Bleiben Sie heute abend Ihrem Arbeitszimmer fern
und sagen Sie niemandem, daß Sie mich erwarten.
Ich denke, ich werde Ihnen telephonieren, kurz bevor
ich komme, damit Sie mich an der Hintertür erwarten
können." – „Ich erwarte Sie, Mr. Jenkins."

Damit trennten sich die beiden Herren, und Olsen
ging auf den Autostand an der nächsten Ecke zu, als er

plötzlich seinen Namen rufen hörte. Es war Mr. Jenkins, der hinter ihm stand. „Noch eins, Herr Olsen", sagte der Detektiv, „Hat gestern mittag irgend jemand Ihnen gesagt, Ihre Krawatte sei in Unordnung?"

Der Konsul sah den Fragenden erstaunt an, besann sich einen Augenblick und warf dann einen bestürzten Blick auf Jenkins. „In der Tat", sagte er mit zitternder Stimme. „Jemand hat mir gesagt, meine Krawatte sei in Unordnung."

„Wer war es?" fragte Jenkins ruhig.

„Herr Dyschnikoff."

Im nächsten Augenblick deutete der Detektiv fast unmerklich mit dem Kopf nach rückwärts und sagte leise: „Sehen Sie sich unauffällig um. Seit einiger Zeit verfolgt uns ein Herr. Eben steht er dort an dem Automobil. Kennen Sie ihn?"

Der Konsul wandte sich langsam zur Seite, sah den Bezeichneten mit einem Blick an, in dem höchste Betroffenheit lag, und sagte plötzlich mit einem leisen Beben in der Stimme: „Ja, ich kenne ihn. Es ist der Russe, dem ich mehreremal an der Börse begegnet bin." Eben wollte er eine Bewegung auf den Fremden zu machen, als ihn Jenkins, fast ohne sich von der Stelle zu rühren, am Arm ergriff. „Bleiben Sie ruhig!"

Im gleichen Augenblick sprang der Fremde drüben in das Auto, das in sausender Fahrt nach der Lombardsbrücke zu davonraste …

Der graue Dezembernachmittag war in einen dunklen, feuchten Winterabend übergegangen. Von jenseits der Elbe zogen drohende Nebelschwaden bleiern über die Häuser der Stadt und hüllten die Straßen in undurchdringliches Dunkel. Allmählich entzündeten sich die Laternen und zitterten wie aus weiter Ferne rötlich durch den Nebel. Alle Geräusche des Alltags schienen in den brodelnden Massen unterzugehen, alles Leben in dieser lähmenden Melancholie zu ersticken. Sie drang durch die Mauern der Häuser und legte sich fröstelnd auf Herz und Hirn der Menschen.

Konsul Olsen stand am Fenster und starrte schweigend in das Nebeldunkel. Er hatte das Gefühl, von aller Welt verlassen zu sein. Von Jenkins war nichts zu sehen und zu hören. Eben dröhnte die elfte Stunde durch das Haus. Lautlos lag die nebelumhüllte Straße zu den Füßen der Villa. Vom fernen Hafen trug der Wind das langgezogene Heulen einer Sirene herüber. Ihr quälender Ton schnitt ängstlich durch die Stille; er gellte durch die Stadt bis hinaus vor die Tore, bis auf die Felder und Wiesen und Moore und ertrank in der Nacht.

Der Konsul wandte sich seufzend vom Fenster und ging hinüber in sein Schlafzimmer. Er warf noch einen Blick durch die dunklen Vorhänge in den Garten hinunter, dann löschte er das Licht und ging zu Bett.

Lange Zeit wälzte er sich schlaflos hin und her. Immer wieder tauchte das Gesicht des Russen vor ihm auf. Dann fiel er schließlich in einen leichten Schlummer. Einmal glaubte er, leise Schritte im Garten zu hören. Augenblicklich war er ganz wach, sprang aus dem Bett und stürzte ans Fenster; nichts war zu sehen. Erregt legte er sich wieder nieder. Seine überreizten Nerven mochten ihn getäuscht haben. Endlich fiel er von neuem in einen unruhigen Schlaf.

Es mochte mitten in der Nacht sein, als Konsul Olsen davon erwachte, daß eine menschliche Stimme seinen Namen rief. Er richtete sich im Bett auf. Das Zimmer war stockfinster. Er horchte. Alles war still. Da hörte er zum zweitenmal seinen Namen aussprechen. Zitternd richtete er sich im Bett auf und tastete vorsichtig nach dem Revolver, der neben ihm im Nachtschränkchen lag. Zwischendurch hörte er wieder Sprechen – russische Worte.

In diesem Augenblick dröhnte es von der Diele her: drei Uhr.

Der Konsul griff mit bebender Hand nach dem Revolver und entsicherte ihn. Dann stand er geräuschlos auf, schlich an die Tür und blickte durchs Schlüsselloch. Das Arbeitszimmer war dunkel. Er hob den Revolver in schußbereite Höhe, riß mit einem Ruck die Tür auf und drehte im nächsten Moment das elektrische Licht an.

In der Mitte des Zimmers stand, den Rücken ihm zugewendet, ein Mann. „Was tun Sie hier?", sagte der Konsul laut und wollte eben auf den Fremden anlegen, als sich dieser umdrehte und mit höflichem Lächeln sagte:

„Guten Abend, Herr Olsen!"

Der Konsul starrte dem Manne ins Gesicht und ließ den Revolver zu Boden fallen. Vor ihm stand Joe Jenkins.

„Sie haben lange auf mich gewartet, nicht wahr, Herr Olsen!", begann der Detektiv nach einer kurzen Pause. „Nun, ich habe wirklich viel zu tun gehabt in dieser Zeit. Sie werden es gleich sehen! … Ich muß Ihnen einige Erklärungen geben. Wollen Sie sich zuvor anziehen?"

„Nicht nötig", entgegnete der Konsul. „Ich bin, wie Sie sehen, im Pyjama."

„Zunächst", begann Mr. Jenkins, „muß ich Ihnen einen kleinen Vorwurf machen, Herr Olsen. Sie haben mir nicht ganz die Wahrheit gesagt. Oder, vielmehr, Sie haben mir nicht alles gesagt, was Sie wußten. Sie haben mir z.B. nicht gesagt, daß Sie ein geborener Russe sind, und daß Ihr richtiger Name Fedor Maljutin ist."

Der Konsul trat einen Schritt auf den Detektiv zu und machte eine Bewegung, als ob er ihn am Arm packen wollte. Dann ließ er die erhobene Hand wieder sinken und starrte dem Sprecher mit dem Ausdruck grenzenlosen Staunens ins Gesicht. „Ich kann Ihnen noch mehr sagen, Herr Olsen", fuhr der Detektiv fort. „Sie sind vor etwa zwanzig Jahren als politischer Sträfling nach Sibirien deportiert worden. In den sibirischen Goldbergwerken am Jenissei und an der Tunguska haben Sie mehrere Jahre gearbeitet. Eines Tages fand einer Ihrer Mitsträflinge einen Klumpen Gold, und es gelang ihm, ihn zu verbergen. Dieser Schatz sollte der gesamten Kolonne zur Flucht verhelfen. Bei der ersten günstigen Gelegenheit wollte die ganze Abteilung ausbrechen und Amerika oder China zu erreichen trachten.

Sie aber, Herr Olsen-Maljutin, kannten das Versteck des Goldes. In einer regnerischen Novembernacht übermannte Sie die Gier nach dem gleißenden Schatz. Sie raubten ihn und ergriffen die Flucht. Während Ihre Leidensgenossen weiter in der harten Gefangenschaft schmachteten, doppelt streng bewacht nach Ihrer erfolgreichen Flucht, gingen Sie nach Amerika und fingen dort mit dem Vermögen, das Ihnen in die Hand gefallen war, ein neues Leben an.

Ich muß es Ihnen zugestehen: Sie haben Ihre Tat in mancher Hinsicht zu sühnen versucht. Sie haben hart gearbeitet und tun es noch jetzt. Sie haben viel Gutes getan und sind noch heute ein Mann, der im stillen unzählige Tränen trocknet. Aber Ihre Mitgefangenen von damals haben Ihnen Rache geschworen; sie haben Ihnen diesen Streich nicht vergessen. Inzwischen sind drei von ihnen in Freiheit gesetzt worden: Wasileff, dem Sie den Goldklumpen gestohlen haben, Borkowski und Dyschnikoff. Jawohl, Dyschnikoff, der nicht, wie Sie sagten, Ihr Jugendfreund, sondern Ihr Mitgefangener war. Jahrelang haben die drei bei ihrer elenden Arbeit in der sibirischen Einöde nur den einen Gedanken in sich hineingefressen: Rache an Ihnen zu nehmen, Rache für ein Verbrechen, das in den Gehirnen der drei Menschen im Laufe der Zeit wohl gigantische, übermenschliche Dimensionen angenommen hat ... Unterbrechen Sie mich nicht, Herr Olsen", wehrte Jenkins ab, als der Konsul die Hand erhob – „um es Ihnen gleich zu sagen, es ist Gefahr im Verzuge. Gefahr für Sie ... Also, die drei sind vor einiger Zeit hier in Hamburg eingetroffen, nachdem sie jahrelang Ihre Spur vergeblich gesucht hatten. Unter ihnen Dyschnikoff. Dieser, zu dem Sie wohl während Ihrer Strafzeit in einem gewissen Freundschaftsverhältnis gestanden haben, dieser Dyschnikoff wurde zu Ihnen geschickt, sozusagen als Lockvogel. Er hatte zweifellos den Auftrag, Ihre empfindlichste Stelle auszuspüren – denn die Rache sollte furchtbar sein. Vielleicht dachte man, Sie hätten etwa ein Kind, das Ihnen am Herzen läge, oder etwas Ähnliches. Ein einfacher Mord an Ihnen mag diesen Rachedürstenden als eine zu milde Strafe erschienen sein. Nachdem Dyschnikoff nun berichtet hatte, daß Sie kinderlos seien, haben Ihre Verfolger über Sie selbst das Todesurteil ausgesprochen. Dyschnikoff war ausersehen, es zu vollstrecken. – Und nun kommt eine psychologische Merkwürdigkeit, die übrigens charakteristisch für das russische Gemüt ist.

Als Dyschnikoff Ihr Haus betrat, war er Ihr glühender Feind. Inzwischen hat er sich – und das spricht mehr als alles andere zu Ihren Gunsten – in Ihren besten Freund verwandelt. Mancher an Ihrer Stelle hätte ihm die Tür gewiesen; Sie haben ihn aufgenommen, ihn gespeist und gepflegt und haben ihm das Herz im Leibe gerührt. Sein Haß gegen Sie hat sich allmählich in eine anbetende Liebe verwandelt, und er, der gekommen war, Sie zu töten, kannte nun keine andere Aufgabe, als Sie vor den Plänen Ihrer Todfeinde zu schützen.

Diese Sinnesänderung kann seinen Spießgesellen nicht lange verborgen geblieben sein. Eines Tages mag er ausgeblieben sein, als man eine wichtige Beratung angesetzt hatte. Die beiden haben gewartet und gewartet; er ist nicht wiedergekommen. Dann entschlossen sich die beiden, ihm zu drohen. Aber wie? Sie kannten seine Adresse nicht; er hat nicht bei Ihnen gewohnt. Ein Brief an ihn mußte Aufsehen erregen; wie kam dieser russische Sträfling zu Bekanntschaften in Hamburg? Ein einziger Brief an ihn hätte vielleicht Ihren Verdacht erweckt. Und jetzt komme ich zu der rätselhaften Angelegenheit der Visitenkarten des Zahnarztes Dr. Karras. Sehen Sie her."

Der Detektiv trat einen Schritt zur Seite, und erstaunt erblickte Konsul Olsen das geöffnete Grammophon, auf dessen grüner Schale eine Visitenkarte des Zahnarztes Dr. Karras lag. Jenkins drückte auf den Schalthebel, ein feines Surren erhob sich, und im nächsten Augenblick hörte man eine menschliche Stimme in russischer Sprache sagen: „Gregor Dyschnikoff, wir befehlen dir, an dem Dieb und Verräter Maljutin, genannt Olsen, das Todesurteil zu vollziehen. Die Exekution ist auf den 16. Dezember festgesetzt. Solltest du nicht gehorchen, so trifft dich selbst die Todesstraße. Wasileff, Borkowski."

Der Konsul hatte mit zusammengekniffenen Augenbrauen den Worten gelauscht. Schon nach den ersten Silben nahm sein Gesicht eine bläuliche Farbe an, dann griff er mit den Händen in die Luft und fiel im nächsten Augenblick schwer und bleiern in einen Sessel.

„Erkennen Sie die Stimme?", fragte Jenkins.

Der Konsul erhob schwer und mühsam den Kopf, blickte den Detektiv mit einem furchtsamen Blick an und sagte leise: „Ja. Es ist Wasileff. Der Mann, dem ich den Goldklumpen genommen habe. Aber ... um Gottes willen, Mr. Jenkins ... was bedeutet das alles?" – „Haben Sie noch nicht begriffen?", fragte Jenkins. Der Konsul schüttelte den Kopf und sah ängstlich und verstört auf das Grammophon.

„Nun", begann der Detektiv, „was Ihr Freund, der Chemiker, Ihnen gesagt hat, stimmt schon: die Karte ist nicht beschrieben. Aber trotzdem enthält sie, wie alle übrigen Karten, eine Botschaft: sie ist bespielt nach Art einer Grammophonplatte. Ihren Feinden mögen durch Zufall ein paar alte Visitenkarten des Zahnarztes Dr. Karras in die Hände gefallen sein, deren weiches, dickes Papier sie für die Verwendung in der Art einer Grammophonplatte besonders geeignet machen dürfte. Vermutlich haben sich die Herren ein Beispiel an den englischen Banknoten genommen, die bekanntlich zum Zwecke der Kontrolle mit geheimen Zeichen bedeckt sind, die, auf ein Grammophon gelegt, laut und deutlich in menschlicher Sprache ihre Echtheit bekunden ...

Diese Karte ist älteren Datums; die anderen, die Sie mir übergeben haben, enthalten Drohungen gegen Dyschnikoff, die an Deutlichkeit und an Furchtbarkeit nichts zu wünschen übrig lassen. Schade, daß wir die Karten der letzten Tage nicht besitzen: Schade, daß sie Herr Dyschnikoff hat ...

Ja, Herr Olsen, Sie haben wohl schon erraten, wer die eingelaufenen Karten stets so schnell wie möglich an sich gebracht hat – diese Karten, die, unter dem harmlosen Gesicht einer Empfehlungskarte, Tod und

Schrecken in Ihr Haus getragen haben – an Sie adressiert, für Dyschnikoff bestimmt. Dyschnikoff war es, der nachts bei Ihnen eingebrochen hat, in Todesangst, zitternd für Ihr Leben, wenn er wußte, daß eine neue Karte eingelaufen war, die eine neue Todesbotschaft enthalten mochte, die er vereiteln mußte … Er brach ein, ließ die Karte auf dem Grammophon ihren Inhalt hersagen und verschwand wieder … Dyschnikoff war es, der Ihnen die Karte aus der Brusttasche genommen hat … Erinnern Sie sich: ich fragte, ob Ihnen jemand gesagt habe, Ihre Krawatte sei in Unordnung? Die bequemste Art, jemanden mit der einen Hand behilflich zu sein und ihm gleichzeitig mit der anderen die Taschen zu durchsuchen. Dyschnikoff mochte gleich bei Ihrem Eintreten Ihnen angesehen haben, daß etwas Ungewöhnliches passiert war – er, der wohl stündlich in Angst und Sorge heimlich Ihre Gesichtszüge studieren mochte … Warum er Ihnen nicht einfach von den Plänen seiner Mitverschwörer gesagt hat? Nun, ich denke, aus zwei Gründen: erstens, um sich selbst nicht …"

In diesem Augenblick durchgellte ein furchtbarer Schrei die Stille. Der Detektiv fuhr auf. „Also doch zu spät!", rief er, griff im Nu nach seinem Revolver und sprang mit einem einzigen Satz durch das Fenster in den nächtlichen Garten.

Ein paar Sekunden blieb der Konsul wie betäubt stehen. Im Hause wurde es lebendig; Stimmen erschallten, Fußtritte scharrten. Als Olsen im Garten erschien, fand er Jenkins über einen Körper gebeugt, der leblos auf dem Kies des Gartens lag. Der Detektiv leuchtete mit einer Taschenlaterne dem Toten ins Gesicht. Der Konsul trat näher. „Dyschnikoff!", sagte er tonlos.

„Ja", sprach Jenkins leise. „Er ist für Sie gestorben, Herr Olsen! Hätte er nicht diese ganze Nacht vor Ihrem Hause treue Wacht gehalten – der Mordstahl hätte vielleicht Sie getroffen!"

Aus dem Dunkel der Gebüsche löste sich eine Gruppe von Männern. „Dort werden die Mörder abgeführt", sagte Jenkins, indem er sich zu Olsen herumwandte. „Meine Leute haben gut aufgepaßt. Danken Sie Gott, Herr Olsen, daß er Sie vor ihnen behütet hat, vor den armen Burschen, auf deren Unglück Sie Ihr Lebensglück gebaut haben!"

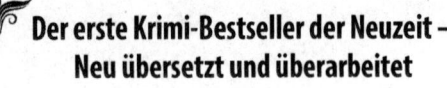